KB072550

# 전능의 팔찌

THE OMNIPOTENT BRACELET

김현석 현대 판타지 소설

FUSION FANTASTIC STORY

# 전능의 팔찌 38

김현석 현대 판타지 소설

초판 1쇄 찍은 날 § 2014년 6월 23일
초판 1쇄 펴낸 날 § 2014년 7월 1일

지은이 § 김현석
펴낸이 § 서경석

편집부장 § 권태완
편집책임 § 박은정

펴낸곳 § 도서출판 청어람
등록번호 § 제387-1999-000006호
등록일자 § 1999. 5. 31
어람번호 § 제1-1879호

주소 § 경기도 부천시 원미구 부일로 483번길 40 서경B/D 3F (우) 420-822
전화 § 032-656-4452 팩스 § 032-656-4453
http://www.chungeoram.com
E-mail § E-mail § chungeorambook@daum.net



ISBN 979-11-316-9086-4 04810
ISBN 978-89-251-2596-1 (세트)

# 전능의 팔찌

FUSION FANTASTIC STORY

**김현석** 현대 판타지 소설

# CONTENTS

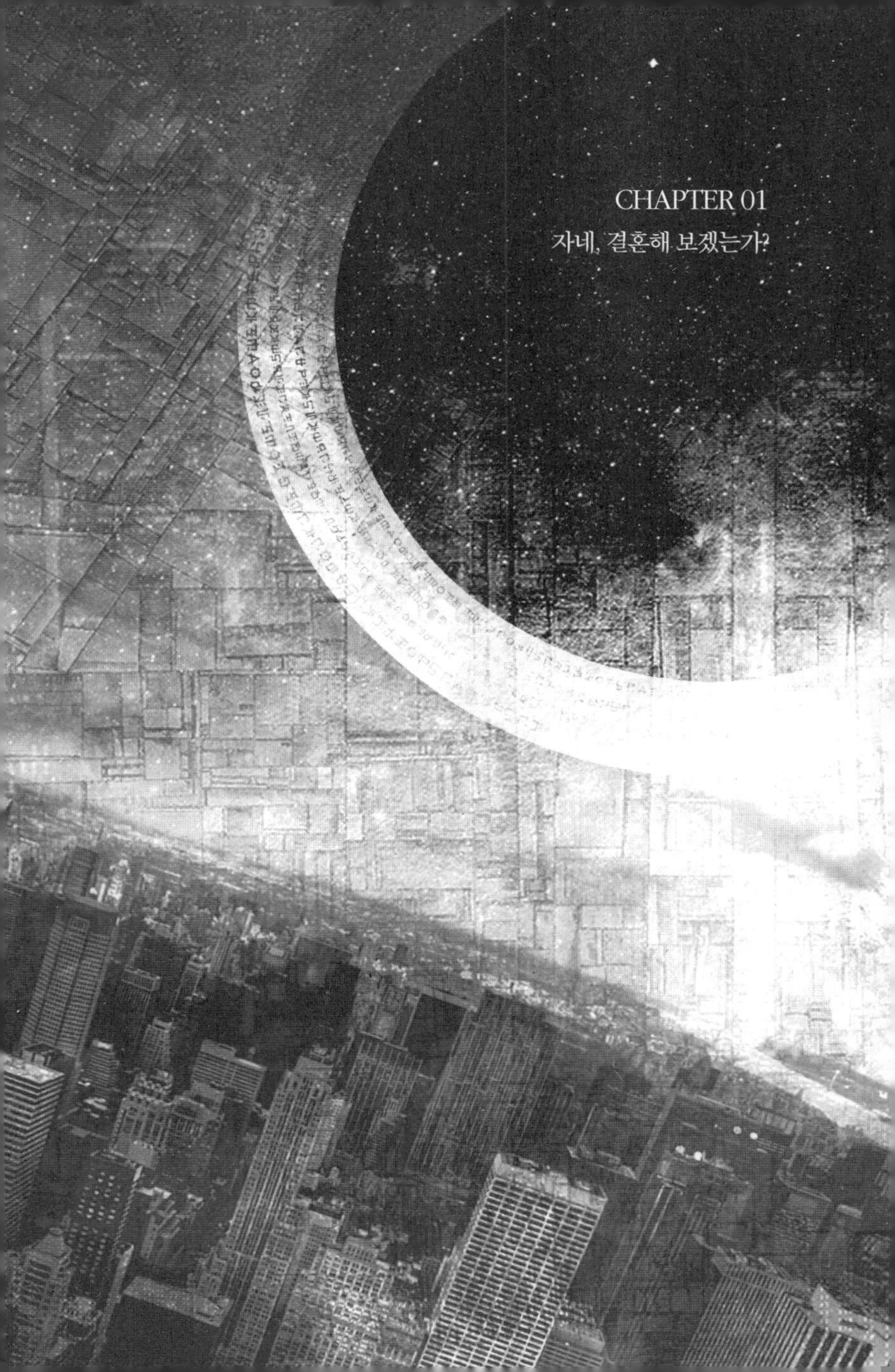

# CHAPTER 01

## 자네, 결혼해 보겠는가?

"로드, 이 은혜를 어찌 갚아야 할지……. 너무도 크나큰 은혜를 입었사옵니다. 언제 어디서든 불러주시기만 하면 만사 제치고 명에 따르겠 사옵니다. 이 시각 이후 저희 지안 가문은 로드께 충성을 맹세드리옵니다."

에드몬드 지안 반 루이체 백작의 허리가 깊숙이 숙여진다.

"로테한 지안 반 루이체 역시 부친의 뜻에 동의하옵니다."

"저 왈로드 지안 반 루이체 또한 동의하옵니다."

삼부자의 충성 맹세를 받은 현수는 고개만 끄덕였다. 이곳은 미판테 왕국이고 이들은 이 왕국의 귀족이다.

보아하니 영지민을 아끼는 정말 보기 드문 영주인 듯싶다. 이들이 제 허울을 벗어버리고 이실리프 왕국으로 오지는 않을 것이다.

그곳엔 귀족이라는 계급이 없기 때문이다.

그럼에도 이처럼 인연 맺기를 청하고 있으니 딱한 마음이 든다. 사내끼리이니 혼약을 맺을 수도 없다.

그러던 중 작은아들 왈로드에게 시선이 미친다.

스물두세 살로 보이는데 아주 잘생겼다. 전성기의 레오나르도 디카프리오 정도 되는 외모이다.

하나뿐인 형과의 우애도 좋고 성품도 괜찮아 보인다. 아비에게 효도하는 걸 보면 아주 잘 성장한 인재인 것 같다.

"왈로드는 혼인을 했는가?"

"네? 혼인은 아직……."

왈로드는 아직 20대 초반이지만 소드 익스퍼트 중급에 이르러 있다. 검에 대한 재능도 뛰어나지만 노력도 많이 했다는 뜻이다.

아울러 전도가 양양하다는 뜻도 된다. 아무튼 수련에 미쳐 있었기에 아직 결혼을 하지 않았다는 게 이해된다.

비슷한 나이로 라이사가 있다.

해적들에게 납치되어 4년간 치욕을 당했다는 과거를 빼고 나면 아주 조신한 아가씨이다.

남작의 딸로 태어나 제대로 된 교육을 받았다.

재수없는 일만 벌어지지 않았다면 지금쯤 어느 귀족의 사랑을 독차지했을 아름다운 미녀이다.

외모뿐만 아니라 애교도 있고 영리하기 때문이다.

"이제 곧 소문이 번지겠지만 나는 파이렛 군도를 장악했다. 그간 해적질을 하던 자들은 모두 노예가 되었지."

"아……!"

아르센 대륙의 어느 국가도 파이렛 군도의 해적들을 어쩌지 못했다. 연합하여 토벌하려 했지만 해적들이 먼저 각개 격파하는 바람에 막대한 피해만 입고 흐지부지되었다.

그때 이후 각 나라는 해적에 대한 각별한 주의만 기울일 뿐 그들을 징치하려는 움직임이 없다.

불가능한 일로 치부해 놓은 때문이다.

하지만 이실리프 마탑주라면 사정이 다르다.

10서클 마스터에 그랜드 마스터이기도 하다. 혼자서도 해적쯤은 싹쓸이할 능력이 있다.

그렇기에 현수의 말에 토 달지 않고 고개만 끄덕인다.

"이제 곧 파이렛 군도는 이실리프 군도로 명칭이 바뀔 것이며, 나는 그 섬들로 이루어진 이실리프 왕국의 초대 국왕이 될 생각이다."

"아! 그러십니까?"

백작은 감탄했다는 듯 눈을 크게 뜨며 고개를 끄덕인다.

“내 나라에 라이사라는 아가씨가 있다. 남작의 딸이다. 왈로드와 좋은 인연이 될 것 같은데, 어떤가? 마음이 있나?”

현수의 말에 대답한 이는 백작이다.

“…로드께서 점지해 주시니 두말 않고 받아들이겠습니다.”

“백작이 아니라 왈로드에게 물었네. 결혼은 백작이 하는 게 아니지 않는가.”

“……!”

백작이 머쓱한 표정을 지을 때 왈로드가 입을 연다.

“소인, 평생토록 검의 길을 걸으려 합니다. 여인이 많으면 제 길이 순탄치 못할 수 있어 평생 한 여인만 보고 살려 했습니다. 그러니 한번 만나볼 수 있게 해주십시오.”

“…그러지. 좋은 생각이네.”

현수는 자신 있게 본인의 뜻을 피력하는 왈로드가 마음에 들었다.

“백작, 내가 왈로드를 데리고 가도 되겠는가?”

“아이고, 그럼요! 얼마든지 그러십시오.”

“좋네. 오늘은 할 일이 있어 이만 가야겠네.”

“로드께서 베풀어주신 하해와 같은 은혜, 결코 잊지 않겠습니다. 정말 감사합니다.”

현수는 백작이 가져온 동판의 루이체 마나 수련법 중 불합리하고 비효율적이던 부분을 고쳐주었다.

지안 가문에겐 천금과도 같은 조언이 되었다. 그렇기에 이토록 황송해하는 것이다.

"그걸 수정해 준 이유는 남과의 다툼에서 우위를 점하라는 뜻이 아니네."

"……!"

백작과 두 아들은 현수의 다음 말을 기다린다.

"이곳은 지형상 몬스터의 내습이 많은 곳이네. 힘을 키워 영지민의 무고한 희생이 더 이상 발생하지 않도록 하라는 뜻이라는 걸 명심하게."

"물론이옵니다. 대대손손 로드께서 주신 고언을 명심토록 노력, 또 노력하겠습니다."

백작과 두 아들이 정중히 고개를 숙인다.

"왈로드는 준비를 하고 오라. 옷만 준비하면 된다."

"네, 로드."

왈로드가 짐을 싸러 나간 사이 현수는 창밖의 풍경을 바라보았다.

밖은 어느새 진한 어둠이 엄습해 있다. 하여 여기저기 횃불이 켜져 있다.

몬스터들의 습격을 견뎌낸 영지민들은 많은 희생자가 있었음에도 부지런히 움직이고 있다.

죽은 자는 죽었으니 그만이지만, 산 자는 살아 있으니 미래를 준비해야 한다. 그렇기에 부서진 집을 보수하고 엉망이 된 가재도구들을 거두고 있다.

밤이라 하여 쉴 수가 없는 것이다.

다른 한쪽에선 병사들이 커다란 가마솥에 물을 끓이고 있다. 그 주변에도 작은 솥들이 줄지어 있다.

현수가 준 라면을 끓이려는 것이다.

창고에 곡식이 있다지만 성한 가재도구가 거의 없으니 음식을 만들 수 없기에 꺼내준 것이다.

이곳 사람들에겐 다소 매운 맛이겠지만 어쩌겠는가!

굶는 것보다는 나을 것이다.

현수는 라면 이외에도 계란을 수북이 꺼내주었다.

매운 맛을 저감시킬 식재료이며, 이곳 사람들에게 부족한 단백질을 보충해 주기 위해서이다.

백작은 아낌없이 베푸는 현수를 따라다니면서 많은 것을 보고 들으며 느꼈다.

영지민은 귀족의 수발을 들고, 귀족을 위해 농사지으며, 귀족을 위해 수공품을 만들어내고, 귀족을 위해 세금을 바치기 위해 존재한다고 여기는 게 보통의 귀족이다.

백작은 돈에 대해 큰 욕심 부리지 않았다.

하여 다른 영지에 비해 수탈의 정도는 현저하게 덜했지만 그럼에도 얼마나 힘들었을지 느껴졌다. 형편없는 가재도구와 조악한 살림살이를 보고 느낀 것이다.

서로 협력하며 일하는 모습을 보곤 이들에게도 가족이 있고, 친구가 있으며, 의리가 있고, 서로 간에 애정이 있다는 걸 새삼 깨우칠 수 있었다.

덕분에 루이체 영지는 많은 것이 바뀌게 될 것이다. 사람이 사람대접을 받으며 사는 사람 냄새 나는 영지가 된다.

"준비 다 했습니다, 로드!"

급하게 짐을 꾸려온 왈로드는 자기 덩치만큼 큰 보따리를 들고 있다. 본인의 의복 전부를 챙겨온 듯싶다.

"…가지."

"네, 로드!"

"백작, 잘 있게."

"네, 안녕히 가십시오. 위대하신 로드를 또 뵈올 날이 있었으면 좋겠습니다."

"나도 그러길 바라네. 텔레포트!"

샤르르르르릉―!

현수의 신형이 사라졌지만 백작은 한참 동안 고개를 들지 않았다. 곁에 서 있는 로테한도 마찬가지이다.

불과 몇 시간의 방문이었지만 현수가 남긴 족적이 워낙 거대하기에 감사의 뜻을 표하는 중이다.

이때 누군가 황급히 다가오는 발걸음 소리가 들린다.

"영주님! 영주님! 헉헉! 영주님! 어디에 계십니까? 헉헉!"

"여기다!"

"아, 거기 계시군요! 헉헉!"

황급히 다가온 기사는 절도 있는 동작으로 군례를 올리곤 고개를 든다.

"아발론, 긴급히 보고할 사항이라도 있나?"

"네, 영주님. 밖에 나가보셔야 할 것 같습니다."

"밖에? 어디에? 무슨 일이라고 있어?"

"네, 성문 밖에 마스터께서 남기신 것이 있습니다."

고개를 갸웃거린 백작은 기사의 뒤를 따라 성문 밖으로 나가 보았다. 거기엔 뭔가가 수북하게 쌓여 있다.

어둠이 진해졌는지라 한눈에 무엇인지 파악할 수 없었다.

"저건 뭔가?"

"이쪽에 쌓여 있는 건 오크 가죽입니다. 저건 트롤 가죽이고 그 옆에 있는 건 오거와 미노타우르스의 가죽입니다. 마지막으로 저건 사이클롭스의 가죽입니다."

"뭐, 뭐라고?"

작은 동산만큼 수북한 것 전부가 몬스터들의 가죽이라니 놀랍다는 표정이다. 엄청난 가치를 지닌 것이기 때문이다.

"영주님, 이쪽에 있는 건 트롤의 피고, 나머지는 힘줄과 뼈, 그리고 이빨과 발톱 등 몬스터의 부산물입니다."

아발론의 보고를 받은 백작이 입을 연다.

"횃불을 가져오게."

"네, 영주님."

산더미처럼 쌓인 것은 쓰레기가 아니다.

오히려 영지 발전에 꼭 필요한 자금으로 환전될 수 있는 가치 있는 것들이다.

"아아! 로드께서 우리 영지에 너무나 큰 것을 주셨구나."

"……!"

백작을 비롯한 일동 전부가 잠시 입을 다물었다. 마음속으로나마 감사의 뜻을 표하는 중이다.

이걸 처분하면 이번 몬스터 습격으로 인한 손실 전부를 만회하고도 남을 것이다.

"아발론, 희생자 명단을 작성해서 보고하라."

"네?"

"신분에 관계없이 희생자 전원 확인하라. 그 과정에서 일체의 어떤 위압적인 행동도 해선 안 될 것이다."

"네, 명을 받드옵니다."

아발론은 더 따질 것 없다는 듯 부동자세를 취한다.

하늘같은 영주의 명이 떨어졌으면 기사는 그대로 이행하

기만 하면 된다.

"다시 말하지만 평민, 농노, 노예 가릴 것 없이 정확한 희생자 명단이 작성되어야 할 것이다. 애, 어른도 가리지 말라. 그리고 조사하는 동안 그 가족에게 알려라. 희생자 1인당 10골드씩 보상금이 지급될 것이라고."

"헉! 10골드나요?"

발론이 놀란 표정을 짓는다. 10골드면 평민 가정이 1년간 놀고먹어도 될 돈이기 때문이다.

"희생자들의 시신은 한곳에 안장될 것이며, 오늘을 기억하여 내년부터는 그들에 대한 추모식을 가질 것이다."

"네, 영주님!"

뭔지는 모르지만 영주가 달라졌다는 느낌에 아발론은 얼굴이 상기되는 느낌이다. 기분 좋은 흥분이 느껴진 것이다.

* * *

"어서 오십시오."

현수와 왈로드가 나타나자 기다렸다는 듯 스트마르크 백작이 허리를 꺾는다.

"해밀턴 일당은? 잡았는가?"

"죄송합니다. 놈들은 파미르 산을 넘어 아드리안 공국으로 넘어가 버렸습니다. 거긴 우리의 군사가 넘을 수 없는 곳이기에……."

"……!"

현수가 대꾸하지 않자 백작은 몹시 송구스럽다는 표정이다. 그러더니 책상 위에 놓여 있는 서류를 집어 든다.

"다만 놈들이 아드리안 공국 노예상인과 거래한 증빙은 찾아냈습니다. 이름은 기록되어 있지 않지만 특상품 거래명세서가 있습니다."

백작이 건넨 서류를 읽어보니 지난해 연말에 특상품 여자 노예 한 명을 거래하고 200골드를 받았다는 내용이 기록되어 있다.

"여자 노예의 가격은 얼마나 하나?"

"영지마다 약간씩 다르지만 젊은 여자 노예의 경우 상품은 30골드, 중품 20골드, 하품 10골드에 거래됩니다."

"흐음! 그래?"

작년 4월에 현수는 여자 노예를 구입한 바 있다.

지금도 테세린에 있는 하인스 상단 본점에서 마법 수련을 하고 있을 로즈와 릴리이다. 로즈와 릴리는 베로스 왕국에서 반역의 죄를 뒤집어쓴 귀족의 딸이다.

로즈는 얼굴에 자상이 있다. 하여 본래의 미색이 예쁘기는 하지만 중품에 해당된다.

그런 로즈를 매입할 때 현수는 30골드를 냈다.

21골드만 불러도 매입할 수 있었지만 지금은 세상을 떠난 유카리안 영지의 영주 데니스 백작의 색노로 팔려갈 듯싶어 과하게 불렀다.

따라서 200골드는 정말 특상품에 해당하는 가격이다.

그것도 최종 구매자에게 넘긴 가격이 아니라 노예상인이 매입한 가격이다.

따라서 실제로 팔릴 땐 그보다 훨씬 더 비쌀 것이다.

"해밀턴 일당은 내게 죄를 지은 자들이다. 이 영지로 넘어오는 즉시 체포 후 구금하도록."

"알겠습니다, 로드!"

"그런데 그들이 어디로 스며들었는지 확인이 안 되는가?"

"네! 다른 노예사냥꾼들을 취조해 보았습니다만 각각이 다니는 길이 다르다 하옵니다. 하여 어떤 루트로 어디까지 갔는지 확인이 불가능한 상황입니다."

"끄으응!"

표정을 보아하니 백작은 최선을 다한 듯싶다.

"죄송합니다, 로드!"

"알겠네. 수고했네."

"…죄송합니다."

"나는 네로판 영지로 갈 것이네. 급한 곳을 알려주게."

현수는 스톨레 마을과 쉴론 영지, 그리고 루이체 영지에 있을 때 마나로 라세안을 불렀다. 하지만 반응이 없었다.

상당히 먼 거리에 있다는 뜻이므로 조금 더 내려가 볼 생각이다.

"여기 호마린 영지 또한 위태로울 것입니다."

백작의 말이 끝나자 하인스에게 시선을 주었다.

"하인스, 이곳에 대해 아나?"

"아뇨. 거기는 잘……."

하인스의 말은 이어질 수 없었다. 왈로드가 끼어든 때문이다.

"로드, 그곳도 몬스터의 내습이 많은 곳입니다."

현수가 시선을 주자 스트마르크 백작은 대체 누구냐는 표정이다. 이를 눈치챈 왈로드가 먼저 입을 연다.

"루이체 영지의 차남 왈로드가 스트마르크 백작님께 인사 여쭙습니다."

"아! 지안 백작의 차남이군. 반갑네. 영지는 어떤가?"

왈로드는 대답 전에 현수를 힐끔 바라본다. 말해도 되느냐는 뜻이다. 이때 현수는 아리아니와 대화 중이다.

[아리아니, 호마린 영지 좌표 확인했어?]

[잠시만요. 잠시만요. 아! 이제 왔네요. 331ATY269QZR—OYB5CCK1973Y—31XP244ERL2라네요.]

현수는 알았다는 뜻으로 고개를 끄덕였다. 그 순간 왈로드의 입이 열리며 현수의 활약상을 이야기하기 시작한다.

바로 그 순간 현수의 입술이 달싹였다.

"텔레포트!"

샤르르르릉—!

"그래서 마스터께서 길이 20m짜리 검강을 뽑아내시니까… 헉! 마스터!"

"호마린 영지로 가신 모양이네. 다시 오실 것이니 하던 이야기나 마저 하게."

"마스터께서 검을 한번 휘두르자 반경 20m는 온통 오크들의 사체로 널려 버렸지요. 하나도 남김없이 모조리 허리가 베어져……."

왈로드의 이야기에 스트마르크 백작과 시종장 도널드, 그리고 하인스와 실비아는 귀를 쫑긋 세우고 있다.

한마디도 놓치고 싶지 않음이다.

같은 순간 현수는 호마린 영지 상공에 나타났다. 이때 무언가가 머리 위로 날아간다.

퀘에에엑! 퀘에엑! 꾸어어억! 꾸아아악!

"뭐야, 이건? 그리핀?"

반은 사자이고 반은 독수리인 이 녀석은 사나운 육식 조류이다. 깊은 산속에 살며 페가수스나 유니콘을 주로 잡아먹는다. 그런데 사람들이 사는 곳에 나타났다.

이놈들의 목적지는 성벽 위에서 활을 쏘고 있는 병사들인 듯 쾌속하게 날아 발톱으로 움켜쥐려 한다.

횃불을 밝혀놓았는지라 병사들의 모습이 아주 잘 보인다.

반면 그리핀들은 아직 어둠 속에 있다. 놔두면 병사들이 당할 상황이다.

"매직 미사일!"

현수의 말이 떨어지기 무섭게 이십여 개의 굵은 창이 그리핀의 뒤를 쫓는다. 훨씬 속력이 빠르기에 둘 사이의 거리는 점점 좁혀지고 있다.

쐐에에에엑! 슈아아앙—! 쎄에에엥—!

그 순간 몬스터의 괴성이 울려 퍼진다.

꿰에꿰에! 꿰에에엑—!

먹이를 노리고 날아가던 그리핀들이 일제히 뒤를 돌아보더니 황급히 비행 방향을 바꾼다.

자신들을 노리는 굵은 창을 피하기 위함이다. 방금 전의 괴성은 위험을 알리는 신호였던 것이다.

어두운 밤이건만 몬스터라 그런지 잘도 피한다.

그래 봤자 소용이 없다. 매직 미사일은 계속해서 놈들의 꽁무니를 향해 쏜살처럼 쏘아져 간다.

당황한 녀석들은 전속력으로 날갯짓을 하며 피하려 한다.

그 과정에서 깃털이 뽑히며 허공을 수놓고 있다.

평상시엔 하나라도 빠질까 싶어 애지중지하던 깃털이지만 목숨이 경각에 달하자 그따위 것은 안중에도 없는 듯하다.

꾸아아악! 꾸아아아아아악!

또 다른 종류의 괴성에 시선을 돌려보니 와이번이다. 드레이크와 더불어 가장 강한 몬스터로 분류되는 놈이다.

숫자는 대략 20여 마리이다. 이 녀석들 역시 병사들을 먹잇감으로 여기고 쏘아 가는 중이다.

몇몇 녀석의 주둥이엔 시뻘건 선혈이 묻어 있다. 벌써 여럿을 잡아먹었음을 의미한다.

"아리아니! 데이오의 징벌 꺼내줘!"

"네, 주인님!"

아리아니는 이제 아공간을 관장하는 집사가 되었다. 현수가 아리아니에게 언제든 아공간을 열고 꺼낼 수 있도록 마법적 권한을 부여한 결과이다.

현수는 손에 잡히는 폼멜 그립을 움켜쥐었다. 그 순간 시퍼런 검강이 뿜어진다.

지이이잉! 지이이이잉!

길이 20m의 검강은 솟아남과 동시에 허공을 찢었다.

쐐에에에엑―!

퍼석―!

꾸와아아아아악—!

한쪽 발목을 잃은 와이번이 고통에 찬 괴성을 질러댄다. 초록색 핏물이 뿜어지고 있지만 현수에겐 묻지 않는다.

어느새 나타난 엘리디아가 사전에 차단하고 있기 때문이다. 발목이 잘린 와이번이 균형을 잃고 빙글빙글 돌며 떨어질 때 현수의 입술이 달싹인다.

"매직 아이스 스피어!"

쐐에에에에엑—!

어른 팔목 굵기 정도 되는 얼음창 열두 자루가 병사들을 노리고 하강하는 와이번의 꽁무니를 향해 발사되었다. 가히 섬전의 속도인지라 거리가 급속하게 줄어든다.

이 순간 창공으로부터 또 다른 괴성이 울려 퍼진다.

꾸아아! 꾸아아아악—!

이것이 경고음이었는지 하강하던 와이번들이 일제 솟아오르며 괴상한 소리를 지른다.

꿰엑! 꾸에에엑! 꽈아악!

와이번 역시 꽁무니를 쫓아오는 얼음창들을 피하려 애를 쓴다. 갖가지 비행 기술이 총동원되고 있지만 별무소용이다.

현수가 와이번을 상대하는 동안 필사적으로 회피 기동을 하던 그리핀 중 상당수는 고통에 찬 비명을 지르며 도주하는 중이다. 매직 미사일을 피할 수 없었던 것이다.

꽁무니에 박힌 굵은 창으로 인한 엄청난 통증은 놈들로 하여금 전속력으로 도주하게 만들었다.

한 번도 당해보지 않은 것이기에 견딜 수 없어 전속력으로 날갯짓을 한다.

그러면 통증이 줄어들 것이라 믿는 모양이다.

꿰에에엑! 꿰에에에엑―!

얼음창이 박힌 와이번 또한 괴성을 질러댄다. 너무도 괴로워 방향감각마저 잃었는지 성벽을 들이받는 놈도 있다.

쿠와아앙―! 와르르르르!

"아앗! 성벽이 무너진다."

"모두 집결! 성벽이 무너졌다! 집결하라!"

와이번의 거대한 덩치가 무너지는 성벽 아래로 떨어지자 공격하던 오크들이 일제히 물러난다.

자신들을 잡아먹는 포식자였기 때문이다. 하지만 물러서는 것은 잠시였다. 와이번이 성벽과 충돌할 때 혼절한 때문이다.

아무리 무서운 존재라도 움직임이 없으면 겁날 게 없다. 오크들은 와이번이 죽은 것으로 여긴 듯하다. 그렇기에 그 거대한 덩치를 짓밟으며 오크들이 몰려든다.

흘깃 바라보니 안쪽에 영주성이 따로 있기는 하다. 하지만 그것의 성벽은 외성처럼 단단하지도 못하고 높지도 않다.

오크들의 난입은 어느 정도 저지할 수 있지만 오거나 트롤의 경우는 충분히 넘을 수 있는 높이이다.

어쨌거나 기사와 병사들은 혼신의 힘을 다해 몰려드는 오크들을 막으려 한다. 이때 성벽 안쪽의 비교적 높은 곳에 있던 기사가 궁병들에게 명령을 내린다.

"발사하라! 발사하라."

"소영주님! 안 됩니다! 앞에 아군이 있습니다!"

"…모두 후퇴하라! 후퇴하라! 내성으로 집결하라!"

퇴각 명령이 떨어지자 기사와 병사 모두 뒤로 물러선다. 때는 이때다 싶었는지 오크들이 무리 지어 안으로 들어간다.

퇴각이 질서정연하지 못하면 피해를 키우는 법이다.

그렇기에 물러서면서도 오크들의 접근을 적극적으로 막는 모습이다.

그러는 동안 성내로 들어선 오크의 숫자가 엄청나게 늘어났다. 현재의 병사들이 막아내기에도 벅찬데 점점 더 많아지고 있다.

시선을 돌려보니 그리핀들은 필사적으로 날갯짓을 하며 회피 기동을 하고 있다. 상대적으로 동작이 굼뜬 와이번의 경우는 저마다 얼음창 하나씩 박은 채 괴성을 지른다.

고통과 더불어 냉기가 엄습한 때문일 것이다. 따라서 인간을 공격할 여력이 없다.

성벽 바로 바깥쪽에 내려선 현수는 데이오의 징벌로 공간을 찢어발겼다.

쐐에에에에에엑—!

퍼퍽! 퍼퍼퍼퍼퍽! 퍼퍼퍼퍼퍼퍽!

꿰엑! 꾸에에엑! 취잇! 컥! 커컥!

현수를 중심으로 반경 20m 이내에 있던 모든 오크의 허리가 베어졌다. 바닥은 반분된 사체로부터 쏟아져 나온 피로 흥건하다.

몰려들던 오크들이 주춤거리는 사이 성 안쪽으로 이동한 현수는 또 한 번 검을 휘둘렀다.

쉐에엑!

퍼퍼퍼퍽! 퍼퍼퍼퍼퍽! 퍼퍼퍼퍼퍼퍼퍽!

털썩! 우당탕! 쿠웅! 와당탕! 콰당!

오크들은 비명조차 지르지 못하고 그대로 쓰러진다.

“와아아! 구원군이 왔다! 구원군이 왔어!”

“와아아아! 살았다! 이젠 살았어!”

“모두 힘내라! 구원군이 당도했다! 마지막까지 막아내자!”

사방을 뒤덮은 어둠 때문에 정확히 어떤 일이 일어났는지는 알지 못한다. 다만 사납게 공격을 가하던 오크들이 일제히 움찔거리며 물러서는 것만 느꼈을 뿐이다.

구원군이 당도하여 오크들의 배후를 공격하지 않았다면 이런 반응이 있을 리 없다. 그렇기에 이런 소리를 한 것이다.

"드래곤 피어!"

고오오오오오~!

오크들은 일제히 움찔거리더니 바들바들 떤다. 일부는 소변을 지렸고 생똥을 싸는 놈들도 있다.

감당 불가한 위압적인 존재가 코앞에 있는 것처럼 느껴지자 도주할 생각조차 못한 채 공포에 떨고 있는 것이다.

성 밖에 있는 놈들은 드래곤 피어 마법이 구현되자마자 화들짝 놀라며 산지사방으로 튄다. 도망치는 것만이 목숨을 부지할 유일한 수단이라 여긴 것이다.

"야아압!"

쐐에에에엑—!

또 한 번 데이오의 징벌이 휘둘러졌다. 그 즉시 오크들의 사체가 사방으로 흩어진다. 길이 20m짜리 검강이 몬스터들의 허리를 베어내는 장면을 목격한 누군가가 소리쳤다.

"소드 마스터께서, 아니, 그랜드 마스터께서 우릴 구원하러 오셨다! 그랜드 마스터님이시다!"

"뭐? 그, 그랜드 마스터?"

병사들의 시선이 일제히 쏠린다. 이때 현수의 음성이 모두의 고막을 때린다.

"정신 차려라! 몬스터들은 아직 물러가지 않았다! 베어라! 너와 네 가족의 안전을 위하여!"

"와아아아! 공격하라! 공격하라!"

"모두 검을 들고 오크들을 몰아내자! 와아아아아아아!"

사기충천한 인간들이 달려들자 겁에 질려 벌벌 떨던 오크들은 변변한 반항 한번 못해보고 죽어갔다.

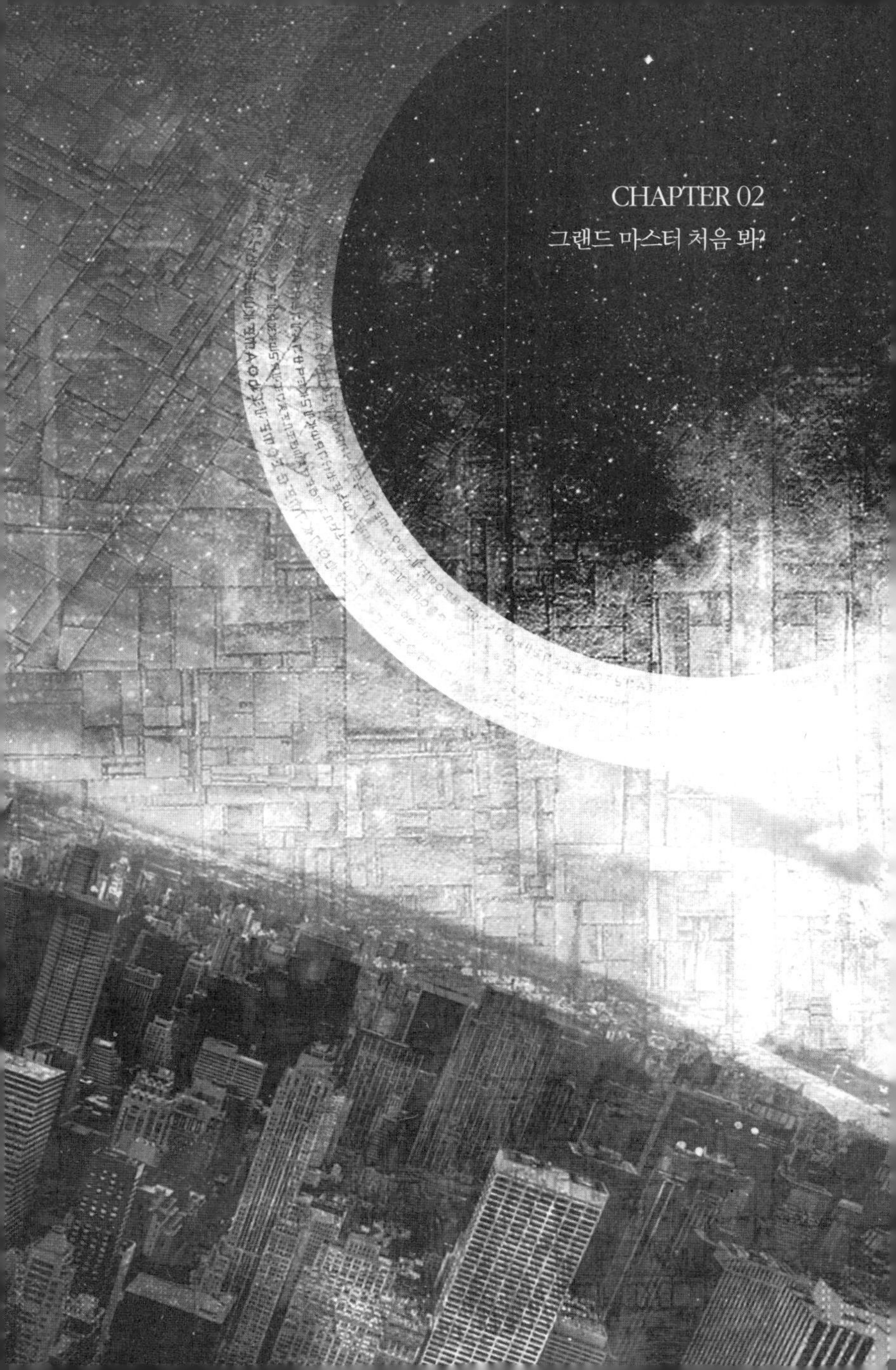

# CHAPTER 02

## 그랜드 마스터 처음 봐?

모든 오크가 물러가자 갑옷을 입은 두 인물이 황급히 뛰어온다. 그리곤 곧바로 현수에게 군례를 올린다.

"호마린 영지의 소영주 스미든 코린 반 호마린이 그랜드 마스터님을 뵈옵니다."

"기사단장 케이몬 아덴이 위대하신 분을 알현하옵니다."

"고생 많았다. 부상자부터 한곳으로 모아라."

"충! 명을 받드옵니다."

고개를 끄덕인 케이몬이 황급히 물러난다. 그랜드 마스터의 명에 따르기 위함이다.

“스미든이라 했나?”

“네, 마스터!”

현수의 부름에 큰 소리로 대답한 자는 갓 스물쯤 된 당당한 체격의 사내이다.

“이곳의 영주는 누구이며 왜 지휘하지 않았나?”

“아버님은 에드워드 코린 반 호마린 자작입니다. 현재 병환 중에 있어 운신이 어려운 상황이라 제가 지휘했습니다.”

“흐음, 그런가? 아까는 왜 후퇴를 명했는가? 조직적이지 못하면 피해가 클 수 있음을 몰랐나?”

“그건… 죄송합니다. 제가 경험이 일천하여…….”

“소영주라 하였으니 한마디 충고하지. 지휘하는 자는 명령이 떨어진 후 일어날 수 있는 모든 경우를 고려해야 한다. 그릇된 명령을 내리면 돌이킬 수 없는 피해가 발생할 확률이 매우 높다.”

“……!”

소영주는 할 말이 없는 듯 고개를 숙인다.

“영주가 되고 싶으면 더 공부하도록. 미숙한 자가 영주가 되는 건 재앙이나 마찬가지이니.”

“명심하겠습니다.”

스미든은 고개를 더욱 숙일 수밖에 없었다.

“영주가 병환 중에 있다고?”

"네! 영지 시찰을 나가셨다가 낙마하는 바람에……. 신관을 불렀지만 몬스터 러시 때문에 오지 못한답니다."

"영주는 어디에 있는가?"

현수의 물음에 스미든은 고개를 번쩍 든다.

그랜드 마스터에겐 범인이 가지지 못한 능력이 있을지도 모른다는 생각을 한 때문이다.

"제가 모시겠습니다."

"그러지."

스미든의 안내를 받아 간 곳엔 40대 초반으로 여겨지는 사내가 누워 있다.

이렇게 있는 시간이 길었는지 악취가 풍긴다.

욕창 때문일 것이다. 이곳 사람들에겐 별 냄새가 아닐 수 있으나 지구인인 현수에겐 토악질이 나올 정도의 악취이다.

"에어 퓨리파잉!"

공기 정화 마법으로 일단 냄새를 잠재웠다. 그리곤 환자를 엎어보았다. 척추 골절이다.

그것도 척추 운동의 대부분을 차지하는 배요부 골절이다.

낙마한 뒤 침상에 눕혀놓고 적절한 치료를 하지 못한 상태이다. 하여 골절 부위가 주변의 정상 조직에 2차적 손실을 끼치고 있는 상황이다.

그냥 놔두면 하반신 마비보다도 욕창으로 인한 패혈증으

로 사망할 확률이 높다.

"아공간 오픈!"

아공간부터 열어 대거 한 자루를 꺼냈다. 그리곤 거침없이 영주의 의복을 갈라냈다.

서걱, 서걱, 서걱!

스미든은 자신의 앞에서 아공간이 열리는 순간 이미 제정신이 아니었다. 고위 마법사만이 시전할 수 있다는 아공간을 처음 보기 때문이다.

"흐음! 욕창이 많군."

이번에 꺼낸 건 과산화수소이다. 일단 상처 소독부터 하려는 것이다.

치이이익! 치이이이이익—!

욕창 부위에 과산화수소를 붓자 하얀 기포가 일어나며 나지막한 소리가 난다.

과산화수소($H_2O_2$)는 물($H_2O$)보다 산소가 하나 더 많다.

이것이 상처에 접하게 되면 물보다 하나 더 많은 산소가 세균 속으로 침투한다.

참고로 세균은 단백질로 구성되어 있다.

그렇게 세균 속으로 들어간 산소는 세균과 반응해서 분해시켜 버린다. 따라서 거품이 일어난다는 것은 세균이 많아서 과산화수소의 산소가 격렬하게 반응한다는 뜻이다.

환자는 통증 때문에 혼절한 상태인지 미동도 없다.

현수는 아공간에서 피침을 꺼내 들었다.

이것은 외과 수술 시 사용되는 매스처럼 종기나 피부의 상처에 생긴 부분을 잘라낼 때 쓴다.

덕항산에서 마법 수련을 하다 서울에 올라와 한의학 서적을 살 때 함께 구입한 것이다.

피침을 살균시킨 후 욕창 부위를 조심스럽게 긁어냈다.

"흐음! 되었군."

자리에서 일어난 현수는 아직 처리하지 않은 곳이 있는지 확인하곤 나직이 중얼거렸다.

"컴플리트 힐!"

샤르르르르릉—!

마나가 스며들자 상처 부위가 급속도로 아문다. 스미든은 눈만 크게 뜬 채 숨조차 제대로 쉬지 못하고 있다.

"리커버리!"

샤르르르르릉—!

또 한 번 마나가 스며든다. 이번 것은 골절된 척추를 원상태로 되돌리는 작용을 하고 있다.

"끄으으으응!"

오 분쯤 지난 후 나직한 신음을 토하며 눈을 뜬 에드워드는 아들의 얼굴이 보이자 희미한 미소를 짓는다.

"스미든, 나 괜찮은 거냐?"

자신이 말에서 떨어졌다는 것을 잊지 않은 모양이다.

"네, 아버지! 낙마하셨지만 지금은 괜찮으실 거예요."

"끄응! 그래? 그럼 나 좀 일으켜 다오."

"네!"

스미든이 등을 받치자 에드워드는 어렵지 않게 일어나 앉는다. 이때서야 현수를 발견한 듯 눈을 크게 뜬다.

"이 청년은 누구냐?"

"이분은 아버지를 치료해 주신 분이에요. 그랜드 마스터이시고요."

"뭐? 그, 그랜드 마스터?"

이 와중에도 놀랄 건 다 놀란다.

"네, 영지가 위급한 상황이었는데 이분 덕분에 괜찮아졌어요. 아버지가 다치셨다고 하니까 치료도 해주셨구요. 아무래도 이실리프 마탑주이신 거 같아요."

"헉! 이, 이실리프 마탑주님? 지, 진짜이십니까?"

에드워드의 눈이 대번에 커진다. 전혀 예상치 못한 인물이기 때문이다.

"그렇다네. 흐음, 몸은 괜찮을 것이니 일어서게, 자작."

"네? 아, 네!"

자리에서 벌떡 일어난 에드워드는 곧바로 무릎을 꿇는다.

스미든 역시 찍소리 않고 그 곁에 엎드린다.

"위대하신 마탑주님을 알현하옵니다."

"그래. 한데 소영주가 차기 영주가 되려면 교육이 더 필요한 듯싶네. 그래서 내가 데려가려는데 괜찮겠는가?"

"네? 아! 그, 그럼요. 그렇게 하십시오."

에드워드는 정신없이 고개를 끄덕였다. 감히 왜 그러느냐고 물을 정신도 없다. 한편, 스미든은 느닷없는 제안에 이게 대체 무슨 영문인가 하는 표정이다.

마탑주가 자신을 왜 원하는지 알 수 없다. 제자를 삼으려는 것은 아닌 것 같다. 검에 대한 자질이 뛰어난 것도 아니고 마법은 익힐 수 없는 몸이라는 판정을 이미 받았다.

하여 고개를 갸웃거린다.

현수가 이런 제의를 한 까닭은 스미든이 전형적인 귀족가의 자제라 판단된 때문이다.

기사와 병사들 역시 본인과 같은 인간이라는 것을 의식하지 않는 듯하다. 게다가 경솔한 판단으로 많은 인명 피해를 야기할 뻔했다. 그런데 그 이후의 행동은 보면 멍청한 것은 아니다. 오히려 매우 영리한 두뇌를 가진 듯하다.

이실리프 군도에 데려다 이런저런 것을 가르친 뒤 부려먹으면서 경험을 쌓게 하면 괜찮을 듯싶어 이런 제안을 한 것이다. 인재가 많이 필요한 곳이기 때문이다.

이때 누군가 다가온다.

쿵, 쿵, 쿵, 쿵! 척—!

"부상자 전원 집합시켰습니다, 소영주님!"

달려온 기사의 시선은 스미든에게 향해 있지만 대꾸는 현수가 한다.

"어딘가?"

기사를 따라 너른 연무장에 당도해 보니 부상자들이 부지기수로 누워 있다. 몬스터로부터 직접적인 피해를 보지 않은 영지에서 보내온 지원병들이 상당수였기 때문이다.

현수는 부상병들이 있는 곳을 한 바퀴 휘돌았다.

[아리아니, 엘리디아 불러서 치료시켜 줘.]

[네, 주인님!]

잠시 후, 엘리디아가 부상병 주위를 휩쓸고 지나가니 흐르던 피는 멈추고 찢긴 상처는 봉합되었다.

부러졌던 팔과 다리는 원상으로 회복되었고, 심한 고통을 호소하던 병사의 입에서 신음이 멈췄다.

현수가 지나친 곳에서 일어난 현상이다.

"세상에……!"

에드워드 자작과 스미든의 눈에는 물의 최상급 정령 엘리디아가 보이지 않는다. 정령 친화력이 전혀 없기 때문이다.

그래서 그들의 눈엔 부상병들 앞에서 말없이 바라보고 있는 현수만 보일 뿐이다. 눈여겨 바라보니 현수는 입술조차 달싹이지 않고 있다.

그런데 수많은 부상병이 완쾌되고 있다.

이런 게 기적이 아니라면 무엇이 기적이겠는가!

둘은 조용히 무릎을 꿇었다. 위대한 인물이 펼치는 기적으로 인한 경외감이 오금의 힘을 빼버린 탓이다.

일련의 일들이 있고 난 후 영주는 현수를 붙잡았다.

음식을 준비할 터이니 먹고 가라는 것이다. 이를 거절하자 차 한 잔은 어떠냐고 한다. 이것 역시 거절하자 낙담한 표정이다. 오늘 이 영지엔 전설 같은 인물이 방문했다.

그와의 시간을 조금이라도 더 가졌으면 하는 마음 때문이다.

잠시 혼자 있게 된 현수는 라세안을 여러 번 불렀다.

소리 내어 부르는 것이 아니다. 대기의 마나에 의지를 실어 멀리멀리 보내는 것이다.

그런데 반응이 없다. 하여 스미든을 데리고 스트마르크 영지로 텔레포트했다.

이미 깊은 밤인지라 모두가 잠들어 있었지만 백작과 도널드, 그리고 하인스와 실비아, 마지막으로 왈로드만은 깨어 있었다.

현수가 되돌아올 걸 알기 때문이다.

잠시 후 모두들 잠자리에 들었다. 하지만 현수만은 그러지 않았다. 좋은 방을 내어주었지만 밤새 이 영지 저 영지를 돌아다니며 몬스터들을 퇴치해야 했기 때문이다.

다음 날도, 또 그다음 날에도 같은 일을 반복했다. 라수스 협곡이 결코 좁은 지역이 아니라는 것은 알고 있지만 그 안에 엄청난 몬스터가 살고 있었다는 것만은 충분히 인식되었다.

그러는 동안 미판테 왕국엔 이실리프 마탑주에 대한 소문이 요원의 들불처럼 번졌다.

소문이란 과장되게 마련이다.

그렇기에 결국엔 신(神)과 동급이 되고 말았다. 드래곤 따위는 얼마든지 찜쪄먹을 존재로 알려진 것이다.

"라세안! 라세안! 어디에 있나?"

현수는 혹시나 하는 마음에 다시 한 번 마나에 의지를 실어 보냈다. 이곳은 스트마르크 영지로부터 무려 500㎞나 남쪽에 있는 자그마한 영지이다.

조금 전 현수는 이 영지에 난입하여 사람들을 잡아먹던 한 떼의 웨어울프를 도륙했다.

자작인 영주에게 물어보니 죽은 자의 수효가 무려 13,000여 명이라 한다. 그런데 온전한 시신이 별로 없다.

굶주린 웨어울프들이 뜯어먹은 때문이다.

목불인견(目不忍見)이라는 말이 있다.

눈으로 볼 수 없을 정도로 비참하거나 안타까운 모습을 가리킬 때 쓰는 표현이다. 또한 너무나 어이가 없어 참고 볼 수 없는 아니꼬운 모습을 가리킬 때에도 쓴다.

현수는 차마 눈에 담을 수 없는 광경을 너무나 많이 보았다. 웨어울프들이 파먹은 시신의 모습이 너무도 참혹했다. 하여 무자비한 마법을 난사했다.

매스 윈드 커터로 웨어울프들을 난자했다. 그와 동시에 라이트닝 퍼니쉬먼트까지 구현시켰다.

사람들을 사냥하여 파티를 열고 있던 웨어울프들은 느닷없는 매스 윈드 커터에 갈가리 찢겼다. 그리고 무리 전체에 어마어마한 벼락이 선사되었다.

1㎡당 최하 스무 번 이상의 벼락이 연속해서 내리꽂혔다.

생명을 가진 것이라면 드래곤이라 할지라도 목숨을 잃을 정도로 강력한 마법이다.

이것은 9서클 궁극 마법이다.

땅이 갈라지면서 용암이 솟구치는 파이어 퍼니쉬먼트도 9서클 궁극 마법이다.

이 밖에 엄청난 폭우가 쏟아지는 가운데 땅 속으로부터 폭포수 같은 물이 뿜어지는 아쿠아 퍼니쉬먼트도 있다.

또한 사방에서 살을 에는 날카로운 폭풍우가 몰아치는 윈드 퍼니쉬먼트도 있다.

마지막으로 미티어 스크라이크도 있다. 하늘로부터 운석의 비가 쏟아져 지상의 모든 생물을 말살시키는 것이다.

분노한 현수에 의해 웨어울프들은 단 한 마리도 온전한 형태로 최후를 맞이할 수 없었다.

갈가리 찢긴 육편은 수없이 명멸한 벼락에 의해 노릇하게 구워지거나 시커먼 재가 되었다.

약 30,000마리에 달하는 웨어울프를 맞이하여 지난 4일간 사투를 벌이던 사람들은 마침내 무너지고 만 성벽 위에서 눈을 크게 뜨지 않을 수 없었다.

하늘에 떠 있는 사람의 손끝에서 시작된 무시무시한 마법을 보고 어찌 평온할 수 있겠는가!

이들은 가족, 이웃, 친지 등을 잃고 이를 악문 채 검을 휘두르고, 창을 찔렀으며, 돌을 던진 사람들이다.

더 이상의 근력이 없어 모든 것을 포기하려는 순간 혜성처럼 나타난 마법사는 자신들의 원수를 처참하게 찢어서 죽였다. 그리고 번개로 굽기까지 했다.

너무도 통쾌했다.

이들의 눈에서 굵은 눈물이 아롱져 흘러내렸다.

웨어울프에게 희생된 아버지, 남편, 형, 동생, 아저씨 등등의 죽음이 새삼스러운 때문이다.

현수는 정령들을 불러 몬스터 사체를 정리토록 했다.

그냥 놔두면 부패가 시작되면서 심한 악취를 뿜을 것이다.

이것은 영지민들로 하여금 또 다른 고통을 겪게 하는 일이다. 아울러 전염병 발생도 우려된다.

하여 적당히 썩혀 땅 속에 묻도록 한 것이다.

생존한 인원은 그리 많지 않았다. 몬스터의 습격이 시작되자 가장 먼저 병사들이 희생되었고 다음은 기사들이다.

영주의 세 아들도 목숨을 잃었고, 영주 본인 역시 옆구리에 큰 상처를 입은 상태였다. 아들을 잃은 분노로 제 몸을 돌보지 못한 때문이다.

부상자들을 치료해 주면서 살펴보니 이 영지의 남녀 성비는 1 : 8 정도 된다. 사내들은 거의 모두 죽은 것이다.

기껏 치료해 주었더니 늙은 영주는 더 이상 세상을 살아갈 의욕이 없다면서 스스로 목숨을 끊었다.

졸지에 영주가 없는 영지가 되었다.

현수는 잠시 영주를 대리하였다. 먼저 창고를 열어 양곡을 풀었다. 몬스터들과 싸우느라 꼬박 하루 동안 아무것도 입에 넣지 못한 영지민들을 위한 조치였다.

그러는 동안 무엇을 바라는지 물어보았다.

이들이 바라는 것은 몬스터 없는 안전한 세상이었다. 영주의 명령을 빌미로 한 행정관들의 수탈이 아니었다.

후자는 어떻게 하든 견뎌낼 수 있다. 수확한 곡식을 모두

빼앗겨도 산속의 나물과 시냇물의 작은 물고기들로 연명할 수 있기 때문이란다. 그게 없어도 나무껍질만 얻을 수 있으면 어떻게든 살아남을 수 있다.

하지만 몬스터의 습격은 영주의 수탈과는 비교할 수 없다. 잡히면 죽는다. 다시 말해 미래를 생각할 수조차 없다.

이 영지는 라수스 협곡에 인접해 있다. 하여 평상시에도 수시로 피해를 입고 있었다.

기존엔 오크 무리가 해를 끼쳤는데 최근에는 웨어울프로 바뀌었다. 오크 무리가 모두 잡아먹힌 결과이다.

그날 이후 피해는 더 커졌다. 오크보다 웨어울프들이 더 조직적인 사냥꾼이기 때문이다.

아무튼 이놈들의 대규모 공격에 이 영지는 거의 끝장이 났다. 현수가 10분만 늦게 당도했어도 이루어질 일이다.

하지만 10서클 마스터인 현수가 나타난 후 현장 상황은 180도 달라졌다. 제 배를 채우기 위해 영지민들을 향해 매섭게 달려들던 웨어울프들은 몰살을 당했다.

매스 윈드 커터가 아니라 9서클 궁극 마법인 라이트닝 퍼니쉬먼트의 결과이다.

아무튼 상황이 종료된 이후 현수는 라수스 협곡으로 들어가 보았다.

웨어울프 말고도 많은 몬스터가 서식하고 있는데 먹이가

변변하지 못하다.

게다가 이 영지는 작은 협곡의 출구에 자리 잡고 있다. 지형적인 불리함을 안고 태어난 영지인 셈이다.

살아남은 사람의 수효를 확인해 보니 남자 3,000여 명에 여자 25,000여 명이다.

남자 가운데 3분의 2 정도가 어린아이와 노인이다. 이 영지는 노동력을 거의 모두 잃은 상태인 것이다.

성벽은 너무도 많이 무너져 처음부터 다시 쌓아올려야 할 지경이고, 뭉개진 농토는 올해 농사가 끝이라는 뜻을 보내고 있다. 그리고 현수가 떠난 뒤 몬스터들이 한 번이라도 몰려들면 대책이 없는 곳이다.

현수는 잠시 이맛살을 찌푸렸다. 몰랐으면 상관없지만 일단 개입했기 때문이다.

시선을 돌려보니 아비 잃은 어린아이들은 현수가 나눠 준 막대사탕을 입에 물고 환히 웃고 있다. 처음 맛보는 단맛에 마치 영혼이라도 잃은 듯 천진난만한 모습이다. 그런데 이대로 놔두면 거의 모두 아사하게 될 것이다.

"끄으응!"

나직한 침음을 내곤 본래 이곳을 찾은 목적을 되새겼다. 그리곤 마나에 의지를 실어 멀리멀리 보내보았다.

수십 차례나 같은 행위를 반복했지만 지금껏 아무런 반응이 없다. 그렇기에 별 기대 않은 행위였다.

"라세안! 라세안! 어디에 있나?"

잠시 틈을 두곤 다시 한 번 보냈다. 이번에도 반응이 없으면 조금 더 남하해 볼 생각이다.

"라세안! 라세안! 어디에 있나? 나 하인스이네, 라세안!"

현수는 무너진 성벽 위에서 1분 정도를 기다려 보았다. 그래도 아무런 반응이 없다.

"더 내려가 봐야 하나?"

나직이 중얼거리곤 돌아섰다. 이때 등 위에서 누군가의 음성이 들렸다.

"마법사님, 저, 정말 고마워요."

"누구……?"

현수의 앞에는 스무 살쯤 된 통통한 여인이 서 있다. 구불구불한 금발에는 지푸라기가 잔뜩 묻어 있다.

"저는 세실리아라고 해요. 돌아가신 영주님의 하나밖에 없는 외손녀지요."

'또 세실리아야? 하긴 가장 흔한 이름이라 했으니.'

현수가 살짝 고개를 끄덕일 때 세실리아의 말이 이어졌다.

이야길 들어보니 죽은 영주의 하나뿐인 피붙이이다.

영주와 그 일가는 물론이고 기사와 병사 모두가 죽었고 행정관들도 죽어 본인이 나섰다고 한다.

세실리아는 이 영지가 너무도 피폐해졌으나 재건할 방법을 모르니 도와달라고 했다.

모든 이야기를 듣고는 또 한 번 이맛살을 좁혔다. 어찌해야 할지 생각을 정리하여야 했기 때문이다.

"흐으음!"

"……!"

세실리아는 더 이상의 말 없이 현수만 바라보았다.

그가 유일한 희망이기 때문이다.

마법사란 뛰어난 두뇌를 가진 사람이다. 그렇기에 묘책이 나올 것이라 생각한 것이다.

하지만 현수의 첫마디는 다음과 같았다.

"내가 보기에 이 영지는 희망이 없소."

"아!"

너무도 큰 피해를 입었기에 짐작은 하고 있었지만 세실리아는 휘청거렸다. 정곡을 찔린 때문이다.

"하여 한 가지 제안을 하려 하오."

"…말씀하세요."

"알고 있겠지만 이 영지는 몬스터들의 습격을 받을 수밖에 없는 곳에 조성되었소."

"맞아요. 이곳은 몬스터 해비탯(Monster habitat)이라 불리는 곳이니까요."

죽은 자작은 인근 후작가의 방계 혈통을 이었다.

자작의 6대 조상은 후작의 차남이었다. 작위를 이어받을 수 없기에 일찌감치 독립을 선언하고 이곳을 개척했다.

그때 이곳은 각종 몬스터의 서식지였다. 이들을 밀어내고 성벽을 쌓아 독립했던 것이다.

국가 입장에서 보면 영토가 확장된 것이나 다름없다. 하여 자작위를 수여 받게 되었다.

이곳의 초대 영주는 과감한 정책을 펼쳤다.

타 영지에 비해 확연히 낮은 세율을 적용한 것이다. 예상대로 사람들이 몰려들었고, 오늘날에 이르렀다.

몬스터들의 습격 때문에 늘 불안했지만 영주의 수탈이 적었기에 살기엔 편한 영지라는 평가였다.

그런데 오늘 회복 불가능한 피해를 입었다.

노동력이라도 풍부하다면 마지막으로 어떻게 해보려 하겠으나 이미 그런 상황이 아니었다.

"왕국 남단에서 배를 타고 남하하면……."

"마법사님, 그곳엔 파이렛 군도가 있다고 들었어요. 거긴 해적들의 영토예요."

세실리아는 말을 끊으며 더 들을 필요가 없다는 듯 고개를 흔들며 말한다.

"해적들은 모두 소탕되었고, 파이렛 군도는 이실리프 군도라 불리오."

"네? 이, 이실리프 군도요? 그럼 이실리프 마탑에서……?"

처음 듣는 말이라는 표정으로 조심스레 반문한다.

"맞소. 그곳은 이제 이실리프 왕국이오."

"아……!"

세실리아가 낮은 탄성을 낸다. 마법사들이 몰려가 해적들을 모조리 죽여 없애는 장면을 상상한 것이다.

"그곳이라면 여기보다 훨씬 안전하오. 이곳 사람들이 원하기만 하면 전부 이주시켜 주겠소."

"저, 전부 말씀이십니까?"

"그러하오. 그러니 영지민들의 뜻을 물어봐 주시오."

"어, 언제까지면 되는지요?"

세실리아는 말을 더듬으며 가늘게 몸을 떤다. 지긋지긋한 이곳으로부터 떠날 수 있는 기회가 생긴 때문일 것이다.

"빠르면 빠를수록 좋소."

"아, 알았어요. 금, 금방 다녀올게요."

세실리아가 자리를 뜬 후 현수는 적당한 공터를 찾았다. 대규모 텔레포트 마법진을 그려야 하기 때문이다.

상당히 많은 인원을 안전하게 보내야 하기 때문에 크기도 커야 하지만 세심한 작업이 필요하다. 그러기 위해선 가급적 바닥이 편평해야 한다. 그런데 적당한 곳이 없다. 그러다 기사들의 연무장에 당도했다. 넓기는 한데 울퉁불퉁하다.

"아리아니, 노에디아 불러서 이 앞의 땅을 편평하게 만들라고 해."

"네, 주인님!"

잠시 후 연무장은 유리판처럼 편평해졌다. 현수가 마법진을 모두 그렸을 때 세실리아가 왔다.

"저… 마법사님, 진짜 저희 모두를 그곳으로 보내주실 수 있는 거예요?"

영지민에게 말을 전했을 때 많은 사람이 우려를 표했다. 자칫 성품 괴팍한 마법사의 실험 재료가 될 수도 있다는 것이다. 하지만 세실리아는 그 말에 동조하지 않았다.

위기에 빠진 영지를 구해준 현수를 선한 마법사로 분류하고 있기 때문이다.

세실리아를 힐끔 바라본 현수는 고개를 끄덕여 주었다.

"다 가겠다 하오?"

"네, 갈 수만 있다면요."

"그럼 짐을 싸서 모두 이 앞으로 오라고 하시오. 여기 그려 놓은 마법진은 밟으면 안 되오."

"그, 그래요?"

"나는 잠시 다녀올 곳이 있소. 텔레포트!"

샤르르르르르릉—!

현수의 신형이 사라지자 세실리아는 멍한 표정이다. 이런 마법이 있다는 이야긴 들어보았지만 사람이 안개처럼 스르르 흩어지는 건 처음 보았기 때문이다.

"어머, 내 정신 좀 봐."

잠시 멍한 표정으로 서 있던 세실리아는 후다닥 어디론가 달려갔다.

현수가 당도한 곳은 이실리프 왕국의 중심지가 될 코리아 도이다. 이곳엔 해적 가운데 가장 강한 세력을 이끌던 애꾸눈 잭의 성채가 있다.

섬의 중심부 언덕 위에 지어진 것으로 규모는 제법 크지만 미적 감각과는 거리가 먼 석조 성이다.

현수는 애꾸눈 잭이 침실로 사용하던 방에 있다.

"하리먼! 하리먼! 성으로 오라!"

마나에 의지를 실어 뜻을 전했다.

잠시 후, 4서클 마법사 하리먼이 헐레벌떡 뛰어온다. 마침 가까운 곳에 있었나 보다.

"로, 로드! 헉헉! 어, 어서 오십시오! 헉헉!"

"그래, 별일 없지?"

"네, 일이 너무 많아서 진척이 늦은 것을 빼고 나면 모든 것이 순조롭게 진행되고 있습니다."

현수는 고개를 끄덕였다.

"이곳에 사람들을 데려올 것이네. 당도하면 머물 곳을 마련해 주고 본인들이 원하는 일을 하도록 배려해 주게."

"…알겠습니다. 한데 인원은 얼마나 되는지요?"

"사내는 3,000여 명이네."

"아, 그래요? 정말 잘되었습니다. 그렇지 않아도 일손이 많이 달리던 차입니다."

"그런데 3분의 2 정도가 어린아이와 노인이네."

"아……!"

하리먼은 당황한 듯한 표정이다. 노동력이 없다면 짐이기 때문이다. 그러거나 말거나 현수의 말이 이어졌다.

"여자는 25,000여 명이네."

"아! 정말이요?"

하리먼의 눈이 대번에 커진다. 이곳 이실리프 왕국은 남녀 성비가 불균형한 곳이다. 남자는 많지만 여자의 수효가 적다.

그렇기에 툭하면 싸움이 벌어지곤 했다. 해적 모두가 노예가 된 이후에도 그런 일은 계속되었다.

본능과 관련된 일이기 때문일 것이다. 그런데 한꺼번에 25,000여 명이나 온다면 그런 문제점이 단숨에 해소될 것이다.

그렇기에 하리먼은 환한 웃음을 짓는다. 골치 아픈 일 하나가 해결되는 셈이기 때문이다.

“몬스터에 의해 가족을 잃은 사람들이니 당분간은 잘 다독여야 할 것이네.”

“알겠습니다, 로드.”

대화를 마친 현수는 적당한 장소를 찾아 대규모 텔레포트 마법진을 그려두었다. 많은 인원이 안정적으로 이동해야 하기에 이번에도 공들여 그렸다.

그리곤 다시 미판테 왕국으로 되돌아갔다.

“오셨어요?”

세실리아의 물음에 현수는 가볍게 고개를 끄덕였다.

“준비는 다 되었나?”

“아뇨, 아직……. 잠시만 시간을 주세요. 저희는…….”

세실리아의 이야기를 들어보니 영지민들은 이주를 위해 짐을 싸는 중이다. 빈손으로 갈 수는 없기 때문이다.

이 일이 끝나고 나면 몬스터에 의해 목숨을 잃은 가족들을 위한 애도의 시간을 가질 예정이란다.

시신이 있으면 양지바른 곳에 매장하고, 그조차 찾을 수 없는 사람들은 한곳에 가묘를 조성하며, 나름대로 선정을 베풀던 영주와 그 일가를 위한 묘지도 만들어주고 떠나고 싶다는 것이다.

충분히 납득이 가는 이야기이기에 고개를 끄덕여 주었다.

세실리아는 영주가 쓰던 침실로 현수를 안내했다. 그리곤 그곳에서 하루나 이틀만 묵어주길 청했다.

현수는 스트마르크 영지로 가서 백작의 아들인 왈로드와 실비아, 그리고 에드워드 코린 반 호마린 자작의 아들 스미든을 데리고 왔다.

다음엔 아드리안 공국 최남단에 위치한 콘트라로 향했다.

그곳의 파이젤 백작의 똘똘한 아들 피터와 그의 유모인 엠마 등을 데리고 왔다. 왠지 끌려서이다.

나중의 일이지만 피터는 체계적인 교육을 받아 이냐시오 에델만 드 로이어와 더불어 최연소 소드 마스터가 된다.

CHAPTER 03
한참 찾았잖아요.

"누구……? 아, 자기였어?"

영지민들이 짐 싸는 걸 기다리던 현수는 시간이 걸릴 것 같아 양평 저택으로 차원 이동했다.

도착 장소는 저택의 옥상이다.

한창호 건축사 사무소에 설계를 의뢰할 때 사람이 올라가기 힘든 첨탑 두 개를 넣어달라고 했다. 한남동에 있는 이슬람 사원의 그것과 유사한 것이다.

현수가 이런 디자인을 요청한 것엔 여러 이유가 있다. 그중 하나가 조금 전처럼 차원 이동을 할 때의 안전이다.

차원 이동, 또는 텔레포트를 하는 장소에 바위같이 단단한 물체가 존치되어 있을 경우 큰 상처를 입거나 목숨을 잃는 경우가 발생할 수 있다.

그렇기에 사람들이 오를 수 없는 장소가 필요했던 것이다.

두 개의 첨탑 중간엔 망루처럼 사람이 들어갈 수 있는 공간이 있다. 이곳 바닥엔 마나 집적진이 설치되어 있다.

물론 눈에 보이지 않는 마법진이 그려져 있으므로 아무리 살펴도 그것의 존재를 알 수 없다.

3서클 이상의 마법사라면 누구나 마나의 유동을 감지하고 이상하다 여길 것이다.

하지만 지구엔 마법사라곤 김현수 하나뿐이다.

따라서 아무리 정밀한 계측 기구를 가져온다 해도 마법진의 존재는 밝혀지지 않을 것이다. 마나가 뭔지 모르니 그에 관련된 계측 기구는 아예 존재조차 하지 않기 때문이다.

아무튼 이것이 있기에 주변은 물론이고 한반도 전체에서 마나가 몰려들고 있다.

그렇게 하여 비게 된 자리엔 지구 전체에 분포되어 있는 마나가 몰려든다. 따뜻한 공기가 상승하면서 기압이 낮아진 자리로 고기압 지역의 공기가 몰려드는 이치와 같다.

다소 이기적인 행위라 할 수 있을 것이다.

하지만 마나는 어느 누구도 존재조차 알지 못한다. 따라서 아무도 이를 활용하지 못하니 끌어다 쓰려는 것이다.

그 결과 저택을 중심으로 한 부지 전체의 마나 농도가 상당히 진해졌다. 물론 저택이 가장 진하다.

전혀 오염되지 않은 콩고민주공화국 정글보다도 훨씬 진한 마나 농도는 여러 가지 이점이 있다.

우선 인체의 자연치유력이 상당히 높아진다.

이곳에 머무는 동안엔 공기 좋고 경치 좋은 곳에 자리 잡은 이 세상 어떤 요양 시설보다도 빠른 치유 효과를 볼 수 있을 것이다.

따라서 저택과 인근에 거주하는 사람들은 각종 질병에 대한 백신을 투여 받은 것과 다름없게 되었다.

다시 말해 각종 질병에 걸릴 일이 없게 되었다.

이미 병에 걸려 있는 사람은 치유 속도가 현저히 빨라질 것이다. 이제 병원 신세를 질 일이 없어진 것이다.

식물의 경우는 생장 속도가 빨라지는 효과와 더불어 함유하게 되는 각종 성분 농도가 진해지게 된다.

예를 들어, 저택 인근 숲 속에 천종산삼의 씨앗을 뿌려 장뇌삼을 재배한다고 치자.

그렇게 하고 10년이 지나면 100년 된 천종산삼과 비슷한 효능을 가진 것으로 성장하게 될 것이다.

간에 좋은 것으로 알려진 헛개나무 열매도 이전에 비해 효능이 열 배 이상 늘어날 것이다.

축사가 있어 돼지나 소, 또는 닭을 기를 경우 각종 전염병에 대한 우려를 할 필요가 없다.

돼지는 돼지콜레라, 돼지이질 같은 각종 질병에 걸리지 않는다. 소 역시 우역(牛疫)과 구제역(口蹄疫) 같은 전염병을 신경 쓰지 않아도 된다.

닭은 뉴캐슬병과 가금 티푸스병 및 조류독감 등으로부터 완전히 자유롭게 된다.

뿐만이 아니다. 소, 돼지, 닭의 분뇨에서 냄새가 풍기지 않게 될 것이다. 이는 인간도 마찬가지이다.

사람의 배설물에서 냄새가 나는 이유는 장내 세균이 음식물을 소화시키면서 만들어 내는 스카톨[1]과 인돌[2] 때문이다.

이 밖에 소화 과정 중에 발생되는 소량의 황화수소[3]와 메탄가스, 암모니아 때문이기도 하다.

그런데 마나 농도가 짙어지면 장내 세균의 효율이 대폭 개선된다. 그 결과 거의 완전한 소화가 이루어지기 때문에 이런 냄새나는 것들의 발생이 억제되기 때문이다.

따라서 저택 인근에서는 방귀 냄새 때문에 인상을 찌푸리는 일은 없게 될 것이다.

---

1) 스카톨(Skatole) : β-메틸 인돌의 별명. 콜타르, 인간의 배설물 등에 함유되어 있다. 강한 악취를 풍기는 물질이다.

2) 인돌(Indole) : 불쾌한 냄새가 나며 스카톨과 함께 대변의 냄새 원인이다.

3) 황화수소(Hydrogen sulfide) : 썩은 달걀 냄새를 풍기는 수용성 무색 기체.

이 밖에 마나가 몰려들어 좋은 점은 저택의 안전을 위해 곳곳에 설치해 둔 각종 마법진이 확실한 효력을 내는 것이다.

마지막으로 이제 막 마법을 배우기 시작한 지현과 연희, 그리고 이리냐가 보다 쉽게 마나를 모을 수 있도록 해준다.

어쨌거나 현수는 첨탑 꼭대기에 도착 즉시 아공간부터 열었다. 몸에서 풍기는 냄새가 신경 쓰여서이다.

수많은 몬스터를 제거하는 동안 그들이 뿜어낸 악취가 밴 듯싶어 찜찜했던 것이다.

"엘리디아, 나 좀 씻겨줄래? 옷도 세탁해 주고."

"네, 마스터. 잠시만 가만히 계세요."

말이 떨어지기 무섭게 물의 최상급 정령 엘리디아의 반투명한 동체가 현수의 몸 전체를 두어 번 훑고 지난다.

서늘한 기분이 든다. 하지만 잠시일 뿐이다.

그 결과 의복은 새것처럼 말끔히 세탁되었고, 신체는 방금 사우나에서 때를 밀고 나온 것처럼 산뜻해졌다.

그러고 보니 지구와 어울리지 않는 의복이다. 하여 얼른 갈아입었다. 복장을 확인하곤 플라이 마법으로 2층 서재의 베란다로 내려섰다. 예상대로 잠겨 있으나 뭐가 문제인가!

"언락!"

치르륵—!

열린 문으로 들어가 지구에서 할 일을 체크하기 위해 노트북을 켜려는데 문이 열리며 지현의 얼굴이 보인다.

"아! 여기 계셨네요? 대체 어딜 갔다 온 거예요, 아님 어디 숨어 있었어요? 연희랑 한참 찾았잖아요. 우린 여기 있는 것도 모르고……. 칫!"

현수를 발견한 지현은 문을 활짝 연다.

"나 찾은 거였어?"

"그래요. 한참 찾았잖아요."

워낙 넓어서 이리저리 이동했는데 그때 보지 못하면 찾지 못할 수도 있다. 그렇기에 별다른 추궁은 없었다.

"저녁 식사 준비됐대요. 내려가요."

"그래? 알았어. 금방 내려갈게."

말을 하며 시계를 보니 6시 반쯤 되었다.

이곳에서 아르센 대륙으로 차원 이동할 때의 시간과 비슷하여 오전인가 싶었는데 오후라는 뜻이다.

노트북을 덮고 아래층으로 내려가니 정일환 집사가 정중히 고개를 숙인다.

"편안히 쉬셨습니까? 오늘은 한 번도 안 내려오셨네요."

"아, 네."

"식사 준비되어 있습니다. 자리하시지요."

"네, 그러죠."

집사의 정중한 안내를 받아 식탁 의자에 앉았다. 기다렸다는 듯 연희가 쫑알거린다.

"자기, 하루 종일 어디 숨어 있었어요? 아침, 점심 다 굶고……. 찾느라 애먹었어요."

"그랬어?"

연희를 바라보는 현수는 빙그레 웃음만 짓고 있다.

"배도 안 고파요? 아무튼 앉으세요."

"별로. 간헐적 단식이 몸에 좋다잖아."

"그래도 굶지 마세요."

연희가 무어라 말을 이으려는데 주방 담당 아주머니가 음식을 내온다.

"사장님, 이건 첫째 사모님께서 만드신 거고, 이건 둘째 사모님께서 요리하신 겁니다."

"아! 그래요?"

아주머니가 말을 하며 뚜껑을 여는데 첫 번째 것은 깐풍기이다. 매콤한 맛이 일품인 국물 없는 닭 요리이다.

두 번째 것은 터키의 전통 요리인 케밥이다.

이 밖에 각종 샐러드 등이 풍성하게 차려졌다.

"으음! 맛있겠는데?"

"호호! 그래 보여요? 참, 와인 한잔하실래요?"

"와인? 그거 좋지."

말이 떨어지기 무섭게 스토리 오브 와인이라는 영화의 세 번째 주인공이었던 '중매쟁이 와인' 일바치알레를 대령한다.

이건 달콤한 레드와인이다. 현수가 웬 거냐는 표정으로 바라보자 연희는 배시시 웃는다.

"영화에 나와서 한번 사봤어요. 맛있을 거예요."

"그래? 그럼 맛 좀 볼까?"

정일환 집사가 잔에 따라준 것의 향부터 맡아봤다. 달착지근할 것이라는 느낌이 확연하다.

가볍게 잔을 부딪치고는 한 모금 맛을 보았다. 과연 그렇다.

"이거 드세요."

지현이 손으로 민 접시엔 하트 모양으로 잘린 치즈와 딸기가 있다. 와인과 어울리는 안주답다.

"자, 이제 식사해요."

"그래, 맛있겠다."

셋은 하하, 호호 하며 즐거운 저녁 식사를 즐겼다. 서로 음식을 덜어주며 기분 좋은 미소를 짓는 정겨운 식사였다.

그러는 내내 정 집사는 부담스러울 정도로 정중한 태도로 시중을 들어주었다. 이에 현수는 뭐라 하려다가 말았다.

아르센 대륙으로 가면 이실리프 왕국의 국왕이면서, 이실리프 마탑의 마탑주이며, 이실리프 자치령을 다스리는 지엄한 영주로서 생활해야 한다.

카이로시아과 로잘린, 그리고 케이트는 공작의 딸인 공녀

신분이 되었다.

결혼식을 올리고 나면 모두 왕비가 된다.

스테이시는 모든 신관의 우러름을 받는 성녀이다.

따라서 이런 생활에 익숙해져야 한다. 그걸 이곳에서 연습한다 생각하기로 했다.

식사를 마치곤 2층으로 올라갔다. 신혼인지라 2층과 3층은 도우미들의 출입이 제한되어 있다. 사생활 보호를 위함이다.

하여 현수와 신부들이 부르지 않는 한 올라오지 못하게 되어 있다.

현수는 두 아내와 더불어 따끈한 차 한 잔을 즐겼다. 그리곤 곧장 서재로 들어갔다. 할 일이 있기 때문이다.

"앱솔루트 배리어! 타임 딜레이!"

현수의 서재는 상당히 층고가 높다. 사방은 서가로 채워져 있고 많은 책이 꽂혀 있다.

서재의 중앙엔 커다란 탁자가 있고, 그 위엔 석 대의 컴퓨터가 놓여 있다. 최고의 사양을 갖춘 것이다.

현수는 자리에 앉아 아공간에 담긴 하드 디스크들을 꺼냈다. 지나 국안부 제3국에서 가져온 것과 일본 내각조사처 도쿄3지부에서 복사해 온 것, 그리고 록히드 마틴 비밀연구소에서 복사해 온 것들이다.

엄청나게 많은 양이지만 어쩌겠는가!

누군가에게 자료를 넘기기 전에 한 번은 살펴봐야 할 것들이다. 하여 진득하니 자리 잡고 앉아 내용을 살폈다.

록히드 마틴의 자료들은 예상대로 항공기와 전투기, 그리고 우주왕복선 등에 관한 것이 많았다.

특히 F22 랩터, F35 라이트닝II, F16 파이팅 팰콘, F15 스트라이크 이글은 물론이고 C—130 허큘리스 수송기는 설계도면 전부가 완벽하게 갖춰져 있다.

랩터는 현존하는 세계 최강의 전투기이고, 라이트닝II는 대한민국 공군이 차세대 전투기로 도입하려는 것이다.

뿐만 아니라 록히드 마틴이 야심차게 추진하고 있는 SR—71 블랙버드의 후계기인 SR—72의 개발도면 역시 있다.

이것은 마하6로 장거리 정찰을 할 수 있는 초음속 무인정찰기이다.

현수는 모르고 턴 것이지만 록히드 마틴 비밀연구소는 전략 무기들을 총괄하는 브레인과 같은 곳이다.

그렇기에 이런 엄청난 자료들이 고스란히 있는 것이다.

이 밖에 MX 미사일[4] 및 패트리엇 미사일(PAC—3)과 퍼싱 미사일[5], 트라이던트 미사일[6]에 관한 자료도 있다.

---

4) MX 미사일 : 신형 대륙간 탄도미사일(ICBM). 다탄두 독립 목표 재돌입탄도탄(MIRV) 방식으로 열 개의 탄두가 장착되며, 미사일이 목표에 도달하면 각각의 탄두가 목표를 향하여 날아간다. 한 개당 파괴력은 330kt(TNT 화약 33만t)으로 히로시마에 투하된 원자폭탄의 약 16.5배의 위력이다.

5) 퍼싱 미사일 : 도로 이동형 중거리 지대지 탄도미사일, 사거리 약 1,800㎞.

6) 트라이던트 미사일 : 잠수함 발사 탄도 미사일. 사거리 약 7,400㎞.

물론 완전한 설계도면이다.

인공위성, 우주선 발사 장치, 정보 및 기술 용역에 관한 자료와 전자제품에 관한 것도 많이 있다.

이것들의 내용을 훑어보면서 정리하는 데만 꼬박 열 시간이 걸렸다. 내, 외부 시간 비가 180:1인 곳에 있었으니 1,800시간, 즉 75일이나 걸린 일이다.

인류 최고의 IQ를 가졌으며, 가장 활성화된 두뇌 활용도까지 겸비했음에도 꼬박 두 달 반 정도의 시간이 걸린 것은 내용이 워낙 많았기 때문이고, 외부로 발표되지 않은 첨단 기술이 적용된 것이기 때문이다.

여러 번의 바디 체인지 이후 극강의 체력을 갖게 되었고, 육체적 피로를 훨씬 덜 느끼는 몸이 되었다.

게다가 끼고 있는 전능의 팔찌에는 브레인 리프레쉬 마법진이 그려져 있어 늘 최적의 상태가 유지되도록 한다.

그럼에도 눈이 침침하고 사지가 찌뿌듯함을 느낄 정도다. 고도의 집중을 요구하는 일이었기 때문이다.

어쨌거나 이 일로 인해 현수의 각종 무기에 대한 이해도는 상당히 업그레이드되었다.

"휴우~! 이제야 정리가 되었군."

마지막으로 열어본 폴더를 닫고는 기지개를 켰다.

"으으으으, 크으으!"

작업에 몰두하느라 긴장되어 있던 근육이 이완되는지 시원한 느낌이 든다.

"흐으음, 이제 남은 건 내각조사처 자료와 국안부 자료인데, 이건 언제 하지?"

이것들 하나하나는 록히드 마틴의 것보다 더 방대하다. 전략 무기에만 국한된 자료들이 아니기 때문이다.

게다가 이 자료를 읽을 사람들이 일본어와 지나어를 모를 수도 있다. 따라서 작업하면서 영문, 또는 한글로 번역까지 해놓아야 한다.

분명 만만치 않은 일이다.

"휴우~! 하나당 최소 열두 시간 이상은 걸리겠군."

타임 딜레이 마법이 구현된 장소에서 열두 시간이면 실제 시간으론 90일이다. 석 달 동안 꼼짝 않고 모니터에 시선을 주고 있어야 하는 일이 두 건이나 대기하고 있다.

"에구, 내 팔자야."

현수는 나직이 투덜거렸다. 하지만 하지 않을 수도 없는 일이다. 나날이 강해지는 주변 국가들에 대항하려면 만반의 준비를 해야 하는데 국내 정치가 워낙 한심한 때문이다.

이과에서 가장 뛰어난 성적을 거두는 학생들은 대부분 의대를 선택한다. 이공계를 전공할 경우 취업 후 좋은 대우를 못 받고 연구 환경도 좋지 못하기 때문이다.

외국에서 학위를 받은 인재들이 국내로 오지 못하고 외국을 떠돌고 있는 이유 또한 정치가 삼류이기 때문이다.

국가의 미래를 내다보고 마련되어야 할 정책은 한 치 앞을 못 보는 멍청한 계획이거나 미봉책일 뿐이다.

사고가 나면 그걸 해결하려 애를 쓰는 게 아니라 감추려고 더 많은 돈을 들이니 어찌 제대로 되겠는가!

인명을 구하는 것보다 의전이 먼저인 놈들이 현재의 공무원이고 정치인들이다.

수뇌부가 이토록 무능하니 수년 내에 지나, 혹은 일본에 먹힐 수도 있고, 영원한 미국의 식민지로 전락할 수도 있다.

현재 대한민국의 정치인과 공무원 중 일부는 모리배에 불과하다. 온갖 수단과 방법으로 자신의 이익만을 꾀하는 자들이 국가를 이끌고 있는 것이다.

이들은 거짓말도 서슴지 않고 말 바꾸기는 일상사이다.

뒷구멍으로 뇌물을 받아 챙기면서 얼굴 한번 붉히지 않는 철면피이기도 하다.

정의롭지 않다는 걸 뻔히 알면서도 제 이익을 위해 왜곡하거나 은폐하기를 서슴지 않는다.

현수는 이들의 못된 짓거리에 대한 보도를 보면 모조리 지옥도나 연옥도, 또는 징벌도에 데려다 놓고 싶다는 생각을 하곤 한다. 그런데 너무 바빠 그러지 못하는 중이다.

앞으로 2년 후인 2016년엔 20대 국회의원을 선출하는 선거가 있을 예정이다. 그때까지는 모조리 솎아낼 생각이다.

네티즌이 그들의 과오에 대해 치열하게 검열해 줄 것이기 때문이다.

고개를 돌려 시계를 보니 오전 5시 20분쯤 되었다. 현수는 욕실로 들어가 따뜻한 물로 샤워를 했다.

작업하는 동안 아리아니는 놀아달라고 칭얼거리는 대신 주인님을 위해 정령들을 활용하였다.

엘리디아는 몸을 닦으면서 새롭게 발생되는 피부 각질을 제거했다. 실라디아는 늘 쾌적한 온도와 신선한 공기가 유지되도록 능력을 발휘했다.

이그드리아는 저택 상공에서 혹시 있을지 모를 위험에 대처했고, 노에디아는 저택이 위치한 부지 지하를 돌아다니며 상황을 파악했다.

샤워를 마치고 나온 현수는 지현의 침실을 열어보았다.

그녀에겐 어제저녁 식사 이후 10시간쯤 남편을 보지 못한 것이지만 현수는 두 달 하고도 보름 동안이나 사랑하는 아내를 안지 못했다.

"하음! 자기 왔어요?"

잠결에도 이불 속을 파고드는 현수를 느끼는지 팔을 벌려

목을 휘감으며 안겨온다. 참으로 사랑스럽다.

"그래. 내가 자는 거 깨운 거야?"

"네, 그러니 책임져요."

지현은 입술을 뾰족이 모으고는 마치 참새처럼 뽀뽀한다.

"알았어. 책임질게."

잠시 후 뜨거운 열풍이 불기 시작했다.

지현은 열락에 겨운 몸짓을 하며 열렬히 환영하였고, 현수는 개선장군처럼 당당하게 진군했다.

폭풍이 스치고 지나간 뒤 지현은 너무나 힘들어 손가락 하나 까딱할 수 없다며 칭얼거렸다.

"그럼 조금 더 자."

"치이! 그럼 지각한단 말이에요. 여기서 서초동까지 얼마나 먼지 뻔히 알면서 그래요?"

"에구, 알았어. 그럼 얼른 씻어. 아침은 먹고 가야 하니까."

"네."

자리에서 발딱 일어난 지현은 서둘러 욕실로 들어갔다. 시계를 보니 뭉그적거리다간 진짜 지각하게 생겼기 때문이다.

*　　*　　*

"어서 와라."

"그래, 이제 업무 파악은 다 되었냐?"

"아니. 내가 너무 많이 놀았나 보다."

주영은 대략난감이라는 표정을 짓는다.

은정과 주영은 융프라우 별장을 거쳐 킨샤사의 저택과 모스크바의 저택에 머물면서 18일 동안 신혼여행을 즐겼다.

귀국 후엔 처가 친척들을 만나 인사하느라 며칠을 더 쉬었다.

그리곤 곧바로 출근했는데 문제가 있다.

그사이에 상당히 많은 일이 벌어졌는데 그걸 파악하려면 하루 종일 허덕여야 한다는 것이다.

몽골, 러시아와 체결한 조차로 어마어마한 넓이의 자치령이 또 생겼다. 그곳들을 개발하기 위해 상당히 많은 사람을 뽑아야 하고, 각종 중장비도 매입해야 한다.

이실리프 상사 덕에 대한민국의 중장비들은 감가상각이라는 것을 모른다. 수요는 많고 공급이 적어지자 중고가가 대폭 상승한 때문이다.

북한과는 안주에 대규모 기계공업단지를 설립하기로 했다. 이곳에 보낼 각종 건축 재료 또한 준비하여야 한다.

이실리프 뱅크에선 본격적으로 직원을 모집하였다. 천지기획에서 스카우트한 김지윤 행장대리 전무가 전권을 쥐고 일을 진행하곤 있지만 가끔은 들여다봐야 한다.

자리를 비운 사이에 이실리프 브레인이 설립되면서 이준

섭 인사부장이 전무이사로 발령이 난 상태이다.

사람 구하는 일을 전적으로 맡아준다니 고맙기는 하지만 그래도 자주 만나 의견을 교환해야 한다.

이쪽이 원하는 바를 알려줘야 하기 때문이다.

천지건설 자재과 곽인만 대리가 스카우트되어 이실리프 상사 자재부장에 임명되어 있어 인사를 나눴다.

한때 현수의 사수였기에 직급으론 아랫사람이지만 정중히 대해야 할 것이다.

사장실 책상 위에 올라와 있는 서류를 보니 현수가 에티오피아에서도 조차지를 얻게 될 모양이다. 이것에 대한 대비도 하고 있어야 한다.

자산관리실 최 차장은 지하에 있는 룸살롱 락희와 재계약을 하지 않겠다고 통보한 후 테러를 당했다.

지금은 멀쩡하지만 한때 중환자실까지 갔다고 한다. 자리를 비우지 않았다면 본인이 당했을지도 모르는 일이다.

괜스레 섬뜩한 기분이 들어 외출을 자제했다.

계열사가 될 이실리프 정보가 본격적인 행보를 시작했다고 하니 그쪽 사장과도 인사를 나눠야 할 것이다.

이 밖에도 할 일이 그야말로 태산처럼 산적해 있다.

콩고민주공화국에서 벌어지고 있는 두 건의 개발 사업만으로도 벅차기에 일이 널리고 널린 기분이다.

하지만 책임감 강한 주영은 비서가 사온 김밥으로 끼니를 때우면서 서류에 시선을 집중시켰다. 그 결과 다크서클이 축 늘어져 있다.

"신혼 재미는?"

"그거야··· 너랑 똑같다. 좋지?"

"그래, 당연히 좋지. 이런 줄 알았으면 한 10년쯤 전에 할 걸 그랬다."

"겨우 스무 살에? 야, 그때는······."

주영이 말을 이으려 할 때 현수가 제지했다.

"야야, 그건 그냥 하는 말이지. 그만큼 좋다는 뜻이잖아. 아무튼 너도 만족한다니 다행이다."

"그, 그래."

주영의 고개가 크게 위아래로 끄덕여진다.

"주영아, 너 일 많은 거 안다. 그러니 혼자 하려고 하지 말고 사람을 더 뽑아서 해. 적절히 전권을 주는 것도 괜찮을 거야. 알았지?"

"···알았다. 그렇게 할게. 내가 할 수 있을 만큼만 할게."

"그래, 너무 무리하지 마. 그리고 아직 신혼이니까 잘 지내고."

"오냐. 신경 써줘서 고맙다. 그렇게 할게."

주영은 따뜻한 시선으로 현수를 바라본다.

이 친구 덕에 나락에서 천국으로 올라왔다는 걸 잘 알고 있기 때문이다. 게다가 천사 같은 아내도 얻었다.

그야말로 성심을 다해 봉사하라고 해도 할 판이다.

그런데 너무나 대우가 좋다. 친구지만 충성하고 싶다는 마음이 절로 솟는다.

"참! 몽골과 러시아에 이실리프 자치구 개발 건 있잖아."

"그래. 근데 일을 너무 많이 벌리는 거 아니냐? 에티오피아도 있고 우간다와 케냐에도 만든다며."

"나도 더 이상은 안 하고 싶어. 그런데 어쩌냐. 자꾸 생기는 걸. 아무튼 너랑 나는 일복 하나는 타고난 듯싶다."

"그래. 근데 거기서 뭘……?"

"러시아 쪽은 일을 맡길 사람이 있는데 몽골은 좀 그렇다. 괜찮은 사람 좀 찾아서 추천해라."

"어휴! 또 사람 찾아내는 일이야?"

주영은 질린다는 표정이다.

성실하고, 신뢰감 가며, 능력도 있고, 성품도 괜찮은 사람을 찾는 일이 만만치 않기 때문이다.

게다가 어느 종교이든 광신자는 절대 사절이다.

몽골에서 얻은 땅은 대한민국 전체 영토보다도 크다. 이걸 개발하여 하나의 사회를 구성해야 한다.

따라서 대통령급 인재가 필요하다.

뿐만 아니라 국무총리는 물론이고 각부 장관급 인사들 또한 필요하며, 이들의 지휘를 받아 일사불란하게 일을 진행시킬 수 있는 능력자들도 있어야 한다.

생각만 해도 골치가 지끈거리는지 주영이 머리를 짚는다.

둘의 대화는 한동안 이어졌다. 세부 사항보다는 굵직굵직하게 방향을 잡는 정도였음에도 몇 시간이 걸렸다.

이유는 주영이 사업 전반에 대해 이해를 하여야 하기 때문이다. 다시 말해 주영은 현수가 자리를 비울 때 그 역할을 대신할 능력자가 되어야 한다는 것이다.

믿을 만한 친구이기 때문만은 아니다.

주영은 숫자에 대한 탁월한 감각을 가지고 있다. 그렇기에 수학을 전공한 것이다. 물론 본인이 생각하던 그런 숫자와는 별로 관련이 없는 것만 잔뜩 배웠다.

아무튼 주영은 숫자에 관해 아주 특별한 능력이 있다.

12자리 숫자라도 한 번만 집중해서 들으면 잊지 않는다. 1년 전에 우연히 들은 전화번호도 기억한다.

주영이 골치 아파하는데 현수는 에티오피아와 우간다, 그리고 케냐에 조성될 자치구에 대한 준비를 주지시킨다.

그러던 중 전에 없던 이야기 하나가 툭 튀어나왔다.

킨샤사 저택 인근에 대규모 종합병원인 이실리프 의료원 건설에 관한 이야기이다.

민주영은 또 이맛살을 좁힌다.

규모가 어마어마한 만큼 각종 설비와 시설, 그리고 의료기구 또한 상당히 많이 준비해야 한다. 그리고 의료진 수급까지 고려해야 할 일이기 때문이다.

2013년을 기준으로 보았을 때 수도권 종합병원의 병상 수 서열은 다음과 같다.

| 병 원 명 | 병 상 수 | 매출액 서열 |
|---|---|---|
| 서울아산병원 | 2,680 | 1위 |
| 신촌 세브란스병원 | 2,089 | 3위 |
| 서울삼성병원 | 1,966 | 2위 |
| 서울대병원(본원) | 1,747 | 4위 |
| 가천대 길병원 | 1,737 | 8위 |
| 합 계 | 10,219 | |

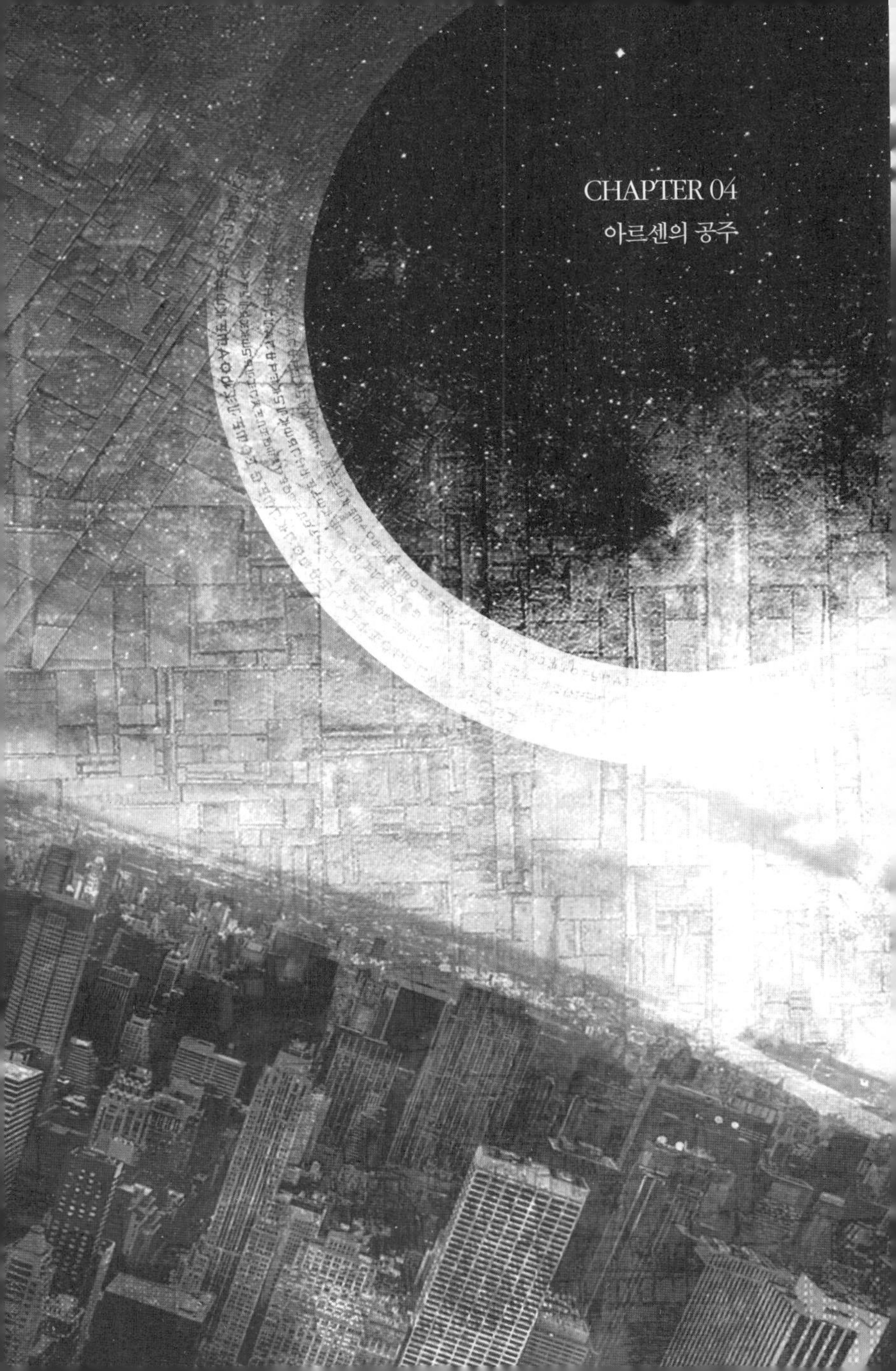

# CHAPTER 04
## 아르센의 공주

현수가 지으려는 것은 부지 100만㎡에 병상 수 10,000개짜리 초대형 종합의료원이다.

부지는 표에 있는 모든 병원을 합친 것보다 넓고, 필요한 의료진 및 직원 수는 비슷할 것이다.

실로 어마어마한 규모의 의료센터를 아프리카 최빈국에 지으려는 것이다. 그런데 이 일은 거대한 종합병원 하나를 짓는 것으로 끝날 일이 아니다.

먼저 부지 매입과 도로 개설이 선행되어야 한다.

설계는 한창호 건축사사무소에, 공사는 천지건설에 의뢰

하면 된다. 완공되기 전에 갖춰야 할 의료기구도 돈만 있으면 얼마든지 구입할 수 있으니 큰 문제는 없다.

의사와 간호사, 그리고 간호조무사 등 의료진을 구하는 것부터가 문제이다.

많은 급여를 준다고 해도 인프라가 제대로 갖춰지지 않은 최빈국으로 가겠다는 사람이 얼마나 있겠는가!

간호사들 대부분이 여성이다. 기혼도 많겠지만 미혼도 많다. 그런데 산도 물도 낯설고 덥기만 한 타국까지 가려는 사람이 얼마나 있을까 싶다.

장시간에 걸친 토론 끝에 의료진은 국내에만 국한하지 않고 외국인들도 적극 채용키로 했다.

이실리프 의료원에서 치료를 받거나 입원할 환자들은 다양한 언어를 사용할 것이다. 영어, 프랑스어, 독일어, 러시아어, 지나어, 일본어, 스와힐리어 등이다.

이들을 채용하려면 숙소가 있어야 한다. 하여 의료원 인근에 작은 신도시를 설립하는 것으로 이야기가 진행되었다.

아파트는 물론이고 빌라와 단독주택 단지를 설립하고 각종 근린생활 시설까지 조성하기로 했다.

이 밖에 환자와 그 가족들이 머물 호텔 등 숙박 시설과 각종 위락 시설 또한 들어가야 한다.

서울시 마포구는 동서 9.8㎞, 남북 2.9㎞ 정도 된다.

실면적은 23.88㎢로 서울시 전체의 3.9%이다. 이곳엔 약 17만 세대, 40만 명이 거주하고 있다.

훗날 이실리프 의료단지라 불리게 될 곳은 이곳보다 약간 작은 20㎢로 조성된다. 약 600만 평이다.

현재는 아무것도 없는 미개발지이며, 진입 도로조차 없으므로 땅값이 매우 저렴하다.

한국식으로 따지면 평당 1,000원도 안 할 것이다.

이걸 평당 1,000원이라 계산하면 부지 매입 비용으로 대략 60억 원 정도를 지불해야 한다.

물론 이 돈은 지불되지 않는다. 이실리프 의료원 설립에 대한 이야기를 하자 콩고민주공화국 정부에서 재빨리 국무회의를 하여 기증하기 때문이다.

“아! 이젠 나더러 의사와 간호사, 그리고 간호조무사까지 만들어내라고?”

모든 이야기를 들은 주영이 질린다는 표정으로 물러앉는다. 생각만 해도 끔찍한 것이다.

“야, 누가 다 하래? 이준섭 전무 있잖아. 사람 전문으로 뽑는 이실리프 브레인 팀장! 지금껏 한 이야기를 이 전무에게 전하는 게 네 임무야. 네가 사람 구하는 게 아니고.”

“아, 그래? 난 또……!”

주영은 겸연쩍은 웃음을 짓는다. 지레짐작한 것이 머쓱했기 때문이다.

"으이그! 너 일 많은 거 내가 뻔히 아는데 아무렴 이 일까지 시키겠냐? 내가 없을 때 내 대신 지휘해야 하니까 알고 있으라고 한 이야기지."

"알았다, 알았어."

주영이 모처럼 환히 웃는다.

"조만간 우리 집에서 식사나 하자. 제수씨랑 같이 와라."

"그래, 그럴게. 너 이사했는데 한 번도 못 가봤잖아."

"오냐."

* * *

"아이고! 어서 오십시오!"

태을제약 태정후 사장이 환한 웃음을 지으며 일어선다.

"네, 오랜만에 뵙습니다."

현수가 예를 갖추자 태 사장 또한 고개를 숙인다.

"여전히 보기 좋으십니다."

"그런가요? 사장님도 좋아지신 듯합니다."

"다 회장님 덕분이죠."

태을제약 태정후 사장은 지분율이 23%에 불과하다.

이리냐가 37%, 이실리프 무역상사가 30%, 나머지 10%는 개미와 외국인 지분이다.

태을제약의 67%가 현수의 것인 셈이다.

"전에 주문한 백신은 어떻게 되었습니까?"

현수가 에티오피아 의무부로부터 주문 받은 말라리아와 콜레라, 그리고 홍역 백신 3,000만 명분에 대한 것이다.

태을제약 입장에서 보면 1년 매출총액 이상이다. 다시 말해 어마어마한 주문을 받은 것이다.

"아, 그거요? 거의 다 되었습니다. 이제 포장하여 발송만 하면 됩니다."

태 사장은 큰일 하나를 해결해 냈다는 성취감이라도 느끼는지 약간 상기된 표정이다.

"다행이네요. 애쓰셨습니다. 참, 슈피리어 듀 닥터(Superior Dew Doctor)는 어찌 되었습니까? 만들어보니 효과가 있던가요?"

"잠깐만요."

양해를 구하고 자리에서 일어난 태 사장은 냉장고에서 뭔가를 꺼냈다. 그리곤 인터컴을 누른다.

띠리리링! 띠리리링!

"네, 사장님!"

비서 아가씨의 음성이다.

"이예원 이사, 내 방으로 오라고 해줘."

"네, 사장님."

통화를 마친 태 사장은 소파에 앉으면서 조심스레 상자를 개봉한다. 현수는 뭔가 싶어 바라만 보고 있다.

"이게 슈듀닥입니다."

"슈듀닥이요?"

무슨 말이냐는 표정을 짓자 태 사장이 환히 웃는다.

"아, 슈피리어 듀 닥터를 저희는 그렇게 부른답니다. 이름이 좀 길어서요."

"아! 슈듀닥! 근데 이거 임상을 해본 거죠?"

"그럼요."

태 사장이 고개를 끄덕일 때 가벼운 노크 소리에 이어 문이 열린다.

"아! 어서 와요, 이 이사!"

"네, 사장님. 어머, 김 회장님 오셨군요. 호호, 반가워요."

이예원 이사는 환히 웃으며 현수의 건너편 자리에 앉는다.

"이사로 진급하신 겁니까?"

"네, 회장님 덕분이에요. 고맙습니다."

이 이사가 정중히 고개를 숙여 예를 갖춘다. 실제로 현수 덕에 이사로 진급한 게 맞기 때문이다.

"……?"

진짜냐는 표정으로 태 사장을 바라보자 환히 웃으며 고개를 끄덕인다.

“김 회장님이 처음 우리에게 연락하셨을 때 이 이사가 잘 해서 오늘이 있는 거잖습니까.”

“아, 네.”

어찌 된 영문인지 알았다고 고개를 끄덕이자 둘 다 웃는다. 서로가 기분 좋은 존재이기 때문이다.

“슈듀닥 때문에 오신 거예요? 이거 정말 끝내줘요. 연구소 연구원들도 놀랐거든요.”

“그래요? 어떤 효능이 있던가요?”

“이걸 바르면 기미와 주근깨가 사라지고 눈가의 자글자글한 주름이 펴져요. 뾰루지나 여드름도 급격하게 호전되구요.”

“그래요?”

“뿐만 아니라 손상된 피부의 재생 속도가 빨라요.”

이예원 이사는 직접 시연해 보이려는 듯 슈듀닥의 뚜껑을 열곤 손가락으로 살짝 찍는다. 그리곤 태정후 사장에게 시선을 준다.

“에구, 또……?”

“사장님은 훌륭한 마루타시잖아요. 호호호!”

이 이사가 웃자 할 수 없다는 듯 태 사장이 손을 내민다.

“회장님, 여기 보이는 이게 검버섯이라는 거예요. 이건… 어머, 사장님. 이거 바르지 마시라고 했죠? 저 없을 때 몰래 바른 거예요?”

"…응. 아, 아니, 그런 게 아니라……."

"쳇! 사장님은 마루타라고 했잖아요. 근데 집에서 다 발라서 없애 버리면 어떻게 해요? 효과가 눈에 확 띄어서 좋은데."

이예원 이사가 하얗게 눈을 흘긴다.

태 사장의 검버섯은 손님들이 왔을 때 슈듀닥의 놀라운 효능을 보여주는 실험 재료로 딱 좋았다.

하여 절대 슈듀닥을 바르지 말라고 신신당부했다. 그런데 며칠 사이에 상당히 많이 사라지고 없다.

"그, 그게… 지난 주말에 마누라 친구들이 와서……. 알았네. 이제 안 그러겠네."

제 잘못을 시인한 태 사장은 허탈한 웃음을 짓는다. 자기 손 하나 마음대로 할 수 없다고 생각한 때문이다.

"이제 그러지 마세요. 보세요. 이제 얼마 안 남았잖아요. 사장님을 빼곤 본사에 검버섯 있는 사람 없다는 거 아시잖아요."

"그래그래, 알았다고."

태 사장은 다소 미안한 표정으로 고개를 끄덕인다.

손등의 검버섯 시연을 보여주면 손님들은 두말 않고 슈듀닥을 샀다. 이렇게 하여 상당히 비싼 가격이고 아직 정식 발매 전이지만 일부에겐 슈듀닥의 존재가 전해지는 중이다.

하여 슈듀닥에 대한 전권을 가진 이예원 이사는 사람들 없을 때면 룰루랄라 하며 즐거워한다. 내놓기만 하면 날개 돋친 듯 팔릴 것이라 믿기 때문이다.

태 사장을 슬쩍 째려본 이 이사는 현수에게 시선을 돌린다. 그리곤 아주 상냥한 미소를 짓는다.

오늘의 자신이 있게 한 결정적인 존재이기 때문이다.

"회장님, 이 검버섯은요……."

잠시 설명이 이어졌다. 그러면서 슈듀닥을 찍어 태 사장의 손등에 펴 바른다. 그리곤 꼼짝도 하지 말라 하곤 그간의 임상에 대한 이야길 한다.

예상한 대로 트롤의 혈액과 디오나니아의 수액이 섞인 이것의 효능은 끝내줬다. 많이 희석되었음에도 불구하고 상처 치유 효과까지 있었다.

"자! 이제 보세요."

대략 10분쯤 지난 후 태 사장의 손등에 있던 검버섯은 확연히 바르지 않은 것과 달랐다.

색깔이 많이 옅어진 것이다.

"이렇게 하루에 한 번씩 세 번만 바르면 검버섯이 모두 사라져요."

검버섯은 휴면 세포의 일종이다. 그런데 슈듀닥과 접촉이 되면 다시 활성화되어 정상 세포가 된다는 것이다.

이것의 원료는 이 세상에 없는 것이다. 따라서 고가정책을 써도 충분히 먹힐 것 같다. 대주주로서 아주 즐거운 일이다.

"가실 때 차에 넣어드릴게요. 사모님 드리세요."

"하하, 네."

이 이사는 향후 판매에 대한 이야길 한다. 그러면서 슬쩍 지현을 모델로 쓰면 어떻겠느냐고 묻는다.

"제 아내요? 글쎄요? 공무원 신분인데 그게 가능한가요? 겸직이 금지된 것으로 알고 있습니다."

현수의 말처럼 공무원은 현직에 있는 동안 원칙적으로 다른 직업을 가질 수 없다. 자신의 직무와 관련된 일이라면 영리를 추구하지 않는 겸직도 불법이다.

본직의 업무상 독립성이나 공정성이 훼손되거나 사익을 추구할 소지가 있기 때문이다.

그러나 공무원이라고 사소한 영리까지 금지된 것은 아니다. 기관장의 허락이 있을 경우 허용되는 영리가 있다.

이 이사는 이에 대한 사전 조사를 마쳤는지 환히 웃으며 말을 잇는다.

"사모님의 아버님께서 고검장이시잖아요. 부친께서 기관장이시니 허락 받을 수 있는 거 아닌가요?"

"……?"

현수가 그런가 하는 표정일 때 이 이사의 말이 이어진다.

"가급적 전속 모델이었으면 좋겠지만 그렇게 하면 허락 받는 게 쉽지 않을 테니 6개월 단발이면 어떨까 싶어요."

"6개월이요?"

이 이사는 현수의 반문에 가능성이 있다 판단했는지 바싹 다가앉는다. 물론 환히 웃는 낯이다.

"사모님은 아마추어지만 프로로 대접해 드릴게요."

"그건 아내와……."

그냥 거절하는 것보다는 아내와 상의해 보겠다고 하려는데 이 이사가 다시 입을 연다.

"6개월 단발이에요. 촬영은 한 번만 하시면 되구요. 사모님께는 좋은 추억이 될 수도 있을 거예요. 네?"

표정을 보아하니 뭔가 긍정적인 대답을 하지 않으면 계속해서 요청할 것 같다. 하여 고개를 끄덕여 주었다.

"알겠습니다. 아내와 상의해 보겠습니다."

"호호! 네. 아마 사모님께서도 하시겠다고 할 거예요. 워낙 예쁘셔서 나오기만 하면 우리 슈듀닥 판매율이 확 올라갈 거라 저는 믿어요."

이예원 이사는 자신의 말에 동조해 달라는 표정으로 태 사장을 바라본다.

"그, 그럼요! 사모님이 나오기만 하면 대박날 겁니다. 그건 틀림없습니다. 하하!"

"에구!"

현수는 뭐라 할 말이 없기에 나지막한 탄성만 냈다.

"참! 아르센의 공주는 어떻게 진행되고 있습니까?"

아공간에 담겨 있는 것만 컨테이너로 1,200대 분량이다. 이 정도면 천연 향수를 만들고도 남을 것이다.

"아, 그거요? 그거 정말 좋더군요. 아무리 맡아도 향기가 질리지 않아요. 폐부가 시원해지는 느낌이거든요."

태 사장의 말을 받은 건 현수가 아니라 이 이사이다.

"회장님, 원료 구해주신다고 했는데 진짜 가능한 거예요?"

"제가 왜 흰소리를 하겠습니까?"

"아! 그럼 그거 해요. 저흰 용기까지 다 구상해 놨어요. 잠시만요."

하던 말을 끊고 재빨리 밖으로 나가는가 싶더니 금방 되돌아온다. 사장 비서실에 준비해 놓았던 모양이다.

"이거예요. 아르센의 공주를 담을 용기요."

이 이사가 가져온 것은 에메랄드 빛 향수병이다.

아르센 대륙의 드워프가 깎은 것이라 착각할 정도로 유려한 디자인이다.

"괜찮군요."

"그죠? 그죠? 제가 이걸 보고 딱이라고 생각했어요. 사장님도 이게 제일 낫다고 했구요."

"그게 무슨 소리입니까?"

"저희가 향수병 공모를 했거든요. 그랬더니……."

태을제약에선 포인세 잎사귀를 이용한 향수사업의 전망이 밝다고 판단했다.

바닐라 향과 페퍼민트 향의 오묘한 조화를 이룬 이것은 맡으면 맡을수록 심심이 시원해지는 것 같았다.

그런데 사람들마다 호불호가 다르기에 사원들도 불러 모아 냄새를 맡도록 했다. 결과는 100% 긍정이었다.

답답한 도심에서 매연에 찌든 공기로 호흡하는 도시인이다. 그런데 냄새를 맡아보니 너무도 좋은 것이다.

하여 인터넷에 공모 공지를 띄웠다.

디자인이 채택되면 소정의 상금을 주고, 태을제약 또는 태을 코스메틱에 취업하는 조건이었다.

이실리프 그룹 덕에 청년 실업률이 대폭 하락한 상태지만 디자인 쪽은 별다른 영향이 없어 취업난이 계속되고 있었다.

그래서인지 상당히 많은 디자인이 쇄도했다. 그것들 중 고르고 골라 뽑은 것이 눈앞에 있는 아름다운 향수병이다.

안에 담긴 향수를 다 쓰더라도 버리고 싶은 마음이 들지 않을 정도로 아름답다.

"좋네요. 근데 나머지 디자인은 어땠나요?"

말이 떨어지기 무섭게 이 이사가 노트북을 펼친다.

"사실 참 아까운 디자인이 많았어요. 여기 이거 좀 보세요. 이거요."

아르센의 공주가 담길 향수병과는 다른 디자인이다. 사파이어 빛 용기인데 밑은 사각이고 위로 올라가면서 조금씩 좁아지면서 삼각형을 이루는 약간은 뾰족한 느낌이다.

보는 순간 괜찮다는 느낌이 든다. 굳이 점수로 따지자면 채택된 것을 100으로 보았을 때 이것은 98쯤 된다. －2점인 이유는 약간 밋밋하다는 느낌 때문이다.

한참을 들여다보던 현수가 한마디 했다.

"이것도 괜찮군요. 여기에 살짝 금띠를 둘러주면……."

포토샵 프로그램으로 향수병의 3분의 2쯤 되는 곳에 금색을 입히자 그게 포인트가 되면서 디자인이 완벽해진다.

"좋네요, 이거! 근데 어쩌죠? 아르센의 공주를 담을 건 이미 결정되었어요."

"그럼 향수 하나를 더 만들면 되잖아요. 잠깐만요."

이번엔 현수가 밖으로 나갔다. 주차장에 가서 뭔가를 꺼내오는 척을 하려는 것이다.

잠시 후, 태 사장과 이 이사는 눈을 크게 뜨고 있다.

현수가 아공간에서 꺼낸 디오나니아의 꽃에서 나는 향기 때문이다. 포인세와 달리 아주 진한 향이다.

"이 꽃은 공기 중 수분을 빨아들이는지 반년은 시들지 않는다고 합니다. 냄새 좋죠?"

"우와아! 이 향기! 사장님, 이것도 대단하죠?"

"그러게. 너무도 달콤하고 너무도 그윽해! 근데 정말 그냥 놔둬도 반년이나 시들지 않아요?"

"그럼요!"

현수는 예상된 반응에 기분이 좋았다.

"이 꽃으로도 향수를 만들어보세요. 이름은 '디오나니아의 눈물' 정도면 괜찮을 것 같네요."

"디오나니아의 눈물이요? 무슨 뜻이 있는 건가요?"

태 사장의 반문에 현수는 부드러운 미소를 지었다.

"아뇨. 그냥 그럴듯한 이름인 거 같아서요."

"디오나니아의 눈물! 괜찮네요, 그 이름. 왠지 우아하고 귀족적인 느낌이에요."

"……!"

사람도 잡아먹는 식인식물의 이름이 디오나니아이다.

아르센 대륙에선 반드시 기피해야 할 것 중 하나이다.

그런데 이름만 듣고 우아하고 귀족적이라니 내심 웃겼다. 하지만 겉으로 드러내진 않았다.

"그 이름으로 향수를 발매하세요. 이건 향기가 너무 짙으니 적당히 줄이는 게 관건이겠네요."

"그럼요. 그건 저희가 알아서 합니다. 이 이사, 아깝게 차석한 그 디자인 써도 되는지 확인하세요."

"네? 네, 그러겠습니다."

이예원 이사가 크게 고개를 끄덕인다. 그렇지 않아도 몹시 아깝다 여기던 디자인이다. 그런데 다른 상품의 디자인으로 나가게 되니 무척이나 기분이 좋은 것이다.

"현재의 공장으론 생산이 부족하죠?"

"아뇨. 납품할 백신 제조가 끝났으니 그 라인을 이용하면……."

태 사장이 말을 이으려 할 때 현수가 그것을 잘랐다.

"백신 생산 라인은 계속 유지해야 할 겁니다. 우간다와 케냐에서 곧 주문을 해올 거니까요. 참고로 우간다의 인구는 3,000만 명이고, 케냐는 4,000만 명입니다."

"……!"

"주문 받을 백신은 말라리아, 홍역, 콜레라 등입니다."

태정후 사장은 아무런 대꾸도 못했다.

에티오피아에서 주문한 물량은 말라리아와 콜레라, 그리고 홍역 백신 3,000만 명분이다. 이외에도 장티프스와 이질, 그리고 다른 질병에 대한 백신을 주문 받을 수도 있다.

그런데 이에 추가하여 무려 7,000만 명분의 각종 백신을 주문하겠다는 뉘앙스이다.

어찌 태연할 수 있겠는가!

이렇게 주문이 이어지면 태을건설을 만들었다가 폭삭 망하면서 지은 빚 전부를 갚을 수 있다. 뿐만 아니라 그 과정에서 발생된 이익으로 지분율을 높일 수도 있다.

그렇지 않아도 지분율이 불과 23%라 언제든 경영권을 빼앗길 수 있는 상황이다. 특히 이리냐 파블로비치 체홉이라는 러시아 여성이 다소 위협적이다. 개인임에도 불구하고 무려 37%에 이르는 주식을 매입했다.

우호관계에 있는 이실리프 무역상사가 30%에 달하는 지분을 가지고 있기에 안심이 되지만 혹시라도 둘이 연대하면 언제든 경영권을 내달라고 요구할 수도 있다.

그런데 최근엔 그 지분율이 조금 더 늘었다.

개미와 외국인 지분으로 알려져 있던 나머지 10%마저 그녀의 소유가 되었음을 보고 받은 바 있다.

회사 전체 지분 중 47%가 한 외국인 여성의 소유가 된 것이다. 50%를 넘지 않았으니 외국인이 주인인 기업이라 할 수는 없다. 그나마 다행한 일이다.

그렇기에 크게 고개를 끄덕인다.

"좋은 생각이십니다. 디오나니아의 눈물! 저희가 꼭 발매하겠습니다, 회장님!"

태정후 사장은 크게 고개를 끄덕이고 있다.

매출의 극대화로 이익을 실현하는 길만이 러시아 여성의 경영권 요구를 잠재울 수 있다고 생각한 것이다.

곁에 있는 이 이사도 고개를 끄덕이고 있다. 그런 그녀의 뇌로는 태을제약이 세계적인 향수 제조업체로 소문나는 상황이 그려지고 있다.

포인세의 잎사귀로 만드는 '아르센의 공주'와 디오나니아의 꽃으로 만든 '디오나니아의 눈물'만으로도 세계 향수 시장을 석권할 수 있을 것이라 생각한 것이다.

"가능하다니 다행입니다. 이걸 원료로 천연 향수 제조를 진행해 보십시오. 이 두 가지 원료는 곧 운송될 겁니다."

"아! 벌써 운송을 시키신 겁니까?"

"네, 멀리 콩고민주공화국으로부터 오는 것이니 관리에 만전을 기해주십시오."

"당연한 말씀이십니다. 각별히 유념토록 하겠습니다."

태 사장과 이 이사는 연신 고개를 끄덕였다.

"참, 전에 말씀드린 연구원들은 어떻게 되었습니까?"

"아! 그거요? 다 준비되었습니다. 여기……."

태 사장이 서랍에서 꺼낸 것은 연구원들의 이력서이다.

"사장님, 이 사람들 전부 외국에서 근무해도 괜찮다는 분들입니까?"

하나하나 이력서를 살피며 묻자 태 사장은 크게 고개를 끄덕인다.

"네, 에티오피아든 콩고민주공화국이든 발령 나는 대로 가겠다고 하더군요."

현수는 고개를 끄덕였다.

이력서를 보니 이유가 드러나 있기 때문이다. 외국 근무에 동의한 사람들은 딱 두 가지 부류이다.

미혼이거나 나이가 많거나.

미혼인 경우는 몇 년 외국에서 근무하면서 많은 돈을 벌어보자는 목적일 것이다. 50대에 가까운 사람들은 불경기 때문에 직장에서 밀려난 사람들일 것이다.

이 나이 대는 가장 돈이 많이 필요할 시기이다. 자식들 대학을 보내는 한편 결혼도 시켜야 하기 때문이다.

이런 나이임에도 직장을 구하지 못하고 있었을 걸 생각하니 측은한 마음이 든다.

"이력서는 총 105장입니다. 30명 뽑는다고 했는데 생각 외로 지원이 많았습니다."

"그렇군요."

현수는 고개를 끄덕였다. 위정자들의 정책 실패로 인한 불경기가 이런 결과를 야기했다는 걸 알기 때문이다.

"그중 원하는 사람들을 선별하시면 됩니다. 저를 통해서 연락하셔도 되고 직접 만나셔도 됩니다."

"그러지요. 애써주셔서 고맙습니다."

"아이고, 무슨 말씀을……. 그거 다 놀고 있는 제 후배들을 구제하려는 일인걸요. 오히려 제가 감사합니다."

태 사장은 진심을 담아 고개를 숙인다. 실제로 놀고 있는 후배들을 챙긴 것이기 때문이다.

최상위권 대학 출신은 아니라는 건 문제되지 않는다.

브레인 리프레쉬 마법진으로 얼마든지 개선시킬 수 있기 때문이다.

현수는 이력서를 모두 챙겼다.

*　　　*　　　*

"아이고, 어서 오십시오."

대한의약품 민윤서 사장이 환한 웃음을 보인다. 너무도 반가운 사람이 온 때문이다.

"아기 잘 크죠? 대한이요."

"하하, 그럼요. 아주 무럭무럭 잘 자라는 중입니다."

민윤서의 아들 민대한은 지난 2월 22일에 출생하였다. 이제 겨우 한 달 조금 넘었다.

태어날 때 제 엄마를 죽음 직전까지 몰아넣은 녀석인데 발육이 매우 좋다.

대한민국 신생아 평균은 3.2㎏에 51㎝이다. 생후 1개월 평균은 4.59㎏에 55.2㎝이다. 민대한은 현재 5.3㎏에 59.6㎝나 된다. 민 사장의 말대로 무럭무럭 자라는 중이다.

"자, 자리에 앉으시죠."

"표정을 보니 뭐 좋은 일이라도 있나 봅니다."

"하하! 네. 형님이… 윤강혁 소령 아시죠?"

"그럼요. 국방과학연구소에 계시잖습니까."

지난 9월에 항공 유도무기 체계팀장인 최의문 대령과 함께 만난 바 있다. 그러고 보니 둘 다 결혼식에 참석했는데 여태 감사의 뜻을 전하지 못했다.

본인을 대리하여 민주영이 감사하다는 뜻의 서한을 하객들에게 발송했지만 그건 그거고 따로 인사하는 것이 옳다.

"그 형님이 귀한 석청을 보내주셨습니다."

"석청이요?"

"아는 사람이 설악산에 갔다가 길을 잃고 헤매던 중 우연히 발견해서 채취한 거라고 합니다. 전문가에게 물어봤더니 200~300년쯤 된 거래요."

석청은 돌 틈에 지어진 벌집에서 채취하는 것으로 일반 꿀에 비해 토코페롤, 칼슘, 게르마늄 등이 풍부해 산삼에 버금가는 건강식품으로 여겨지고 있다.

"아! 그래요?"

"잠시만 기다리십시오. 이제 곧 석청차가 대령될 겁니다."

민 사장은 현수의 반응이 궁금하다는 듯 환히 웃는다.

"덕분에 아주 귀한 걸 먹어보게 되겠네요."

"그나저나 업무 보고부터 해야지요?"

"에구, 우리 사이에 보고라니요. 그냥 어찌 진행되는지 말씀해 주십시오."

"그게 그거죠. 하하하!"

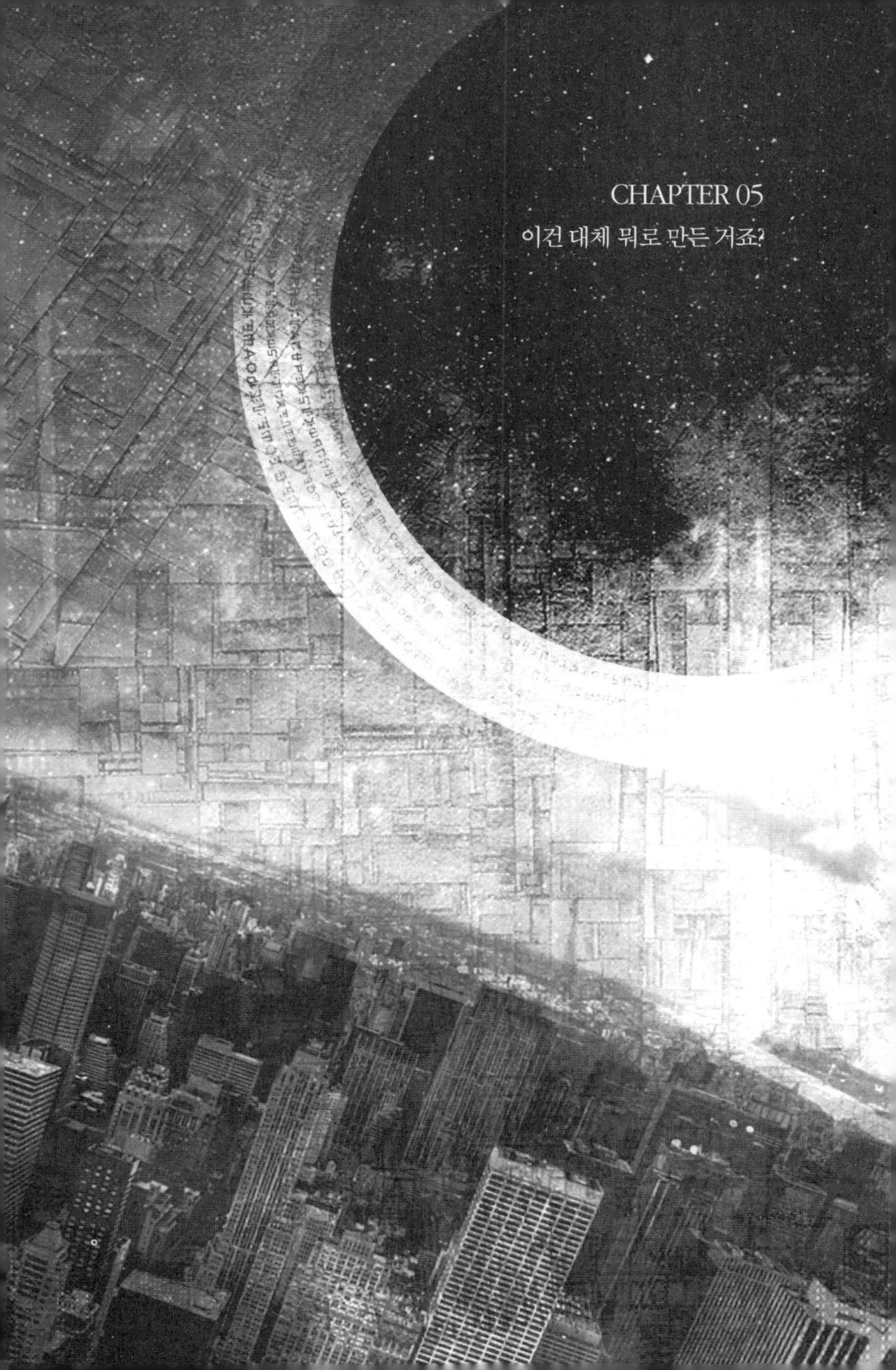

# CHAPTER 05

## 이건 대체 뭐로 만든 거죠?

민 사장은 환히 웃는다. 너무도 행복한 나날이 이어지는 중이기 때문이다. 사업은 번창 일로에 있고, 사랑하는 아내는 꽃처럼 피어나는 중이다. 갓 태어난 대한이 또한 무럭무럭 자라니 어찌 행복하지 않겠는가!

그렇기에 아주 편안한 안색으로 노트북을 펼친다.

"우선 프라이벳 리메디에 대해 말씀드릴게요."

이것은 장병들이 전투, 또는 훈련 시 상처를 입을 경우 환부에 짜 넣기만 하면 반나절 안에 상처가 아무는 효과를 보이는 것이다.

연고 형태로 제작되었는데 주원료는 회복 포션 성분이다.

"……!"

현수는 대답 대신 고개를 끄덕였다.

"국방장관님을 만나 제품을 보여드렸습니다. 그 자리에는 국방부 조달본부장도 계셨습니다. 현재 상담 중에 있으며 조달 물량은 300만 개입니다."

"그래요? 어떤 포장으로 납품하는 거죠?"

"상처 크기가 5㎝ 정도일 때 2g 정도만 짜 넣으면 되는데 10g 단위로 포장됩니다. 하나당 납품 단가는 5,000원으로 책정되었습니다."

같은 용량의 후시딘의 약국 소매가보다 약간 싼 가격이다. 납품 총액은 150억 원이다.

가격 결정은 경영 책임자인 민 사장 고유 권한이기에 현수는 싸니 비싸니 하지 않고 고개를 끄덕였다.

"다음은 미라힐Ⅰ과 미라힐Ⅱ에 관한 보고입니다. 액체 형으로 제작된 이것은 유리용기에 담기며 각각 100만 개씩 제작 중에 있습니다. 제조된 것은 안정성 확보를 위해 냉장 보관되는 중입니다."

"그건 여력이 있을 때 조금씩 더 생산해 주십시오."

민 사장은 고개를 끄덕이며 말을 잇는다.

"알겠습니다. 다음은 청향에 관한 것입니다. 전에 말씀하신 대로 용기 교체 완료하였고, 현재 시판을 위한 생산 중에 있습니다."

"얼마나 준비되었습니까?"

"안정 호흡 시의 호흡기량 평균은 정상 성인 남자의 경우 400~550*ml* 정도입니다. 청향은 성인이 두 호흡을 할 수 있도록 1,000*ml* 용기로 제조되었습니다. 현재 확보한 물량은 600만 캔입니다."

"그건 미라힐Ⅰ과 미라힐Ⅱ의 생산량에 비례하는 거죠?"

"네, 그것들을 제조하는 과정에서 발생되는 증기를 모아 만드는 거니까요."

거의 공짜나 다름없다는 뜻이다.

"그건 가격이 얼마나 되나요?"

"용기는 캡만 교체하면 재활용이 가능한 겁니다. 그래서 사용한 캔을 반납하면 개당 2,500원이고, 공장 출하 가는 3,000원으로 책정했습니다."

"쉐리엔은 어때요? 공급이 수요를 따라갔나요?"

"아이고, 말도 마십시오. 생산 라인을 열두 개나 늘렸음에도 어림도 없습니다. 24시간 풀가동하는데도 수요를 따라가지 못하는 상황입니다."

"그건 그렇겠네요."

쉐리엔을 필요로 하는 사람은 어려워서 먹고사는 걱정을

해야 하는 일부 국가를 제외한 전 세계이다.

처음엔 여성들만 복용했지만 요즘엔 남성들도 많이 찾는다. 그 결과 수요가 엄청나게 늘었다.

별다른 운동을 하지 않아도 자연스레 살이 빠지니 게으른 사내들에겐 눈이 번쩍 뜨일 상품이기 때문이다.

"참, 향남제약단지 전체를 매입하는 데 성공했습니다. 명의 이전 완료했고, 현재는 개보수 작업 중에 있습니다."

"다행이군요."

"작업이 완료되면 쉐리엔의 경우는 생산 라인이 36개 정도 더 늘어날 전망입니다."

"그러면 수요를 충족시킬 수 있는 겁니까?"

"그래도 약간은 부족할 것 같습니다. 하지만 더 이상의 라인 증설은 고려치 않습니다."

세상의 모든 일엔 부침(浮沈)이 있다.

하늘 높은 줄 모르고 올라만 가던 것이 어느 날부터 서서히 떨어지거나 아예 폭삭 주저앉는 경우이다.

전자제품인 경우는 거의 100% 그러하다. 삐삐라 불리던 호출기가 그랬다. 워크맨이나 MP3도 마찬가지다.

필름을 사용하는 카메라는 필름과 동시에 이미 역사의 뒤안길로 사라졌다.

아마도 대한민국의 거의 모든 국민이 가지고 있는 휴대폰도 이 규칙을 벗어나지 못할 것이다.

민 사장은 쉐리엔의 인기 또한 언젠가는 수그러들 것이라 판단했다. 그렇기에 조금 부족한 듯한 설비를 유지하는 것이 낫다고 판단한 것이다.

하지만 이런 전망은 잘못된 것이다.

인류와 비만은 떼려야 뗄 수 없는 관계이기 때문이다.

쉐리엔의 수요는 결코 줄지 않는다. 오히려 늘어난다. 누구나 다 날씬하니 적당한 체형의 사람들도 찾기 때문이다.

대신 동네마다 있던 헬스클럽들이 문을 닫는다. 건강기구 업체들은 도산하고, 각종 다이어트 제품 또한 사라진다.

쉐리엔이 최강자 자리를 차지하면서 나머지 전부를 휩쓸어 버리는 것이다.

그런데 쉐리엔은 수요를 충족시켜 주지 못한다. 하여 일부 국가에서는 웃돈 받고 거래된다.

"드모비치 상사로 가는 건 어때요?"

"전에 말씀하신 게 있어서 내수보다도 그쪽 것을 우선으로 하고 있습니다. 그런데 날이 갈수록 주문량이 늘어서 골치 아픕니다."

"후후후!"

행복한 고민이라는 게 바로 이런 것일 것이다. 그래서 현수는 나직한 웃음만 지었다.

실제로 드모비치 상사는 단 한 번도 결제일을 어기거나 클레임을 걸지 않았다. 현수와의 관계 때문이 아니라 상품 자체가 워낙 뛰어난 효능을 가진 때문이다.

그렇기에 대한의약품은 나날이 발전하고 있다.

"대한동물의약품은 어떻게 되고 있습니까?"

"아! 이실리프 애니멀 매디슨이요?"

"헐! 회사명 바꾸신 겁니까?"

"그래야지요. 회장님 지분이 절반이 넘으니까요."

"엥? 그게 무슨 소립니까? 제 지분은 49%잖아요."

자신의 기억이 잘못되었는가 싶어 기억 더듬어봤지만 지난해 6월 20일에 매입한 지분은 분명 49%이다.

경영권을 위협하지 않기 위함이다.

"제가 돈이 좀 필요해서 매각을 했습니다."

"그거 놔두면 가치가 많이 올라갈 텐데……."

민윤서 사장은 이실리프 그룹사 대표들과 만나는 자리에서 보유주식 중 21%를 매각했다. 매입자는 민주영이지만 실소유자는 현수이다.

현수가 없었다면 대한동물의약품은 벌써 망했을 회사이다. 그렇기에 본인이 소유권 및 경영권을 갖는 게 옳지 않다 판단하여 처분한 것이다.

"그렇겠죠. 하지만 나머지 30%만으로도 제겐 충분합니다.

자족함을 알아야 하지 않겠습니까?"

민 사장은 의미심장한 웃음을 지어 보인다. 자신의 뜻을 알아달라는 뜻이다.

"괜한 일 하셨습니다. 도로 무르시지요."

"아닙니다. 많이 생각해 보고 내린 결정입니다. 저는 정말 30%만으로도 만족합니다."

콩고민주공화국, 러시아, 몽골, 에티오피아, 우간다, 케냐 등지에 조성되고 있거나 조성될 이실리프 자치령엔 많은 가축들이 사육될 것이다.

자치령은 물론이고 남한과 북한을 비롯한 6개국의 내수를 충당할 정도는 될 것이다. 따라서 상당히 많은 가축약품이 필요하다.

그걸 생산해 내기 시작하면 어마어마한 이득이 발생될 회사의 주식을 팔았지만 아깝다는 표정이 아니다.

"민 사장님의 뜻을 알겠습니다."

현수는 고개를 끄덕일 수밖에 없었다. 뜻이 확고하다고 느낀 때문이다.

"참! 김지우 연구실장님 좀 불러주십시오."

"그럴까요? 잠시만요."

"저도 잠시 자리 좀 비우겠습니다."

말을 마친 현수는 주차장으로 가서 아공간에 담겨 있는 쏘러리스의 간과 쉐리엔의 열매를 꺼내왔다.

“오랜만에 뵙습니다, 회장님.”

“네, 실장님. 안녕하셨죠?”

“하하! 그럼요. 회장님 덕분에 아주 잘 지내고 있습니다.”

너털웃음을 터뜨리는 김지우 박사의 안색은 환했다.

예전엔 연구실 자체가 폐쇄될 위기였다. 급여가 밀려서 지급되는 동안엔 언제 조만간 실업자가 될 수도 있다는 스트레스를 받았다. 하지만 이제는 아니다.

비싼 최신 연구설비들로 가득한 연구실에서 원하던 연구를 원없이 할 수 있게 되었다.

급여도 이전에 비해 두 배 이상 상향되어 지급되고 있다.

얼마 전 회사는 향남제약단지 전체를 사들이는 데 성공했다고 발표했다. 그래서 이젠 이실리프 제약단지라 부른다.

뿐만이 아니다. 주변 토지를 상당히 많이 사들였다. 그 이유를 물었더니 직원 복지를 위해서라고 설명했다.

김지우 박사의 자택은 서울 용산구 청파동에 있다. 자가용으로 출퇴근할 경우 왕복 네 시간이 소요된다.

민 사장은 연구시간도 부족한데 길바닥에서 너무 많은 시간을 소모하는 것 아니냐면서 이사를 권유했다. 반드시 서울에 거주지가 있어야 할 이유가 없다는 것을 알기 때문이다.

무슨 소린가 싶어 물어보니 새로 매입한 토지에 사원들을 위한 아파트를 지을 예정이라고 한다.

김지우 박사의 외아들은 현재 유학 중인지라 부부가 연로하신 부모님을 모시고 있다. 그걸 감안하여 65평짜리 아파트를 무상으로 제공하겠다고 한다.

사원 아파트는 재직기간 동안 무료로 사용 가능하며 전기와 수도, 그리고 가스 사용료까지 회사에서 부담해 준다.

연구직의 경우 정년퇴직 연령이 75세로 상향되었다. 따라서 앞으로도 오랫동안 살 수 있다.

정년퇴직을 하더라도 고문으로 위촉되면 계속해서 살 수 있다. 이 정도면 거의 평생 동안 주거지를 보장받는 것이나 다름없다.

민 사장은 이미 건축설계가 의뢰된 상태이며 허가가 떨어지는 즉시 착공할 것이니 기대하라면서 환히 웃었다.

그때의 김 박사는 상상도 못하던 혜택이기에 입을 벌릴 수밖에 없었다.

회사가 있는 향남읍엔 65평짜리 아파트는 있지도 않다. 가장 넓은 게 55평짜리인데 전용면적은 44.5평이다.

민 사장의 말에 의하면 제공해 줄 아파트는 효율적인 설계가 되어 전용면적이 무려 60평 정도라 한다.

큰 방이 네 개나 있으며 부모님을 위한 거실이 별도로 있는 아파트이다. 김 박사 가족을 겨냥한 설계라며 웃었다.

아무튼 회사가 순항을 거듭하면서 급여는 빵빵해졌고, 사원 복지는 대폭 상향되었다.

당연히 회사에 대한 충성도가 높아졌다. 하여 김 박사 스스로 자신의 몸을 마루타 삼는 실험을 한 바 있다.

현수가 연구용으로 제공한 마나 포션과 회복 포션을 마셔본 것이다. 그리고 그 놀라운 효능에 푹 빠져 있다.

나이가 들면서 머리숱이 상당히 많이 줄었는데 예전으로 되돌아가고 있다. 희끗희끗하던 새치도 뿌리 쪽은 검은색이다.

늙은 나이는 아니지만 회춘하는 기분이다.

게다가 잘 낫지 않던 발톱 무좀도 사라졌다.

어느 날부터인가 엄지발톱이 노랗게 변하더니 두꺼워졌다.

발톱이 쉽게 부서지고 광택이 없어지더니 형체 자체가 변해 버렸다. 피부과를 찾았지만 호전되다 재발하곤 했다.

그전에는 언제 회사가 망가질지 모른다는 스트레스 때문에 피부과를 지속적으로 방문할 수 없었다.

최근엔 연구할 게 많아져 가지 못한 게 원인이다.

그런데 발톱무좀이 사라졌다. 별다른 치료도 하지 않았건만 멀쩡하던 예전으로 되돌아간 것이다.

어쨌거나 발톱무좀은 완치된 듯싶다.

뿐만이 아니다. 김 박사는 고혈압과 당뇨증상이 있었다. 둘 다 스트레스에서 기인한 것이라 여겼다.

그런데 별다른 노력도 하지 않았건만 혈당치가 정상범위 내에 머문다. 혈압 역시 정상범주 내인 것으로 확인되었다.

잦은 음주와 흡연으로 간 기능이 많이 저하되었다는 진단을 받았는데 이것도 말끔히 고쳐졌다.

일련의 상황을 접한 김 박사는 정밀 건강진단을 받았다. 본인의 몸에서 일어난 각종 현상을 알고 싶었던 것이다.

많은 돈이 들었지만 그건 문제가 아니다.

어쨌거나 건강검진 결과 100% 건강한 몸이라는 평가를 받았다. 거의 20대 중반의 몸 상태라는 평가였다.

박사는 마나 포션과 회복 포션의 효능이라는 걸 직감했지만 민 사장에게도 보고하지 않았다. 알면 신약으로 내놓자는 말이 나올 것이 분명하기 때문이다.

회복포션은 현수의 도움을 얻으면 제조가 가능하다.

그걸 희석한 게 미라힐 I 과 II 이다. 그 과정에서 발생된 증기는 청향이라는 상품명으로 발매될 예정이다.

하여 마나포션의 성분 분석에 들어갔다. 그런데 세상에 알려지지 않은 성분이 많았다.

회복포션은 두 가지 성분만 합성할 수 없었다. 그런데 마나포션의 경우는 무려 아홉 가지가 합성할 수 없는 성분인 듯하다. 이건 현수에게 물어야 할 일이기에 지금껏 입을 다물었던 것이다.

어쨌거나 심리적 압박을 주던 모든 것이 말끔히 사라졌으니 당연히 안색이 좋을 수밖에 없다.

"잘 지내신다니 다행입니다. 오늘은 박사님께 새로운 연구과제를 부탁드려 볼까 하는데 괜찮으시겠습니까?"

"하하, 또 뭔가 새로운 게 있는 겁니까?"

현수를 바라보는 김 박사의 눈에는 경의의 빛이 담겨 있다. 대체 어디서 이토록 신기한 것들을 가져오는지 너무도 궁금한 때문이다.

"네, 이겁니다."

"이건… 간이군요."

"맞습니다. 아프리카에 서식하는 알려지지 않은 동물의 간입니다. 그런데 탁월한 해독작용을 한다는군요."

"탁월한 해독작용이요?"

해독작용이란 체내에서 생성된 독물이나 체외로부터의 약물, 이물(異物)이 산화 · 환원 · 가수분해 등의 화학반응이나 복합작용에 의해서 무독화되는 것을 의미한다.

대부분 간에서 이루어지는데 사람의 경우는 간세포의 소포체에 존재하는 시토크롬 P450이 그 역할을 담당한다.

간은 이 밖에도 탄수화물 · 단백질 · 지방의 대사, 소화 작용, 비타민 및 호르몬의 대사, 살균 작용 등 참으로 다양한 기능을 한다.

지구엔 '검은 과부거미' 라는 놈이 있다. 거미 중 가장 강한 독을 가졌다. 방울뱀의 열다섯 배에 달하는 독성이다.

중동 지역에만 서식하는 '데스 스토커' 는 전갈 중 가장 강한 독을 가졌다. 물리면 두 시간 내에 사망한다.

'상자 해파리' 는 바다 생물 중 가장 강한 독을 가졌다.

'블랙맘바' 는 킹코브라에 버금가는 독을 가졌는데 가만히 있는 사람까지 공격할 정도로 포악한 놈이다.

남미에서만 서식하는 '독화살 개구리' 는 한 마리가 보유한 독으로 성인 남성 200명을 즉사시킬 수 있다.

'자이언트 센티패드' 라는 지네에게 물리면 라이터불로 지지는 듯한 발열증상이 나타나며 금방 상처 부위가 썩기 시작한다.

이 밖에도 해파리, 복어, 살모사, 코브라, 수수 두꺼비, 독거미 등의 독이 체내로 들어갈 경우 목숨을 잃는다.

이것들의 공통점은 빨리 해독제를 맞아야 한다는 것이다. 물론 각각은 해독제가 다르다.

그리고 이것들을 다 갖춘 병원은 없다.

현수는 테세린을 떠나 율리안 영지까지 가는 동안 샌드 웜에 물려 중독된 줄리앙에게 해독포션을 먹인 바 있다.

그때 지구에도 이런 게 있으면 좋겠다고 생각했다. 해독포션은 모든 독에 작용하기 때문이다.

그런데 미노타우르스의 조상쯤 되는 쏘리리스가 좋아하는 열매는 아주 지독한 독을 가지고 있다.

트롤이나 오거처럼 덩치 큰 몬스터라 할지라도 자두만 한 것 하나만 먹어도 목숨을 잃을 정도로 강렬한 독이다.

이것은 지구에서 가장 강력한 독성 물질로 평가되는 보툴리늄톡신($C_{6760}H_{10447}N_{1743}O_{2010}S_{32}$)이라는 것과 비교할 수 있을 정도로 지독한 맹독이다.

말 나온 김에 지구에서 가장 강한 독의 서열을 따져보면 보툴리늄톡신이 부동의 1위이다.

1g만 있으면 성인 10,000,000명을 죽일 수 있다.

2위는 해양 생물에서 나는 독 중 가장 위험한 마이토톡신이다. 이것 1g으로 98,000여 명이 사망한다.

5위는 강력한 발암물질로 알려진 다이옥신이다. 1g만 있으면 27,000여 명이 세상과 영원한 아듀를 고할 수 있다.

6위는 독화살 개구리의 독 바트라코톡신이다. 1g으로 무려 8,300여 명이 숨 쉬기 운동을 멈춘다.

먹으면 3초 안에 목숨을 잃게 되는 강력한 독 청산가리는 16위에 불과하다. 1g으로 두세 명이 죽는다.

17위는 사극에 자주 등장하는 비소(As)이다. 1g으로 한두 명은 숟가락을 놓게 만들 수 있다.

원점으로 돌아가 쏘리리스가 좋아하는 식물의 열매에는

지구 최강의 독성 물질인 보툴리늄톡신과 비슷한 독성을 가진 물질 0.0001g 정도가 함유되어 있다.

자두만 한 열매 하나가 무려 10,000명이나 죽일 수 있는 맹독을 지닌 것이다. 따라서 어떤 동물도 이걸 먹지 않는다.

물론 쏘러리스라는 놈은 예외이다.

나무 하나당 대략 200~300여 개의 열매가 맺히는데 한 번에 이걸 다 따 먹는다. 그리곤 주위를 둘러본다.

있으면 더 먹으려는 것이지만 이 식물은 군집하지 않는다. 다시 말해 없어서 못 먹는다.

어쨌거나 독성 물질의 양으로 따지면 200~300만 명이 죽을 수 있는 양을 섭취해도 쏘러리스는 멀쩡하다.

간의 탁월한 해독작용 때문이다.

그렇기에 나후엘 자작가의 여식인 엘리시아가 이걸 얻으려 용병을 고용했다. 영지에 만연한 납중독을 치료하기 위한 목적이었다.

중금속 중독을 일반적인 독에 당한 것으로 착각한 것이다.

그때 왜 이걸 채취하려느냐고 물었을 때 엘리시아는 쏘러리스의 간은 세상의 모든 독을 해독한다 하였다. 그렇기에 이걸 이용한 만능 해독제를 제조해 보려는 것이다.

세상에 팔려는 목적보다는 이실리프 자치령의 입지 때문이다. 콩고민주공화국 반둔두 지역과 비날리아 지역은 전혀 개발되지 않았던 곳이다.

곧 개발될 에티오피아의 아와사 지역과 우간다와 케냐에서 얻을 조차지도 마찬가지일 것이다.

따라서 그곳에 무엇이 있는지 알 수 없다.

세상에 알려지지 않은 맹독을 지닌 곤충, 또는 동물이 있을 수 있고 식물 또한 독을 함유하고 있을 수 있다.

멋모르고 먹음직스럽다 하여 따 먹었다가 중독되면 목숨을 잃게 될 것이다. 그런데 세상의 모든 독을 해독할 해독제란 없으며, 종류별 해독제 또한 갖추기 어렵다.

쏘러리스의 간으로 만능 해독제를 만들 수만 있다면 이실리프 자치령의 안전도는 많이 향상될 것이다.

현수는 김지우 박사에게 시선을 주며 입을 열었다.

"제가 알기론 아무리 강력한 독이라 하더라도 이 간에선 해독이 가능합니다. 그러니 이걸로 해독제를 만들어 보셨으면 하는 게 제 요청입니다."

"흐음! 그러지요."

김지우 박사는 별다른 표정 없이 쏘러리스의 간이 담긴 아이스박스의 뚜껑을 닫았다. 대수롭지 않게 여긴 때문이다.

이때 현수가 다시 입을 열었다.

"어떤 독을 해독할 수 있는지, 또 얼마나 쓰면 즉시 해독이 가능한지 알아봐 주셔야 합니다."

"알겠습니다."

"연구에 필요한 비용은 제게 청구하십시오."

현수의 말에 반응한 사람은 김지우 박사가 아니라 민윤서 사장이다.

"아이고, 아닙니다. 해독제가 만들어지면 우리 회사 이름으로 파실 거잖습니까? 당연히 회사에서 부담해야지요."

"……!"

현수가 민 사장에게 시선을 주자 빙그레 웃는다. 신약이라도 만들게 되었다 생각하는 모양이다.

"지금 드린 것 이외에도 조금 더 있으니 연구에 필요하시면 연락 주십시오."

"알겠습니다."

김 박사가 고개를 끄덕인다.

"미라힐 원료가 더 필요하지요?"

"네, 프라이빗 리메디랑 미라힐 I, II를 생산하느라 거의 다 썼습니다."

"그건 조만간 배달될 겁니다. 쉐리엔 원료는요?"

"그건 아직 여유가 있습니다. 그래도 보내주실 수 있으면 보내주십시오."

"네, 알겠습니다."

쉐리엔의 잎사귀는 이실리프 무역상사가 콩고민주공화국

이실리프 자치령으로부터 수입되는 것으로 알고 있다.

실제로 통관절차를 밟는 게 아니라 아공간에 있는 걸 꺼내주기 때문에 서류를 만드는 게 쉽지 않다.

자칫 탈세 혐의를 받을 수 있기 때문이다.

"사장님, 저쪽에 회사 만드는 건 어떻게 되어갑니까?"

"아, 그거요? 공장만 지어지면 곧바로 생산라인을 보낼 겁니다. 근데 어디에 공장이 입지되는 건가요?"

"콩고민주공화국은 반둔두 지역에, 에티오피아는 아와사 지역에 입자하게 될 겁니다."

"에티오피아는 아디스아바바가 아니었던가요?"

"처음엔 그랬는데 여러 문제가 있어 입지를 바꿔야 할 것 같습니다."

에티오피아 정부가 관할하는 아디스아바바에 공장을 만들 경우 세금 및 통관 문제가 발생된다.

하지만 이실리프 자치령에서 만들어지는 것은 그런 게 없다. 치외법권 지역이기 때문이다.

국내에서 생산되는 약품과 수입 의약품은 식약청에서 승인을 받아야 한다.

야심차게 준비한 광범위 진통제 홍익인간과 CRPS환자의 통증을 확연하게 줄여줄 NOPA의 경우는 승인을 못 받았다.

의사회와 다국적 제약사 등의 견제 때문이다.

애초에 이것들을 만든 목적은 돈도 돈이지만 고통받는 사람들의 어려움을 헤아린 때문이다.

승인만 떨어졌으면 외국으로 수출하여 많은 외화를 벌어들였을 것이다. 그런데 대한민국 식약청은 이를 걷어찼다.

그럼에도 끝까지 국내 생산을 고집할 이유가 없다.

하여 콩고민주공화국 내 이실리프 자치령에서 생산하여 자체 소비하는 것으로 계획을 변경했다.

쉐리엔의 경우는 원료 제공에 대한 문제점이 있다.

이를 아와사 지역에 조성될 이실리프 자치령의 공장에서 생산한다면 아무런 문제가 발생되지 않는다.

이곳에선 드모비치 상사와 이실리프 자치령에서 필요로 하는 일반의약품을 생산하는 것으로 가닥을 잡았다.

"지분율은 50 : 50입니다."

"아이고, 아닙니다. 빈대도 낯짝이 있다고 합니다. 회장님 70, 그리고 저 30으로 하지요."

말싸움해 봐야 물러서지 않을 것 같다. 하여 잠시 말을 끊고 민 사장의 표정을 살폈다. 그리곤 고개를 끄덕이지 않을 수 없었다.

환히 웃는 얼굴에 진심이 담겨 있기 때문이다.

"…그게 마음 편하시다면 그렇게 하십시오. 대신 세금은 없습니다."

"네? 그게 무슨……?"

"반둔두 지역은 아실 거고, 아와사 지역도 에티오피아 정부로부터 조차 받아 곧 이실리프 자치령이 될 겁니다. 그곳은 어떠한 세금도 걷지 않는 곳이 될 겁니다."

"아, 그래서……."

왜 공장입지를 바꾸자는 말을 했는지 이해가 된다는 듯 크게 고개를 끄덕인다. 그러다 눈을 크게 뜬다.

"에엥? 정말 세금이 없습니까? 법인세나 부가가치세 뭐 이런 게 정말 하나도 없습니까?"

"하하, 네! 직원들 근로소득세도 없습니다. 주세, 담배세 이런 것도 없고, 주민세 같은 것도 없습니다."

"정말요? 그럼 우리 회사를 몽땅 그곳으로 옮겨……. 에구, 그건 안 되겠죠?"

"그럼요. 다 떠나면 여긴 뭐가 남겠습니까? 남길 건 남겨야죠. 안 그렇습니까?"

현수의 시선을 받은 김 박사는 고개를 끄덕인다.

65평짜리 아파트를 받게 되었는데 가버리면 어쩌나 하는 생각을 한 모양이다.

김 박사는 평생 연구실에만 처박혀 있어 재테크나 편법으로 재산 불리는 걸 하지 못했다. 하여 청파동 작은 집 한 채와 은행예금 약간만 있을 뿐이다.

다시 말해 평범한 소시민 중 하나이다. 그렇기에 잠시 아깝다는 생각을 한 것이다.

"참! 잠시만요."

현수는 다시 주차장엘 다녀왔다.

여러 개의 누런 봉투를 들고 들어서자 민 사장과 김 박사는 이건 또 뭔가 하는 표정으로 바라본다.

"그건 뭡니까?"

"사진입니다. 한번 보십시오."

현수가 꺼낸 것은 제주도 섭지코지에 있는 유니콘 아일랜드 별장 사진들이다.

"우와! 이 집 정말 멋있네요."

첫 번째 봉투 속 사진을 집어 든 민 사장이 경탄의 눈빛을 빛낸다. 언덕 위에 지어진 현대식 별장 중 하나이다.

외부에서 내부를 찍은 사진과 내부에서 외부를 찍은 사진, 그리고 실내 곳곳의 사진이 세트로 되어 있다.

봉투 하나당 50장 정도의 사진이 들어 있다. 그것들을 찬찬히 들여다본다. 민 사장은 세 번째 봉투를 열어서 보고 있고, 김지우 박사는 두 번째 봉투 안 사진을 보는 중이다.

"이거 어디에 있는 겁니까? 돈 있으면 하나 사고 싶네요."

김지우 박사가 혼잣말처럼 중얼거린다.

"제주도 섭지코지에 있는 겁니다."

"섭지코지요? 외국이 아니구요? 아! 그럼 이게……."

민 사장과 김 박사 둘 다 뭔지 알겠다는 표정이다.

"네, 맞습니다. 유니콘 아일랜드에 있는 별장들입니다."

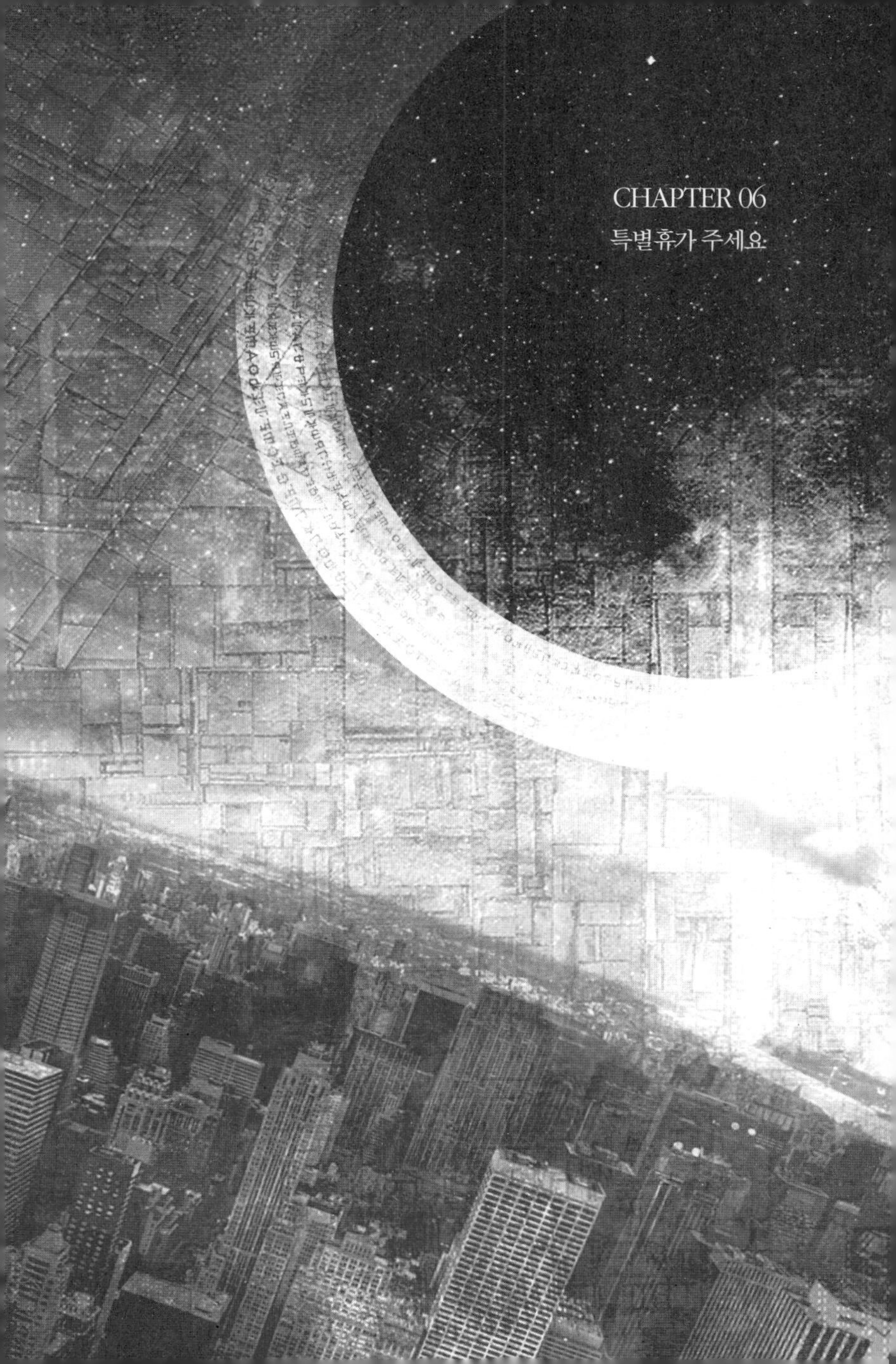

# CHAPTER 06
## 특별휴가 주세요

"아! 그게 이 정도였습니까? 상상 초월이네요."

생각보다 훨씬 더 고급스럽단 느낌을 받은 모양이다.

비교적 여유 있게 사는 민 사장이 이러니 소시민 김지우 박사는 어떻겠는가! 아예 입을 딱 벌린 채 시선은 사진에 고정되어 있다.

"이건 뭐… 소문보다 훨씬 더 대단하군요. 정말 멋집니다. 이거 엄청 비싸겠죠?"

"네, 최하가 20억 원 이상이라고 하더군요."

"정말요? 정말 20억짜리도 있어요?"

민 사장은 의외라는 표정이다. 생각보다 훨씬 저렴하기 때문이다.

"아뇨. 그게 원가라고 합니다. 실제 분양가는 그보다 훨씬 높겠지요."

"아! 그러면 그렇죠. 이 정도면 못해도 50억 원쯤 하겠네요. 경치도 경치지만 집 주변 조경이나 별장 디자인 등등 뭐 하나 나무랄 데가 없어요."

민 사장은 두 번째 봉투에서 꺼낸 사진을 들춰보며 눈빛을 빛낸다.

"그 집이 마음에 드세요?"

"네, 여유가 되면 이런 거 하나 사서 틈날 때 아내랑 아이들 데리고 가서 며칠 푹 쉬었으면 합니다."

"김 박사님은 마음에 드는 거 없습니까?"

"에구, 제가 이런 거 마음에 둬서 뭐합니까? 살 능력은커녕 유지할 능력도 안 되는데요."

김 박사는 아쉽지만 능력 부족이니 마음을 접는다는 듯 들고 있는 사진을 내려놓는다.

"왜, 더 보시지요."

"보면 뭐합니까? 그림의 떡인걸요. 며칠이라도 이런 데 가서 살아보고 싶지만 제 형편으론 언감생심입니다."

가족 단위로 쉬어갈 수 있는 펜션도 하루 이용료가 몇십만 원이나 한다. 평범한 월급쟁이들은 이런 곳도 부담스럽다. 하물며 유니콘 아일랜드라니 하는 생각이다.

김 박사는 하루 이용료가 아무리 적게 잡아도 300만 원 이상은 될 것이라 판단했다. 그만큼 고급스러웠다.

실제론 1일 이용료 평균은 약 450만 원이다. 그럼에도 만족도가 매우 높다. 모든 것이 최상이기 때문이다.

어쨌거나 김 박사가 사진을 내려놓으며 물러앉자 현수는 의아하다는 표정을 지었다.

"어라! 급여가 많이 오르지 않았습니까?"

말을 마치곤 민 사장에게 시선을 주었다.

쉐리엔이 폭발적인 매상을 올리기 시작했을 때 직원들 급여부터 올려주자고 했기 때문이다.

"올려드렸어요. 두 배로."

민 사장은 약속을 지켰다는 듯 당당한 표정이다.

한 달 전, 현수와의 이야기대로 직원 급여를 인상하겠다는 발표를 한 바 있다.

재직 기간에 따라 2년 이하는 20%, 4년 이하는 40%, 6년 이하는 60%, 8년 이하는 80%, 그리고 8년 이상은 100%, 10년 이상은 120% 인상이다.

김지우 박사는 근속 년수가 가장 길었기에 120% 인상에 해당되었다.

현재 이실리프 제약의 생산직 사원은 1일 4교대 근무를 한다. 1일 8시간 근무인데 이 중 6시간은 작업을 하고 중간에 1시간은 장비점검 및 청소를 한다.

나머지 1시간은 교대로 휴식을 취한다.

이때에는 구내식당 뷔페를 이용할 수 있다.

한때 화제가 되었던 연예기획사 YG 구내식당에 버금가는 퀄리티이다.

이 밖에 계절별 휴가가 신설되었다.

3~6월엔 춘계휴가 4일, 7~9월엔 하계휴가 7일, 9~11월엔 추계휴가 4일, 12~2월엔 동계휴가 7일이 주어진다.

휴가 기간 동안 숙박업소를 이용하면 그 비용의 3분의 2를 회사에서 부담한다. 이는 국내 4성급 호텔 기준이다.

장기근속 휴가제도도 도입했다.

근속기간이 5년이 될 때마다 추가로 15일간 휴가를 준다. 이때는 항공비 전액과 숙박비 전액을 지원할 예정이다.

발표를 마쳤을 때 직원들 입에서 터져 나온 만세 소리는 아직도 민 사장을 기분 좋게 한다. 세상에서 가장 좋은 회사의 사장이라는 느낌이 들기 때문이다.

아무튼 현수는 의아하다는 표정을 지었다.

급여가 오른 만큼 여유가 있을 것이라 생각했다.

자식이 없어서 교육비 등으로 얼마나 많은 돈이 지불되는지 모르기 때문이다.

"급여가 올랐지만 제 형편에 이런 데는 꿈도 못 꿉니다."

"그래도 한번 보세요. 마음에 드시는 게 있을 겁니다."

"아닙니다. 더 봐봐야 속만 상할 거 같습니다."

김 박사가 사진을 내려놓자 민 사장 역시 내려놓는다.

"사장님은 왜요?"

"사실은 저도 이런 거 살 형편 안 됩니다."

회사가 어려울 때는 보유 주식을 내다팔고 대출까지 받았다. 그때에 비해 형편은 많이 좋아졌지만 50억 정도 되는 별장을 사려면 아직 멀었다. 그렇기에 고개를 저은 것이다.

"그것 모두 제 소유입니다. 두 분께 각기 하나씩 선물하려고 꺼내놓은 거니까 골라보세요."

"네?"

"정말요? 이걸 우리에게 선물한다고요?"

민 사장과 김 박사 둘 다 눈이 동그랗게 변한다.

어마어마한 가치를 지닌 부동산을 무상으로 준다니 어찌 놀라지 않겠는가!

"네, 이연서 회장님으로부터 50채를 선물 받았습니다. 혼자서 50채 다 쓸 수는 없으니 가까운 분들에게 하나씩 분양해 드리려고요."

"세상에……!"

값을 따지지 않고 마음에 드는 걸 고르라니 대체 얼마나 통이 크면 이럴까 싶다. 쉐리엔을 팔아 많은 이익 배당금을 챙겨주고는 있지만 그래도 이건 너무나 단위가 크다.

민 사장은 얼른 고개를 흔든다. 공짜 싫어하는 사람 없다지만 그래도 양심껏 살아야 한다고 생각한 것이다.

"에구, 아닙니다. 선물도 규모가 있지요. 제가 받기엔 너무나 큽니다. 솔직히 우리 집보다 더 좋은데 이건 배보다 배꼽이 더 큰 격입니다. 안 그렇습니까, 박사님?"

"그, 그럼요. 청파동 집 팔아봐야 한 3억 5천쯤 됩니다. 이것들은 원가가 최하 20억이라는데 어떻게……. 너무 과분하죠."

김지우 박사는 얼른 떨어져 앉기까지 한다.

"두 분은 앞으로도 제게 많은 도움을 주실 분들입니다. 그리고 저 얼마나 부자인지 두 분 잘 아시죠?"

"……!"

"대한민국보다 넓은 조차지만 벌써 세 군데가 있습니다. 나중의 일이겠지만 거기에 집을 얼마나 지을까요? 각각의 자치령마다 약 200만 명쯤 살게 될 테니 한 자치령당 40~50만 채쯤 집을 지어야겠죠? 근데 그게 세 개면 120~150만 채입니다."

민 사장과 김 박사는 입을 딱 벌린다. 실로 어마어마한 규모이기 때문이다.

"혹시 거기 사는 사람들에게 무상으로 집을 다 지어주려는 겁니까?"

"거의 그럴 생각입니다. 아무것도 없는 곳으로 오는 것이니 그 정도 배려는 해야지요. 그러니 부담 안 가지셔도 됩니다. 마음에 드는 걸 고르시면 언제든 쓸 수 있을 겁니다."

"세상에 맙소사!"

"그러게요. 분당의 주택수가 13만 정도인데 그것의 열 배 이상을 그냥 지어서 준다니요."

둘을 입을 딱 벌린 채 현수를 바라본다. 마치 괴물을 보는 듯한 시선이다.

"얼른 고르셔야 저 이 자리 뜹니다. 딴 데도 또 줄 사람이 있거든요."

"…정말 저희에게 주실 겁니까?"

"민 사장님, 김 박사님 해독제 연구 끝나면 특별휴가 좀 보내주세요."

"특별휴가요?"

둘 다 갑자기 뭔 소리인가 하는 표정이다.

"한 달쯤 주세요. 여기 가서 푹 쉬다 오시게."

"헐!"

김 박사는 더 이상 할 말이 없다는 듯 멍한 표정이다. 어떤 회사가 휴가를 한 달씩이나 주겠는가!

이걸 눈치챈 현수는 빙그레 웃는다.

"저 천지건설에서 3개월 휴가 받은 거 아시죠?"

"아! 그럼요. 그랬죠."

기억났다는 듯 민 사장이 고개를 끄덕인다. 신문에 보도된 이후 많은 직장인이 현수를 부러워했다.

그중에는 김지우 박사도 있다. 하루 종일 연구실에 박혀 있는 게 갑갑한 때였기 때문이다.

"그러니 한 달이면 긴 것도 아니죠. 안 그렇습니까?"

"하하! 그럼요. 알겠습니다. 그렇게 하죠. 김 박사님, 들으셨죠? 얼른 연구하시고 휴가 다녀오세요."

"에구……!"

김 박사는 나직한 침음을 낸다.

"참! 이건 쉐리엔 열매입니다. 주스를 만들어 먹어보니 좋더군요. 한번 드셔 보시라고 가져왔습니다."

"아! 이게 쉐리엔 열매군요."

김지우 박사가 눈빛을 빛낸다. 쉐리엔이 탁월한 살빼기 기능을 보였으니 열매에도 뭔가 있을까 싶다는 표정이다.

아직은 모르지만 쉐리엔 열매는 강력한 노화 억제 기능을 보인다. 게다가 주름제거까지 한다. 그리고 입과 식도, 위의 유해세균을 박멸하는 기능까지 있다.

아무리 열심히 양치를 해도 입 냄새가 나는 사람이 있다.

이럴 땐 편도결석을 의심해 볼 수 있다.

이것은 편도, 혹은 편도선에 있는 작은 구멍에 음식물 찌꺼기와 세균이 뭉쳐서 생기는 작고 노란 알갱이를 뜻한다.

결석이라고 이름 붙어 있지만 돌처럼 딱딱하지는 않다.

이게 있으면 치아와 혀의 상태가 깨끗한데도 입 냄새가 난다. 양치질을 하면서 구역질을 심하게 할 때 튀어나오는 경우가 있는데 거의 똥냄새가 난다.

그런데 쉐리엔 열매로 만든 주스를 마시면 이곳에 있는 세균이 박멸되면서 냄새 또한 소멸되는 효과를 보인다.

이것은 나중에 김지우 박사에 의해서 밝혀질 내용이다.

*　　*　　*

"사장님 오셨어요?"

현수가 천지건설 34층 사무실 문을 열고 들어서자 박진영 과장이 고개 숙여 인사를 한다.

"네, 해외영업부 최 부장님에게 도착했다고 연락해 주세요. 지금 와도 된다고도 하구요."

"알겠습니다."

현수는 이실리프 무역상사로 가려던 중 차를 돌려 본사로 들어왔다. 해외영업부 최규찬 부장이 시간을 내달라는 전화를 걸어온 때문이다.

다른 일도 바쁘지만 챙길 게 몇 가지 있다.

첫째는 이제 곧 의향서를 제출해야 할 브라질 리우데자네이루 재개발 사업에 관련된 것이다.

둘째는 에티오피아 정부가 발주한 아와사와 아디스아바바를 연결하는 4차선 고속도로 신설공사와 아와사와 소말리아 북부의 베르베라를 연결하는 철도공사가 그것이다.

이 밖에도 오늘날이 있게 한 잉가댐 건설공사와 킨샤사와 비날리아를 잇는 고속도로공사 역시 살펴봐야 한다.

그리고 이실리프 자치령이 들어서는 반둔두 지역과 비날리아 지역에 관련된 모든 공사도 모두 챙겨야 한다.

이실리프 자치령의 주인으로서 뿐만 아니라 천지건설 부사장 겸 천지기획 사장으로서의 역할도 충실히 이행해야 하기 때문이다.

"어서 오세요, 최 부장, 그리고 윤 차장. 박 과장, 밖에 이야기해서 차 좀 달라고 하세요."

"네, 부사장님."

박진영 과장이 밖으로 나가자 최 부장이 먼저 입을 연다.

"오랜만에 뵙습니다, 부사장님."

"안녕하십니까, 부사장님!"

"네, 저 때문에 많이 바쁘셨죠? 일단 자리에 앉으세요."

최 부장과 윤 차장 모두 살이 많이 빠진 모습이다. 현수의 지시를 받고 그야말로 회사에서 살다시피 한 결과이다.

현수 때문에 많이 바빠서 그랬지만 직장인은 그렇다고 대답할 수 없다.

“네? 아, 아닙니다. 바쁘기는요.”

“네, 그냥 조금 부지런히 움직였을 뿐입니다.”

“에구, 말씀 그렇게 하셔도 충분히 짐작합니다. 그동안 고생 많으셨습니다.”

“아, 네에.”

둘이 황송하다는 표정으로 고개를 숙인다.

현수로부터 왠지 모를 위엄 비슷한 것이 느껴져 저도 모르게 하는 행동이다.

이때 현수의 입술이 달싹인다.

“바디 리프레쉬! 바디 리프레쉬!”

샤르르르릉! 샤르르르릉!

두 줄기 마나가 최 부장과 윤 차장의 몸으로 스며든다. 숙인 고개를 들던 둘은 묵직하던 발이 약간 편해짐을 느낀다.

‘으응? 푹신한 소파에 앉아서 그러나?’

‘어라! 부었던 발이 가라앉았나? 왜 이러지?’

둘은 고개만 갸웃거릴 뿐이다. 마법이란 건 아예 짐작조차 못하기 때문이다.

"먼저 리우데자네이루 건부터 이야기 듣죠."

"네, 부사장님. 이것을 좀 봐주십시오."

최 부장의 말이 떨어지기 무섭게 윤 차장이 두툼한 서류를 건넨다. 역시 심복인 듯싶다. 표지를 넘겨보니 기본 설계 개념에 관한 내용이 기록되어 있다.

"리우 재개발 사업의 기본 개념은 부사장님께서 채택하신 강연희 대리의 안을 기본으로……."

잠시 최 부장의 설명이 이어졌다. 간간이 윤 차장이 보충 설명을 하거나 설명한 것에 대한 자료들을 보여주었다.

재개발 사업이 벌어질 리우데자네이루의 인구는 약 643만 명이고, 면적은 1,260㎢에 달한다.

이곳은 남아메리카 남동부 대서양 연안에 자리 잡고 있다.

아름다운 경관과 카니발로 알려진 관광도시이며, 브라질 제2의 경제중심지라 할 수 있다.

남부지구의 신흥 고급주택지는 해안을 따라 발달되었고, 근년에는 티주카 해안지구의 발전이 두드러진다.

이와는 대조적으로 시내 각지의 언덕 사면에 '파벨라'라고 하는 슬럼가(街)가 산재하여 주민의 빈부 차를 상징하고 있다. 이곳이 재개발될 곳이다.

한국의 분당 신도시의 규모는 약 19.6㎢(594만 평)이다. 인구수는 약 40만 명이고, 14만 5천 가구 정도가 있다.

재개발 대상 지역은 이보다 훨씬 규모가 크다. 그리고 리우데자네이루 곳곳에서 사업이 진행될 예정이다.

분당 신도시 규모의 단지 20여 개를 순차적으로 건설하는 것이니 어마어마하게 큰 공사이다.

현재의 리우데자네이루는 무질서하고 낡은 주택뿐만 아니라 대기오염과 만성적 교통정체 등의 도시문제를 안고 있다.

이곳에 거대한 예수상이 있는데 브라질이 포르투갈로부터 독립한 지 100주년이 되는 해를 기념하여 세운 것이다.

종교는 로마가톨릭이 74%, 개신교가 15% 정도 된다.

최 부장이 보고한 내용 중 현수가 흥미를 가진 건 배치도이다. 고층과 중층, 그리고 저층 아파트뿐만 아니라 빌라도 있고 단독주택 단지도 있다.

이것들이 배치된 것을 보기 위해 하늘로 올라가면 이것들이 하나의 거대한 형상을 이룬다는 것을 알 수 있다.

시가지 한복판에 거대한 십자가가 놓여 있는 것으로 보이게 되는 것이다.

언덕 위 예수상에서 내려다보았을 때의 정면이다.

이것의 주위는 가톨릭 신자들이 기도할 때 사용하는 묵주가 놓인 것처럼 되어 있다.

도로는 최하가 왕복 6차선이고, 최대는 왕복 24차선이다.

이것들은 격자형으로 조성되는데 막히는 길이 없도록 설

계되어 있다.

도로 곁 인도 아래엔 수도와 하수도는 물론이고 전기와 통신 등 각종 인프라가 밀집되어 있다.

전신주는 없다. 모두 지하 매설이다. 도시 미관을 해치는 고가도로도 없다.

이 도시의 기후는 연중 고온습윤하다.

그런데 2010년에 이틀 동안 쏟아진 엄청난 폭우로 인해 홍수가 발생하였다. 30년 만의 홍수로 인한 산사태 등으로 100여 명이 사망했다.

이런 걸 감안하여 하수와 오수설비를 적정 수준으로 설계하였다고 한다.

빗물은 모두 모아서 정제 후 식수로 공급되도록 했고, 오수는 종말처리장을 거치도록 되어 있다.

문제점은 하수슬러지 건조시설을 가동시킬 때 나는 악취이다. 이 과정에선 심한 분뇨 냄새가 난다.

이것에 대한 것은 추후에 보완한다고 기록되어 있다.

'에어 퓨리파잉 마법진을 그려 넣어야겠군. 아마존에서 멀지 않은 곳이니 마나는 제법 있겠지.'

마나 집적진 위에 마나석을 박아 계속 충진되도록 하면 영구히 마법 효력을 나타내게 될 것이다.

현수는 보고를 들으면서 여러 가지를 메모했다. 언급되지

않은 문제점과 해결 방안을 나름대로 기록한 것이다.

최 부장의 설명은 한참 동안 이어졌다.

어마어마한 공사이다 보니 여러 가지 문제점이 고려되었고, 그것에 대한 적절한 해결 방안을 설명해야 하기 때문이다.

"이것으로 보고를 마칩니다."

"수고하셨습니다. 애쓰셨네요."

최 부장은 당치 않다는 표정으로 얼른 고개를 흔든다.

"아닙니다. 할 일을 한 것뿐입니다."

"지금까지는 우리가 준비한 거고, 외국의 대형 건설사들과 경합을 벌일 때 유리한 점과 불리한 점은 무엇입니까?

"으음! 유리한 점은 짧은 공기와 비교적 저렴한 공사비입니다. 불리한 건 국제적인 지명도가 떨어진다는 겁니다."

한국은 아파트 천국이다. 수도권뿐만 아니라 지방에도 널린 게 고층아파트이다.

그리고 천지건설은 풍부한 건설 경험이 있다. 따라서 공사비를 절감하는 노하우가 있을 것이다.

한국의 건설사들이 짧은 기간에 공사를 마치는 건 세계적으로도 알려진 사실이다. 공기가 줄어들면 그에 비례하여 인건비도 줄어드니 낮은 가격 입찰도 이해가 된다.

"흐음! 그래요? 지명도 이외엔 문제가 없을까요?"

"워낙 큰 공사이니 경제협력 같은 것을 들고 나오면 대응하기 어렵습니다. 그건 정부의 협조가 있어야 하는 거라서요. 무슨 말인지 아시죠?"

"그렇죠. 알겠습니다. 수고하셨어요."

"수고는요. 다음은 아와사—아디스아바바 간 고속도로 신설 공사에 대한 보고입니다. 윤 차장!"

"네, 부장님!"

고개를 끄덕인 윤 차장이 밖으로 나가더니 무언가를 들고 온다. 여러 사람이 들락날락하며 바닥에 세팅한 것은 지형을 나타내는 모형이다.

"여기 이건 아와사 지역으로부터 아디스아바바까지의 모형입니다. 이걸 보시면……."

또 설명이 시작되었다. 아와사와 아디스아바바 사이엔 샤세메네(Shashemene)와 나즈렛(Nazret) 등 몇몇 도시가 있고, 중간중간 경관이 뛰어난 곳도 여러 군데 있다.

고속도로는 이곳들을 거치는 것으로 설계되었다. 나중에 도로 연결공사를 하지 않도록 한 것이다.

그러다 보니 도로의 총연장은 길어졌지만 효율은 높아진 것으로 여겨진다.

고속도로 공사에 이어 아와사—베르베라 철도공사에 대한 설명도 들었다. 고속도로보다 훨씬 거리가 먼 곳이다.

4차선 고속도로 공사는 약 600km이다. 표준궤 철도공사는 이보다 훨씬 거리가 먼 1,500km나 된다.

에티오피아 영토 남쪽 끝 중심부에서 아와사까지 잇는 500km짜리 철도공사를 추가한다면 영토의 중앙을 동서로 가로지르는 듯한 노선이 될 것이다.

에티오피아 정부 입장에선 충분히 고려해 볼 만한 일이 될 것이다. X자형 철도공사를 추가로 하게 되면 피자를 여섯 조각으로 자른 듯한 모습이 되기 때문이다.

이것의 중심에 수도 아디스아바바가 있다면 국가 발전에 큰 도움이 될 것이다.

날카로운 시선으로 지형도를 살핀 현수는 이를 메모해 두었다. 제안을 해서 저쪽이 받아들이기만 하면 약 8,000km에 이르는 철도공사를 추가로 수주할 수도 있기 때문이다.

물론 에티오피아는 아직 가난한 나라이니 추가공사를 발주할 여력이 되지 못할 것이다.

하지만 사람 일은 아무도 모른다.

에티오피아는 국토의 대부분이 현무암과 습곡작용을 받지 않은 중생대의 두꺼운 층으로 덮여 있다.

하여 광물자원이 풍부하지 못한 것으로 알려져 있다. 그러나 금, 동, 아연만은 비교적 풍부하다.

천연가스전도 두 곳이 발견되었으며, 석유 매장 가능지역도 다섯 곳이 있다. 하지만 아직 발견된 것은 아니다.

'가만 있자. 내가 이걸 어디서 읽었지?'

현수가 잠시 기억을 더듬자 최 부장은 즉시 브리핑을 멈춘다. 직장생활에 도가 튼 게 확실하다.

이때 현수의 뇌리를 스치는 기억이 있다.

'맞아. 오가덴 지구대, 청나일강 지구대, 그리고 메켈레 지구대와 감벨라 지구대, 마지막으로 남부 지구대에 매장되어 있을 확률이 높다고 되어 있었어. 이건 어디서 본 거더라?'

다시 기억을 더듬었다. 그랬더니 전부 한자로 적힌 화면이 떠오른다.

'맞아. 지나 국안부 자료군. 근데 에티오피아의 자원까지 노리고 있었던 거야? 하여간 이놈들은…….'

욕지기가 터져 나오려 한다. 지나인 특유의 끝도 없는 욕심이 느껴진 것이다.

'근데 이걸 어떻게 놈들이 알았지? 으으음!'

조금 더 기억을 더듬어보니 국안부에서 석유개발 전문가를 비밀리에 파견하여 에티오피아를 샅샅이 훑었다는 내용의 기록이 떠오른다.

남의 나라에 들어가 허락 없이 제멋대로 헤집고 다닌 것이다. 그러다 인상적인 자료가 떠올랐다.

'그 자식들, 사람을 너무 많이 죽었군. 나쁜 놈들!'

석유 매장 가능성을 조사하는 동안 안내를 맡은 에티오피아 원주민들은 대부분 국안부 소속 첩보원의 손에 목숨을 잃었다. 자신들이 조사했다는 것 자체를 감추기 위함이다.

희생된 인원은 열세 명이다.

'가만, 어디가 제일 가능성이 크다고 되어 있었지?'

또 기억을 더듬었다.

'그래, 오가덴 지구대군.'

오가덴은 소말리아와 인접한 곳으로 에티오피아 영토 남동쪽 끝에 위치해 있다.

자료에 의하면 오가덴 지역 중 시벨리(Shibeli) 강 동쪽에 위치한 웨르데르(Werder) 인근이 가장 가능성이 높다.

'흐음! 여기부터 가봐야겠군. 유전이 발견되면 8,000km짜리 철도공사도 급진전을 이룰 수도 있겠어. 노에디아에게 알아보라고 하면 되겠지.'

알아보는 김에 인근에 금이나 은이 매장되어 있는지 찾아보라고 할 생각이다. 추가로 금광이 발견되면 공사비를 금이나 은으로 받을 수도 있기 때문이다.

"저어, 설명을 이을까요?"

"아! 미안합니다. 갑자기 생각난 게 있어서요. 네, 설명 더 듣죠. 근데 어디까지 말씀하셨지요?"

"소말리아 영토 내에서의 공사에 대한 겁니다."

"그래요? 마저 해주세요."

에티오피아는 완전한 내륙 국가인지라 바다에 접한 항구가 없다. 하여 소말리아 정부와 협의하여 베르베라를 항구로 사용하는 중이다. 이곳까지 철도를 연결하려면 소말리아 영토를 거쳐야 한다는 내용의 설명이었다.

이윽고 모든 설명이 끝났다. 긴장했는지 최 부장은 뒷주머니에서 손수건을 꺼내 이마의 땀을 닦아낸다.

"그런데 두 분, 제대로 씻지도 못하신 것 같습니다."

"에… 저희가 그렇게 보입니까?"

"머리 못 감은 지 한 이틀 되셨죠?"

"…용케도 아시네요."

"사우나라도 다녀오십시오. 수면실에서 눈도 좀 붙이시구요. 너무 피곤해 보입니다."

최 부장은 고개를 좌우로 흔든다.

"아닙니다. 아까까지는 정말 피곤하다 느꼈는데 지금은 아닙니다. 괜찮습니다."

사실이 그러하다. 오전까지만 해도 죽을 지경이었다. 물론 너무 피곤해서이다. 그런데 지금은 말짱하다.

바디 리프레쉬 마법 덕분이다. 사람이 죽기 전에 반짝 기력을 되찾는 걸 회광반조라고 한다.

지쳐서 쓰러지기 직전에 잠시 그런 거라 생각했지만 얼른 고개를 흔든다. 근무시간에 상사 앞에서 사우나를 가겠다는 말을 할 수는 없기 때문이다.

"그래도 다녀오세요. 면도도 좀 하시구요. 제가 직속상관인 거 아시죠?"

"…네, 알겠습니다."

실제로 현수가 직속상관인 게 맞다. 기획영업단을 발족시키는 순간 해외영업부에 대한 지휘권이 주어진 때문이다.

그렇기에 고개를 끄덕인다.

추한 몰골로 돌아다닐 수는 없기 때문이고, 보고를 마친 이상 오늘은 더 할 일이 없다.

"이 보고서는 제가 조금 더 볼 테니 두고 가세요."

"알겠습니다. 감사합니다."

"무슨 말씀을……. 이거 만드느라 애쓰셨습니다."

최 부장과 윤 팀장은 해외영업부 직원들을 데리고 단체로 사우나로 향했다.

그러는 동안 해외영업부장실로 봉투 하나가 배달되었다. 그 안엔 회식비가 담겨 있다. 물론 평범한 액수는 아니다.

같은 금액이 설계팀에도 보내졌다. 이들을 보좌하느라 애쓴 업무지원팀 역시 금일봉이 전달되었다.

덕분에 천지건설 사옥 인근 고깃집과 주점, 그리고 노래방 등이 때아닌 호황을 누리게 된다.

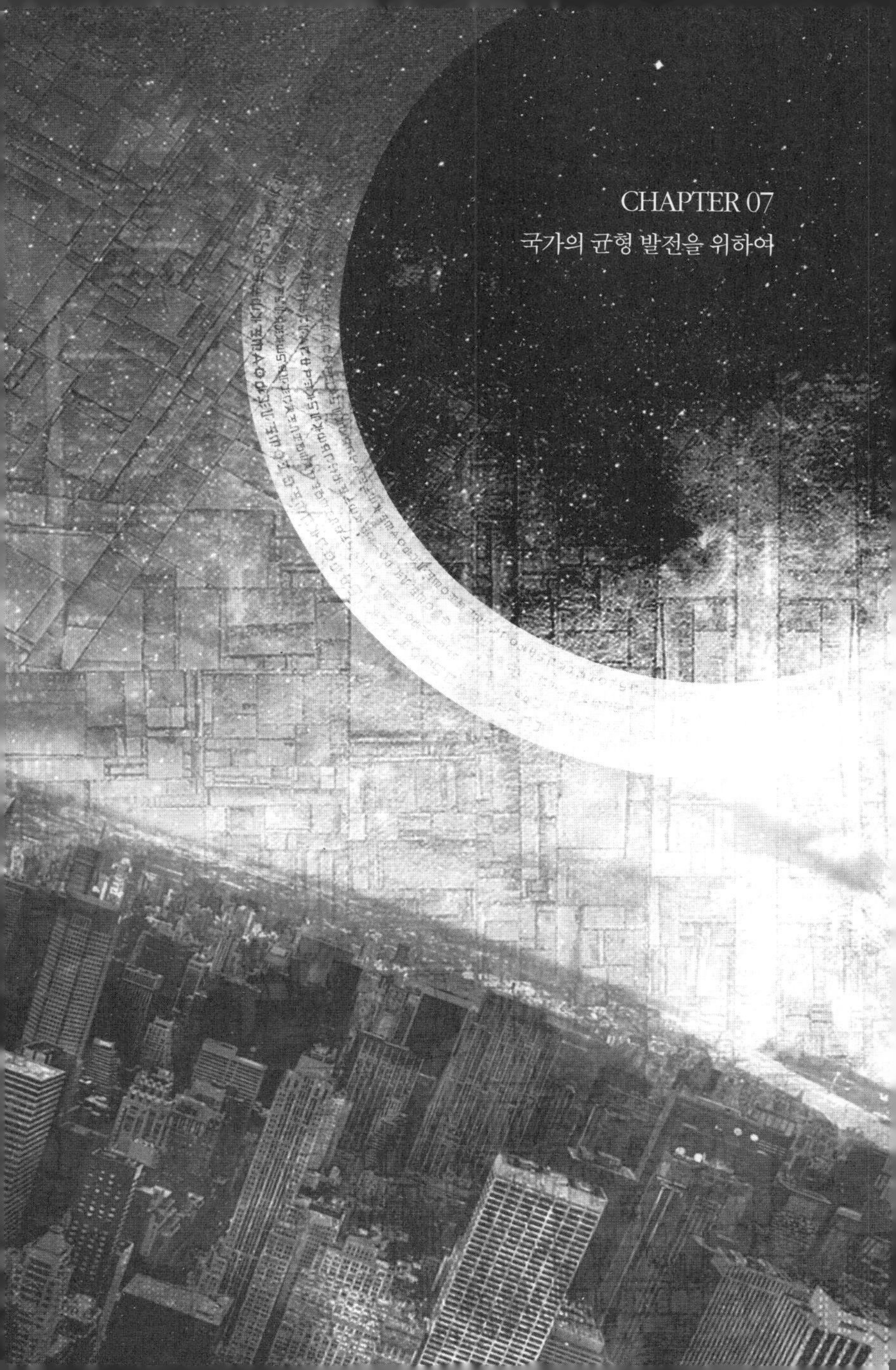

# CHAPTER 07

## 국가의 균형 발전을 위하여

"어머! 회장님 오셨어요?"

현수가 이실리프 무역상사에 발을 들여놓자 맞은편에 앉아 있던 이은정 사장이 화들짝 놀라며 자리에서 일어서며 고개를 숙인다.

뒤를 이어 김수진과 이지혜 차장이 인사를 한다.

보아하니 점심 먹고 셋이서 수다를 떠는 중인 듯싶다.

테이블엔 커피와 과자 부스러기가 놓여 있다. 이 여인네들은 쉐리엔을 믿고 먹고 싶은 만큼 실컷 먹는 모양이다.

쉐리엔으로 인하여 한국은 물론이고 그것이 보급된 거의

모든 나라에서 비슷한 시장 재편 현상이 빚어지는 중이다.

가장 먼저 비싸기만 하고 효과는 별로이던 다이어트 보조 식품들이 몰락의 길을 걸었다. 효능에 비하면 결코 비싸지 않은 쉐리엔의 등장이 그들을 몰아낸 것이다.

두 번째로 몰락의 길을 걷는 건 헬스클럽이다.

여자들은 거의 모두 사라지고 뇌까지 근육인 사내들만 남았다. 회원수가 대폭 줄면서 경영상 어려움을 겪고 있다.

세 번째는 반대로 좋아진 경우이다. 외식산업과 식품시장, 그리고 야식업계와 주류산업이 급속도로 신장되었다.

한국을 예로 들자면 실컷 먹고 마셔도 살이 찌지 않으니 여성들의 깨작거림이 사라졌다.

밤만 되면 치맥과 족발, 보쌈, 찜닭, 피자 배달원들이 천지사방을 누비고 다닌다.

아이스크림 판매량도 늘었고, 술도 많이 팔린다. 과자와 케이크도 많이 팔리는데 대부분 여성의 뱃속으로 들어간다.

그동안 어떻게 안 먹고 살았는지 궁금할 지경이다. 하여 인터넷엔 아래와 같은 우스갯소리가 떠돈다.

아아! 참으로 위대한 여인네들이시여.

그간 어찌 굶고 살았소?

변신에 가까운 당신들의 화장술에 사내들은 많은 속았소.

당신들의 민낯 한번 못 보고 결혼한 사내들은 밤이면 밤마다 후회의 눈물을 흘린다오.

비너스인 줄 알고 몸과 마음을 주었는데 알고 보니 오크였소. 그런데 소개팅 하던 날 사내들 앞에서 깨작거리던 모습까지 전부 위장이었구려.

아아! 당신들의 위장은 무한대로 늘어나나 보오.

치킨, 족발, 탕수육, 보쌈, 피자를 어찌 한 번에 다 먹소?

혹시 저팔계의 변신은 아니시오?

제발 나는 잡아먹지 마시오.

당신들 덕에 엥겔계수[7]한참 올라 극빈 가정이 되었소.

첫 줄의 위대는 '도량이나 능력, 업적 따위가 뛰어나고 훌륭하다' 는 뜻의 偉大가 아니라 '엄청나게 먹을 수 있으니 위장의 크기가 크다' 라는 胃大일 것이다.

네 번째는 의류업계의 변화이다.

66, 77, 88 같은 큰 사이즈의 옷을 제작할 필요가 없어졌다. 거의 대부분의 여자들이 55 사이즈 이하의 옷을 입게 된 때문이다. 덕분에 의류 가격이 소폭이지만 줄어들었다.

이 밖에도 여러 분야에서 많은 변화가 빚어지는 중이다. 하여 인류는 예상치 못한 대변혁을 겪는 중이다.

---

7) 엥겔계수(Engel coefficient) : 가계의 소비 지출 중에서 식료품비가 차지하는 비율을 나타낸 지표로, 가계의 생활수준을 측정하는 데 사용한다. 음식물비÷총생계비×100으로 계산한다. 20% 이하면 상류, 25~30%는 중류, 30~50%는 하류, 50% 이상은 극빈 생활 등으로 분류되고 있다.

이것은 쉐리엔이 빚어낸 새로운 사회현상이다.

어쨌거나 이은정 사장과 김수진 차장, 이지혜 차장 역시 여인이기는 마찬가지인 듯싶다.

탁자 옆 쓰레기통에 수북한 과자 봉지가 그것을 증명한다. 하지만 내색하지 않고 환히 웃어주었다.

"이 사장님, 오랜만에 보네요. 신혼여행 잘 다녀왔죠?"

"그럼요. 회장님 덕분에 좋은 데서 좋은 구경 많이 하고 왔어요. 정말 감사드려요."

"감사는요. 김수진 차장님, 그리고 이지혜 차장님, 오랜만에 보죠? 진급 축하합니다."

"네, 감사합니다. 모두 회장님 덕분이에요. 호호호!"

둘은 기분 좋은 웃음을 지어 보인다.

이실리프 무역상사는 직원 수가 적으니 대기업이 아니다. 하지만 복리후생과 급여 체계는 대기업보다도 월등하다.

이은정 사장의 연봉은 3억 원이다. 다음은 김수진과 이지혜 차장으로 각각 1억 5천만 원씩 받는다.

이제 막 대학을 졸업한 새파란 나이이다. 한국식으로 따져도 불과 스물네 살밖에 안 되었다.

다른 회사로 갔으면 막내 사원이 되어 온갖 잡일과 심부름으로 하루해를 넘기고 있을 것이다.

상사들의 커피도 타야 하고, 타이핑과 복사 심부름을 하면서 곁눈질로 무슨 일을 하는가를 배우기 시작할 상황이다.

4년제 대학 무역학과를 졸업하고 전공대로 무역회사로 갈 경우 대졸 초임은 대략 3,000만 원 정도 된다.

이건 아주 괜찮은 회사의 경우이고 실제론 1,800~2,000만 원 정도가 평균 연봉이다.

참고로 2014년 대기업 대졸 신입사원 평균 연봉은 3,700만 원이다. 중소기업 평균은 2,340만 원이다.

2013년 대한민국 대기업 4년제 대졸 초임 연봉 1위는 현대모비스㈜였다. 금액은 5,900만 원이다.

이실리프 무역상사는 아무런 경험도 없는 신입사원 초임이 6,000만 원으로 정해졌다. 대한민국에서 가장 많은 연봉을 주는 회사로 등극한 것이다.

아무튼 이실리프 무역상사는 연봉 최하가 6,000만 원이고, 최고가 3억 원인 회사이다.

현재 거의 대부분이 24세 동갑이다. 아주 파격적인 회사라 할 수 있다. 그렇기에 회사에 대한 충성도가 무척 높다.

특히 이은정과 김수진, 이지혜는 현수의 배려로 각기 20억 6,100만 원씩을 벌었다.

대한의약품 주식을 처분한 대가이다.

그래서 회식하러 나가서도 어떻게 하면 회사에 더 큰 이익을 남겨줄 수 있는지 회의를 할 정도로 열심이다.

조금 전에 발을 들여놓은 현수의 눈에는 셋이 수다를 떠는 것으로 보이지만 실제론 머리를 맞대고 회사 이익의 극대화를 끌어낼 방안을 모색하는 중이었다.

물론 먹는 건 그에 수반된 습관적인 동작일 뿐이다.

"업무 보고 드릴게요."

"흐음, 그러세요."

어찌 되었든 이실리프 무역상사는 현수의 것이다. 주인으로서 당연히 회사가 어찌 돌아가는지 알 필요가 있다.

회장실로 바뀐 사무실에 들어가니 이은정 사장은 곧장 사과주스를 들고 들어선다.

"에구, 이러는 건 신입사원에게 넘기시지."

"아니에요, 회장님. 제가 해도 돼요."

은정이 건넨 사과주스를 받자 곧바로 파일을 열고 보고를 시작한다.

"우선 드모비치 상사와의 교역에 대한 보고부터 드릴게요. 나날이 그쪽과의 교역 규모가 크게 확대되는 중이에요. 지난달엔 총 3억 1,200만 달러어치를 수입해 갔고, 이번 달에도 비슷하거나 조금 더 많은 금액이 될 것 같습니다."

"3억 달러가 넘었군요. 상당히 많이 늘었네요."

지난해 6월 드모비치 상사와 계약하면서 매달 5,000만 달러어치씩 수입해 가는 것으로 시작했다.

그러다 쉐리엔에 대한 수요가 늘면서 지난 2월부터는 월 1억 5천만 달러로 규모가 확대되었다.

얼마 전인 2월 22일엔 쉐리엔을 10억 상자나 주문하는 일이 있었다. 상자당 5만 원씩 받으니 총 50조 원어치나 되는 어마어마한 물량이다.

하여 교역 규모가 커진다는 건 알았지만 불과 1달여 만에 두 배 이상 껑충 뛰었다는 것이다.

현수는 고개를 끄덕여 만족스러움을 표했다.

3억 1,200만 달러는 한화로 약 3,744억 원에 해당된다.

그런데 이실리프 무역상사의 이익률은 10% 이상이다.

현수까지 포함시켜도 불과 28명인 회사의 월 이익이 최소 374억 원이라는 뜻이다. 드모비치 상사만을 보았을 때 이러하니 실제로는 이보다 훨씬 더 많이 번다.

천지약품과의 거래에서도 상당히 많은 이득을 보는 중이다. 나날이 주문량이 늘기 때문이다. 그리고 앞으로도 계속해서 늘어날 예정이다.

이실리프 무역상사가 가장 많은 이익을 거두는 거래처는 지르코프 상사이다.

남성용 2,500만 벌, 여성용 2,500만 벌, 그리고 아동용 3,000만 벌을 주문하고 선수금으로 보내온 돈만 8,000억 원이다. 그렇기에 어마어마한 이득을 취하는 중이다.

따라서 신입사원 연봉을 6,000만 원으로 책정하더라도 아무런 무리가 없다.

어쨌거나 이은정 사장의 보고는 계속되었다.

"그건 쉐리엔의 주문량이 대폭 늘어난 때문입니다."

"하긴, 그건 없어서 못 파는 거라고 들었습니다. 쉐리엔 말고 다른 것들은 어때요?"

"듀 닥터의 매출도 꾸준히 늘고 있어요. 처음에 비하면 거의 여덟 배가량 주문량이 신장되었어요. 업그레이드된 듀 닥터에 대한 주문도 많이 늘고 있구요."

현수는 고개를 끄덕였다. 왜 이러는지 알기 때문이다.

"효과가 확실하니 그렇겠지요. 조만간 슈피리어 듀 닥터도 발매될 예정입니다. 저쪽에 귀띔해 주세요."

"슈피리어 듀 닥터요? 그건 뭐죠?"

업그레이드된 것이 나왔을 때 '아! 이제 더 이상의 품질 개선은 없겠구나' 라고 생각했다.

기존의 것에 비해 확연히 뛰어난 효능을 보인 때문이다. 그런데 그것을 능가하는 것이 나올 모양이다.

화장품의 주 소비자인 여성으로서 관심이 간다. 하여 눈은 동그랗게 뜨고 귀는 쫑긋 세운다.

그리고 어서 추가 설명을 해달라는 표정을 짓는다. 하긴 뭘 알아야 저쪽에 이야기할 수 있지 않겠는가!

하여 슈피리어 듀 닥터에 관한 이야기를 해줬다.

"줄여서 슈듀닥이라 부르는 그건 업그레이드된 것보다 더 뛰어난 효능을 보이는……."

현수의 설명을 듣는 동안 은정은 놀랍다는 표정의 연속이다. 바르기만 하면 기미, 주근깨가 사라지고, 입가의 8자 주름과 눈가의 잔주름도 사라진다고 한다.

여드름은 피부과를 다니지 않아도 낫고, 거의 모든 피부 트러블까지 잠재운다고 한다. 게다가 이마와 목에 생기는 주름까지 없어진다니 어찌 놀라지 않겠는가!

심지어 잘 낫지 않는 지루성 피부염[8]까지 호전된다니 이건 화장품이 아니라 거의 약이다.

"정말 슈듀닥이 그 정도 효능을 보여요?"

도저히 믿을 수 없다는 표정이다. 이런 제품이 있을 거라곤 상상도 못한 때문이다.

"샘플 줄 테니 직접 발라보세요. 차에 실어놨으니 인원수에 맞춰 가져오세요. 이 사장님은 세 세트, 김 차장과 이 차장은 두 세트입니다. 나머지 직원들은 한 세트이고요."

"어머, 정말요?"

듣던 중 반가운 소리라는 듯 아주 환한 웃음을 짓는다.

"그거 아주 비싼 겁니다. 그러니 태을 코스메틱 홈페이지

---

8) 지루성 피부염(Seborrheic dermatitis) : 장기간 지속되는 습진의 일종. 주로 피지샘의 활동이 증가되어 피지 분비가 왕성한 두피와 얼굴, 그중에서도 눈썹, 코, 입술 주위, 귀, 겨드랑이, 가슴, 서혜부 등에 발생하는 만성 염증성 피부 질환.

에 사용 후기 남기는 거 잊지 말아요."

"네, 그럼요. 그래야죠."

은정은 긍정적인 글이 올라갈수록 판매량이 늘어난다는 걸 알기 때문에 크게 고개를 끄덕인다.

"너무 주관적이지 않았으면 좋겠어요. 누가 봐도 아주 냉정한 평가라 여길 정도의 후기여야 합니다."

"그럼요! 당연히 그래야죠. 안 그러면 짜고 치는 줄 알아요. 근데 그거 시판 가격은 어느 정도나 되는 거예요? 품질이 월등히 좋아졌으니 조금 비쌀 것 같아요."

"맞습니다. 슈듀닥은 세트당 100만 원 정도 될 거예요."

"100만 원이요? 너무 비싼… 아니에요. 말씀대로라면 그 정도 값어치가 있을 거 같네요."

은정이 또 크게 고개를 끄덕인다.

"참! 일반 의약품이나 스피드, 엘딕은 어때요?"

기다렸다는 듯 다른 페이지를 펼쳐 든다.

"일반 의약품부터 보고드릴게요. 그것도 주문량이 꾸준히 늘고 있어요. 저쪽에서 시장을 개척하는 모양이에요."

러시아의 밤을 장악한 레드마피아의 본업은 무기밀매, 마약 공급, 인신매매 등이다. 그러다 드모비치 상사가 현수와 연을 맺은 이후 변화가 발생하였다.

굳이 폭력을 행사하지 않아도 필요한 만큼의 돈을 벌 수 있게 되자 음지에서 양지쪽으로 나오는 중이다.

재고가 있기에 여전히 무기밀매는 하고 있지만 마약 공급은 양을 줄이고 있고, 인신매매는 거의 손을 뗐다.

대신 러시아 전역의 의약품 시장을 잠식해 들어가는 중이다. 뛰어난 품질을 가진 한국산 의약품이 선봉이다.

이실리프 무역상사와 거래하는 제약사들은 요즘 호황을 누리는 중이다. 매달 주문량이 늘어나기 때문이다.

결제는 납품과 동시에 현금으로 받는다. 일반적인 경우 주문량이 늘면 납품 단가를 줄여달라고 요구한다.

실제로 생산량이 늘면 원가가 줄어들기 때문이다. 하지만 이실리프 무역상사는 그러지 않는다.

주문량이 현재의 100배가 되어도 현재의 납품 단가를 내려달라고 요구하지 않겠다고 선언했다. 대신 품질 관리에 만전을 기해달라고 요구했다. 그러면서 불량품이 납품될 경우 거래 자체가 끊길 수 있음을 주지시켰다.

제약사 입장에서는 가장 중요한 거래처가 된 이실리프 무역상사와의 거래가 끊겨서는 안 된다. 그렇기에 경영진이 직접 생산 관리에 나서고 있다.

게다가 현수는 거래처 제약사 대부분의 주식을 50% 이상 보유하고 있다. 지분율이 80% 이상인 곳도 있다. 외국인과 투자기관에 팔린 것 거의 모두를 사들인 결과이다.

현수의 의중에 따라 경영권을 잃고 밀려날 수도 있는 것이다. 그렇기에 품질 관리에 만전을 기한다.

그 결과 러시아 시장에서 호평 받고 있다. 선진국 의약품과 비교해도 전혀 손색이 없지만 값은 조금 저렴하다. 그렇기에 러시아 의약품 시장을 파고들 수 있었던 것이다.

"그렇군요. 그럼 스피드랑 엘딕은요?"

"이실리프 모터스에서 생산하는 스피드와 엘딕 역시 주문량이 대폭 늘었지만 수요를 따라가지 못하는 상황이에요. 공장을 풀가동해도 역부족이라네요."

"으으음."

현수는 이 대목에서 나지막한 신음을 냈다.

생산라인을 더 늘려서라도 주문량을 맞춰주면 좋겠지만 한계가 있음을 알기 때문이다.

엄밀히 말해 이실리프 모터스는 조립공장일 뿐이다. 엔진과 미션 등 파워트레인 계통조차 자체 생산할 능력이 없다.

따라서 부품 수급이 원활하지 않으면 생산을 할 수 없다.

기존의 완성 차 업체들은 스피드의 놀라운 연비를 예민한 시선으로 바라보고 있다.

러시아 수출을 위주로 하기에 국내에 시판된 것은 그리 많지 않다. 그럼에도 자신들의 거래처를 압박하여 부품 공급이 원활하지 못하도록 조치를 취하는 중이다.

특히 엔진이 그러하다. 하여 이실리프 엔진이라는 회사를 만들었고, 정년퇴직한 전직 기술자들을 불러 모았다.

그랬더니 이번엔 미션이 문제가 되었다. 그걸 해결하면 또 다른 부품의 조달이 어려워질 것이다.

조직적인 방해가 이루어지고 있기 때문이다.

하여 평안남도 안주에 대규모 기계공업단지를 조성하고 있다. 그곳에서 모든 부품을 자체 조달하려는 것이다.

공단이 완성되면 적어도 기계부품을 외부로부터 조달하는 일이 없어질 것이다. 돈을 줘도 부품 공급을 하지 못하겠다고 난색을 보이던 업체와 거래할 일이 없다는 뜻이다.

전자부품의 경우는 아직 손을 못 대고 있지만 그것도 기회가 되면 전부 자체 조달할 계획이다.

국내 생산이 어려우면 몽골 이실리프 자치령에 공단을 조성하면 될 일이다. 운반은 아공간에 담아 와도 되고, 러시아 횡단열차를 이용하는 것도 가능하다.

지금도 그러하지만 앞으로 설립될 모든 회사는 100% 무차입 경영을 할 것이다. 다시 말해 은행권으로부터 단돈 1원도 대출 받지 않을 것이다. 어느 누구도 경영권 간섭을 하지 못하도록 상장하지도 않을 것이다.

정부, 또는 권력자, 혹은 이권을 챙기려는 모리배의 간섭이 심해져서 불편함이 느껴지면 지체없이 회사를 청산하고 이실리프 자치령으로 옮기면 그만이다.

현수가 잠시 말을 끊자 은정 역시 보고를 멈춘다. 뭔가 생각하는 듯하기 때문이다.

'어차피 주문량은 계속해서 늘 수밖에 없다.'

현수의 생각대로 스피드는 점점 더 수요가 많아질 것이다.

지금은 고유가 시대이다. 그런데 리터당 시내 주행 연비가 112.3㎞인 휘발유 엔진 자동차가 있다. 고속도로 주행 연비는 무려 166㎞나 된다.

참고로 국내 완성 차 업계에서 제작한 대표적인 중형차의 경우 시내 주행 연비가 11㎞ 정도 된다. 차량 구입 후 유지비를 생각한다면 당연히 스피드를 사야 한다.

스피드가 가장 많이 팔린 러시아에선 요즘 누가 더 높은 연비를 기록하는지가 유행이다.

각자 본인의 차를 타고 시내 주행 및 고속도로 주행을 한 뒤 연비 테스트를 하여 그 결과를 블로그 등에 올린다.

물론 주행 코스도 상세히 올린다.

현재까지 최고 기록은 시내 주행 연비 144㎞이고, 고속도로 주행 연비는 213㎞이다.

이것이 유행인 이유는 올해 연말 최고의 연비를 보여준 사람에게 스피드 한 대를 상품으로 걸었기 때문이다.

드모비치 상사가 새롭게 발족시킨 드모비치 모터스에서

내건 상품이다. 참고로 이 회사는 스피드와 엘딕의 소매를 목적으로 만들어진 곳이다.

어쨌거나 요즘 최고의 연비는 각기 이실리프 모터스에서 공식 발표한 연비보다 약 30% 정도 높다.

아마도 가장 효율적인 경제 운전을 한 결과일 것이다.

이렇듯 어마어마하게 높은 연비 덕에 스피드의 인기는 하늘 높은 줄 모른다. 그래서 러시아에선 중고차가 새 차보다 더 비싸게 거래되기도 한다.

계약 후 대기 기간이 무려 1년으로 늘어난 때문이다. 다시 말해 차를 사겠다는 사람이 너무 많이 몰려든 것이다.

따라서 드모비치 모터스는 별다른 홍보를 하지 않는다.

광고하지 않아도 주문이 밀려드는데 광고까지 하면 하루 종일 계약서 작성과 언제 차를 줄 건지에 대한 설명만 하고 있어야 하기 때문이다.

스피드는 하이브리드 카[9]가 아니다. 이것은 가격이 비싸지 않음을 의미한다. 그래서 더 인기이다.

'흐음, 이제 공장을 더 늘리려면 확실하게 해야겠지? 근데 경기도 광주는 입지가…….'

종전처럼 내수 위주라면 국내 어느 곳에서 자동차를 생산하든 문제되지 않는다. 도로가 잘 갖춰져 있기 때문이다.

---

9) 하이브리드 카(Hybrid car) : 내연 엔진과 전기자동차의 배터리 엔진을 동시에 장착 등 기존의 일반 차량에 비해 연비(燃費) 및 유해 가스 배출량을 획기적으로 줄인 차세대 자동차.

하지만 수출을 생각하면 입지를 고려해야 한다.

비행기로 수출할 수 없으니 배가 드나들 수 있는 항구에서 가까워야 한다. 그리고 항구는 대형 선박이 정박할 수 있을 정도로 수심이 깊어야 한다.

동해는 바다가 깊고 서해는 얕으니 동쪽이 유리하겠지만 그곳에 자동차 회사를 세울 마음은 없다.

한국은 역대 지도자들의 영향을 받아 남동쪽이 유달리 발달되어 있다. 그들의 고향이 거의 모두 그쪽인 결과이다.

이는 1,713개 상장사(12월 결산법인)의 본사 기준 소재지별 직원 평균 연봉을 비교해 보면 확연히 드러난다.

울산은 2013년에 이어 2014년에도 1위를 차지했다.

상장사 직원 평균 연봉은 6,881만 원이며, 1억 이상 고액 연봉자가 가장 많은 도시이기도 하다.

참고로 2위는 경기도, 3위 경상북도, 4위 경상남도이다.

1위와 3위, 그리고 4위가 국토의 동남쪽에 편중되어 있다.

수도인 서울은 5위에 불과하며, 15위는 충청북도이다.

전국 평균 연봉은 5,959만 원인데, 꼴찌인 충청북도는 이것의 약 60%인 3,587만 원에 불과하다.

1위인 울산과 비교하면 거의 절반 수준이다. 이로써 같은 나라이지만 지역 간 격차가 매우 크다는 것을 알 수 있다.

이럴 경우 상대적 박탈감을 느끼는 것은 당연지사이다. 따라서 불만이 야기되지 않도록 조치를 취해야 한다.

그럼에도 현 정권에선 이런 것에 신경 쓰지 않는다. 한심당을 중심으로 똘똘 뭉쳐 정권 유지에만 애쓸 뿐이다.

무릇 지도자라면 국토의 균형 발전을 꾀해야 하며, 어느 한 지역만 두드러지는 것을 지양해야 한다. 아울러 공평무사한 행정을 펼쳐 불만의 소리가 나오지 않도록 해야 한다.

그럼에도 역대 지도자들은 유난히도 남동쪽을 챙겼다. 하여 이런 불평등한 결과가 야기된 것이다.

그래서 현수는 이실리프 모터스가 이주하여야 한다면 수도권을 벗어난 서해안이어야 한다고 생각하고 있다.

국가의 균형 발전에 조금이라도 기여하기 위함이다.

'흐음! 어디가 좋을까? 평택항을 쓰면 좋은데 거긴 해군과 미군이 있어서 어렵겠지? 흐음, 수송선이 드나들려면 평택항만큼 수심이 깊어야 하는데 서해에 그런 데가 어디지?'

뇌리를 뒤적이던 현수의 눈이 떠진다.

'맞아. 충남 태안 신진도항이 괜찮겠군. 거긴 평택만큼이나 수심이 깊다고 했어.'

현재의 광주공장을 매각하면 태안 지역에 이실리프 모터스와 이실리프 엔진 공장을 짓고도 돈이 남을 것이다. 부동산의 가격 차가 크기 때문이다. 생산 라인은 이전하면 된다.

평안남도 안주에 조성될 2,000만 평 규모의 이실리프 기계

공업단지에서는 각종 자동차 부품을 제조하게 될 것이다.

아울러 인근에 자동차 공장을 추가로 설립하려 한다.

북한에선 남한으로 기계 부품을 보내고, 남한에선 북한으로 전자 부품과 엔진을 보내 같은 디자인의 자동차를 양쪽에서 생산할 예정이다.

남한에서 생산된 자동차는 내수 이외에 아메리카 대륙과 동남아시아 등 육지로 운송할 수 없는 곳으로 수출한다.

북한에서 생산한 것은 내수를 충당시키고 러시아와 몽골에 소재한 이실리프 자치령에 우선 공급될 것이다.

연후에 러시아와 지나, 몽골과 유럽 각국에 수출한다.

시간이 좀 더 흐르면 아프리카에도 자동차 공장을 설립할 예정이다. 이실리프 자치령뿐만 아니라 콩고민주공화국과 에티오피아, 그리고 우간다와 케냐 등지의 수요를 위해서이다.

아직 미개발지가 많은 곳인지라 오프로드가 많아 별도의 디자인이 적용되어야 할 것이다.

어쨌거나 신진도항 인근으로 이실리프 모터스와 이실리프 엔진이 옮겨가면 그쪽 지역 경제가 활성화될 것이다.

이런저런 생각을 하다 문득 떠오르는 얼굴이 있다.

현수의 장난 때문에 정신병원까지 간 아미르 아지즈의 딸 라일라 아지즈이다.

"중동 쪽은 어때요?"

"그렇지 않아도 보고드리려 했어요. 아지즈 상사가 계속해서 수입 물량을 확대하고 있어요."

"두바이 총판권을 줬는데 아예 시장을 중동 전체로 넓힌 모양이네요."

"맞습니다. 쿠웨이트와 사우디아라비아, 요르단, 오만, 예멘, 터키, 바레인, 시리아, 심지어 이란과 이라크에서도 거래하고 싶다는 팩시밀리가 와요."

말을 마친 이은정 사장은 서류철에서 수신된 팩스 용지를 보여준다.

아랍어도 있지만 주로 영문인데 대강 훑어보니 이실리프 어패럴에서 취급하고 있는 항온의류와 이실리프 메디슨의 쉐리엔, 그리고 이실리프 코스메틱의 듀 닥터와 이실리프 모터스의 스피드를 수입하고 싶다는 의향서이다.

문든 현수의 눈에 뜨이는 글귀가 있다.

"어라! 태을 코스메틱이 이실리프 코스메틱으로 사명을 변경했어요?"

"네, 사명 변경했어요."

"끄으응!"

현수는 나직한 침음을 냈다. 태을제약의 사명 변경을 만류했더니 화장품 회사의 명칭을 바꾼 때문이다.

원래는 명칭 변경 전에 허락을 받아야 한다. 아마도 민주영

이실리프 상사 사장이 허가한 듯싶다.

현수가 어이없다는 표정으로 웃자 보고가 이어진다.

"현재 각국으로 직원들을 파견하여 국가별 거래처로 적합한지 파악 중에 있어요."

"잘했습니다. 어차피 거래를 해야 할 테니까요. 규모가 작더라도 신망을 잃지 않을 회사를 찾아내기 바랍니다."

"알겠습니다."

이은정 사장은 가볍게 고개를 숙인다. 그러다 생각났다는 듯 다시 입을 연다.

"그런데 거래처가 되면 모든 상품을 다 취급하게 하나요, 아니면 상품별로 나누나요?"

"계란은 한 바구니에 담지 말라고 했습니다."

이 말은 원래 안전을 위해 분산투자를 권유하는 말이다. 그럼에도 이은정 사장은 무슨 뜻인지 알아들은 모양이다.

"아! 알겠습니다. 그렇게 조치하겠습니다."

"어쨌거나 아지즈 상사 건은 어패럴의 박근홍 사장님과 협의하여 물량을 조절해 주세요. 그런데 지르코프 상사가 주문한 물량을 대기도 힘들 텐데 걱정입니다."

"그렇지 않아도 그 말씀을 하시더군요. 근데 뭔가 수가 있으신 거 같았어요. 아무튼 그쪽과 협의하여 진행하겠습니다."

"그래요. 참, 북한에 공급할 의약품 수급은 어떤가요?"

“차질 없이 준비되고 있습니다. 펠릿 보일러는 천지보일러로부터 납품받기 시작했구요.”

무슨 말이 나올지 알고 있었다는 듯 미리 꺼낸 말이다.

“…잘하셨네요. 펠릿도 충분히 준비해야 합니다.”

“물론입니다. 최대한 확보하고 있습니다. 그래도 말씀하신 물량엔 미치지 못해요. 수입을 해야 하나 생각 중입니다.”

# CHAPTER 08

## 남자의 뜨거운 눈물

올겨울 북한 전역에서 사용하려면 엄청난 양이 필요한데 남한에서 생산하는 것으로는 충당 불가능이다.

그만큼을 생산할 능력이 없기 때문이다. 국내에선 전국 산림조합을 포함한 30개소에서 연간 30만 톤을 생산할 뿐이다.

북한이 필요로 하는 양에 비교하면 어림도 없다. 그렇기에 이 사장은 수입할 곳을 찾던 중이다.

"나머지는 제가 수급하죠."

연료가 될 펠릿은 식물이나 나무를 톱밥과 같은 작은 입자 형태로 분쇄 · 건조 · 압축하여 성형한 제품이다.

주로 벌목한 나무 중 목재로 사용할 부분을 제외한 나머지로 제조한다.

현재 반둔두 지역과 비날리아 지역에선 상당히 넓은 정글을 정리하고 있다. 농토를 조성하려면 당연한 일이다. 거주지로 예정된 곳도 집 지을 곳의 나무는 모두 베어내고 있다.

연후에 포클레인과 불도저를 동원하여 뿌리까지 뽑아낸다.

나무를 베어낸 뒤 원하는 길이로 잘라내면서 잔가지까지 정리하는 로그마스타와 벤 나무를 목재로 만드는 팀버킹 등이 상당히 많이 투입되어 있다.

따라서 아주 빠른 속도로 작업이 진행되는 중이다. 그것에 비례하여 목재와 부산물이 상당히 많이 모아진 상태이다.

이것들은 현재 한쪽에 모아두고 있다.

벌목된 나무에서 얻은 목재는 바로 사용할 수 있도록 마법적 조치를 취할 예정이다. 타임패스트 마법으로 빠르게 건조시켜 수분 함량을 줄이면 된다.

이것을 제외한 부산물은 아공간에 담아 펠릿 제조공장 인근 야적장에 쌓아둘 예정이다. 당연히 어마어마한 양이다.

이것 모두를 펠릿으로 제조할 경우 북한이 50년간 사용할 연료의 총량과 맞먹게 된다.

아르센 대륙에선 바세른 산맥 아래 이실리프 자치령과 이실리프 군도에서 대대적인 벌목작업이 진행되고 있다.

로그마스터와 팀버킹은 없지만 그 성능에 뒤지지 않을 드워프들이 열심히 작업 중이라 상당히 진척이 빠르다.

이것들 역시 목재와 부산물로 분류하여 사용할 계획이다.

이실리프 왕국이 들어설 이실리프 군도는 항상 더운 계절을 유지하기에 보일러가 필요 없다.

반면 바세른 산맥 아랫자락은 겨울을 겪는 곳이다. 따라서 목재는 양쪽에 주지만 펠릿은 이곳만 공급된다.

그러고도 상당히 많은 양이 남게 된다.

이것들을 펠릿으로 가공 후 지구로 가져와 북한은 물론이고 러시아와 몽골에 들어설 자치령에 공급할 생각이다.

그러려면 펠릿 공장을 지어야 한다.

제조 공정이 간단하니 지구에서 기계를 가져다가 만들라는 지시만 내리면 될 듯싶다.

전기는 발전기를 사용하면 된다.

전기에 대한 생각을 하니 떠오르는 것이 있다.

"북한에 공급할 태양열 발전 설비 수급은 어때요?"

"그건 이실리프 솔라파워 주윤우 사장님이 중심이 되어 준비 중에 있어요. 원하시는 시기에 적재할 수 있을 거래요."

"이실리프 솔라파워?"

또 의아하다는 표정을 짓자 그럴 줄 알았다는 듯 이은정 사장은 빙그레 웃고는 보고를 이어간다.

"주윤우 사장님께서 극동 솔라파워의 사명을 바꾸셨어요. 주영 씨에게 허락을 받았다고 하더군요."

"에구, 그 녀석은 대체 왜……. 누가 들으면 문어발식 확장이라고 욕먹겠네요. 안 그래요?"

"문어발은 맞지만 무분별한 건 아니에요. 여기저기 자치령을 만들려면 꼭 필요한 부분이잖아요. 그리고 이실리프 상사는 극동 솔라파워의 지분 60%를 사들인 대주주예요."

"네? 주영이가 그랬어요?"

은정의 말에 현수는 눈을 크게 뜬다. 처음 듣는 말이며 시키지도 않은 짓을 하였다고 생각한 때문이다.

그리고 이런 수법은 대기업이 중소기업을 잡아먹는 것과 거의 유사하다. 하여 약간은 불쾌한 기분이 든다.

"네, 주 사장님이 개인적으로 큰돈이 필요한데 조달하는 것이 마땅치 않다고 자사 주식을 매입 요청해서 주영 씨가 받아들였다고 하더군요."

실제로 주윤우 사장은 개인적 채무뿐만 아니라 보증 채무까지 안고 있었다.

회사가 어려울 때 진 빚과 급여를 지불 받지 못한 직원들이 생활자금을 대출받을 때 보증을 서준 것이다.

제2금융권에서 돈을 빌렸는데 급여 미지급으로 인한 연체로 채권은 매각되었다. 이를 산 자는 사채업자인데 즉각 변제

하지 않을 경우 극동 솔라파워를 내놓으라고 협박했다.

현수가 준 돈을 사용하면 해결될 금액이지만 주 사장은 그걸 사용하지 않았다.

개인적 어려움을 해결하라고 준 게 아니라 업무에 도움이 되라는 뜻으로 지급한 것이기 때문이다.

그렇기에 자력으로 해결하려 했다.

처음엔 은행을 찾아가 대출을 받으려 했으나 여의치 않았다. 이미 신용도가 많이 떨어진 상태였기 때문이다.

제2금융권도 기웃거렸지만 결과는 마찬가지였다.

결국 다른 사채업자를 찾아갔다. 이자율은 높지만 신용불량자도 대출해 준다고 광고하던 업체이다.

더 비싼 이자를 지불해야 하지만 벌어서 갚을 요량이었다. 그런데 대출을 거절당했다.

나중에 알고 보니 주 사장에게 돈을 내놓으라던 사채업자가 압력을 넣은 것이다. 그것은 극동 솔라파워가 있는 시화공단 인근의 모든 사채업자도 마찬가지이다.

극동 솔라파워가 아주 큰 공사를 따서 조만간 막대한 이득을 볼 것이란 소문이 번지자 얼마 안 되는 돈을 빌미로 회사를 삼키려는 계략을 꾸민 것이다.

어쨌거나 아무리 돌아다녀도 돈을 구할 수 없던 주 사장은 평소 업무 관계로 자주 연락하던 민주영에게 연락하였다.

그리곤 자사주 매입을 요청했다.

어차피 회사는 남의 손으로 넘어갈 상황이다. 그렇다면 자신에게 지극히 호의적인 이실리프 상사에게 주는 것이 낫다 판단한 것이다.

당시 주식 평가액은 회사를 통째로 넘겨도 빚을 갚을 수 없을 정도로 낮았다. 소문만 무성할 뿐 실제적인 이득이 실현되지 않은 상태이기 때문이다.

이는 공사현장이 아프리카에 있기 때문이기도 했다.

눈에 보이는 가시적인 성과가 없으니 주식의 가치를 판단할 기준이 미흡했던 것이다.

모든 이야기를 들은 주영은 갚아야 할 금액을 내주면서 극동 솔라파워의 주식 60%만 받았다. 곧 실현될 이익이 얼마나 될지 알기에 제대로 된 평가를 해준 것이다.

주 사장은 거듭해서 감사의 뜻을 표했고, 대표이사직에서 물러나겠다고 했다.

이에 주영은 사장 자리를 계속 맡아줄 것을 요구했다. 안 그러면 주식을 외부인에게 팔아버리겠다고 했다.

어찌 남이 평생을 일군 회사를 통째로 날름하겠는가!

주 사장의 피와 땀이 어린 회사라는 걸 알기에 이런 제안을 한 것이다. 그러면서 말하길, 언제든 매수 요청을 하면 주식을 되팔겠다고 했다.

그때의 거래가는 이실리프 상사가 매입한 가격에 시중은행 정기예금 이자 정도가 얹힌 금액으로 정했다.

얼마 안 되는 은행 정기예금 이자율로 돈을 빌려줄 테니 얼른 벌어서 회사를 되찾아가라는 뜻이다.

참고로 시중은행 정기예금 금리는 연 2.6% 수준이다.

그때 주 사장은 뜨거운 눈물을 흘렸다.

그러면서 말하길, 어떻게 이 회사는 회장이나 사장이나 마음씀씀이가 이렇게 따뜻하냐는 것이다.

열심히 일해서 좋은 성과를 내는 것이 은혜를 갚는 길이라며 여러 번 고개를 숙였다. 그리고 꼭 회사를 되찾겠다고 약속했다.

모든 이야길 들으니 현수는 괜히 흐뭇하다.

"회장님, 우리 주영 씨가 잘한 거죠?"

"쩝! 그러네요."

현수는 더 이상 할 말이 없었다. 주영의 처사가 아주 마음에 든 때문이다.

"아무튼 그래서 극동 솔라파워는 이실리프 솔라파워로 사명을 바꿨어요. 주 사장님의 간곡한 부탁 때문이에요."

"지금 남편 편들어주는 거죠?"

"어머! 그렇게 들리셨어요?"

은정은 말도 안 된다는 표정이다. 그런데 몹시 사랑스러워 보인다.

'주영이 녀석, 장가 한번 잘 갔네.'

둘이 아주 잘 어울리는 것 같아 괜스레 기분이 좋아진다.

"이제 보고 사항은 없어요?"

"네, 대충은 보고드린 거 같아요. 한마디로 종합하면 이실리프 무역상사는 쾌청한 하늘과 시원한 바람이 부는 조용한 강가에서 즐겁게 배를 타는 것 같아요."

"잘되고 있다는 뜻이죠?"

"이것보다 더 잘될 수 없을 거 같아요. 고맙습니다."

느닷없이 정중히 고개를 숙인다. 의도가 뭘까 싶다.

"네?"

"저를 이 회사에 뽑아주셔서… 주영 씨를 만나게 해주셔서… 그리고 너무 막중한 자리에 앉혀주셔서요. 모두 회장님 덕이에요."

"에구, 너무 이렇게 정색하지 말아요, 제수씨. 그나저나 집들이 안 해요?"

제수씨라는 표현이 들어갔으므로 이제는 사적인 이야길 하자는 뜻이다.

"칫! 아주버님도 집들이 안 하셨잖아요. 멋진 집으로 이사하셨다면서요?"

"에구, 그러네요. 알았어요. 우리 집에서 한번 뭉칩시다.

맛있는 거 많이 만들어놓으라 할 테니 와요."

"호호! 그럼요. 기대돼요."

"기대해도 될 거예요. 음식 만드는 사람들 솜씨가 좋으니까요. 그날은 우리 집에서 자고 가요."

"그래도 되요?"

조심스럽게 묻는다. 피차 신혼이기 때문이다.

"빈 방이 조금 있으니까 몸만 오면 될 거예요."

"아, 네. 그럴게요."

빈방의 의미가 무엇을 뜻하는지 은정은 아직 모른다.

나중의 일이지만 현수의 초대에 가벼운 마음으로 양평 저택을 찾은 주영 부부는 들어서면서부터 입을 딱 벌린다.

진입로부터 온갖 꽃이 너무도 탐스럽게 피어 있었기 때문이다. 안으로 들어갈수록 점점 더 울창한 숲 속으로 들어가는 듯한 느낌을 받는다.

모든 식물은 더 이상 싱싱할 수 없을 정도로 푸르며 제각기 향을 뿜는다. 눈에 보이지도 않는 피톤치드로 세상이 가득 찬 듯한 느낌이다.

호흡할 때마다 폐부가 청량해지는 느낌이다.

들숨 때는 세상의 모든 신선함이 폐부로 스며드는 것 같고, 날숨 때는 체내의 모든 나쁜 것이 함께 배출되는 듯한 감각이 든다.

이는 첨탑의 마나 집적진 때문에 세상의 모든 마나가 몰린 결과이며, 아리아니의 각별한 가호가 스며든 때문이다.

여기에 가이아 여신의 신성력 또한 부어졌다.

하여 저택 인근의 숲은 병든 식물이 하나도 없다.

진입로의 폭은 대략 15m이며 길이는 300m 정도 된다. 바닥엔 가로세로 15㎝짜리 화강석이 촘촘히 박혀 있다.

이 길을 따라 안쪽으로 들어서자 둥근 분수대가 보인다.

가운데엔 멋진 조형물이 서 있고, 시원한 물줄기가 뿜어져 주변의 온도를 낮춰준다.

분수대 뒤쪽엔 커다란 건물이 있다. 저택이라는 말이 절로 나올 만한 멋진 건축물이다.

세련된 디자인으로 설계된 이 건물을 보는 순간 주영 · 은정 부부는 압도당한다. 신혼여행 가서 킨샤사와 모스크바 저택에서 각각 닷새씩 머물렀다. 그렇기에 큰 건물에 조금은 익숙함에도 놀라지 않을 수 없었던 것이다.

현수 부부와의 만찬, 그리고 즐거운 시간이 계속된 후 깊은 밤이 되었을 때 둘은 빈관으로 안내된다.

150평짜리 초특급 스위트룸에 들어선 둘은 탄성을 지를 수밖에 없었다. 모든 것이 너무도 고급스럽고, 깔끔하며, 세련되었기 때문이다.

꿈결 같은 하룻밤을 보낸 주영 · 은정 부부는 그곳에서 하루 더 머물고 월요일 아침에 현수와 같이 출근하게 된다.

"친구야, 니네 그 집 자주 이용해도 되냐?"

"얼마든지!"

현수는 흔쾌히 고개를 끄덕여 주고, 주영 · 은정 부부는 툭하면 주말을 그곳에서 보낸다. 호젓한 숲속의 초특급 호텔 같은 분위기이니 어찌 안 그러겠는가!

7성급 호텔은 두바이에 있는 버즈 알 아랍 이외에도 브루나이 엠파이어 호텔 등이 있다.

양평 저택의 빈관 최상층은 7성급을 넘어 8성급이라 할 수 있다. 굳이 비교하자면 아부다비에 있는 에미리트 팔레스(Emirates Palace) 호텔 정도가 될 것이다.

이 호텔은 본시 아부다비 왕의 궁전으로 지어진 것이다.

그런데 왕이 국민과 함께하고 싶다 하여 궁전을 호텔로 개조한 것이다. 이 과정에서 황금 40톤이 소모되었다.

어찌 호화롭지 않겠는가!

그런데 빈관 또한 이러하다.

황금은 전혀 사용하지 않았지만 그에 못지않게 화려하고 우아하며, 고급스럽고 고상하면서도 안락하게 꾸며져 있다.

주영 · 은정 부부 입장에서 보면 집에서 한 시간 이내에 있는 주말 별장이다.

이용하는 비용은 당연히 한 푼도 안 든다.

모든 식사와 음료, 그리고 주류까지 몽땅 공짜이다.

세탁 서비스도 무료이고, 음주 후 귀가할 땐 운전까지 대행해 준다. 친구 잘 둔 덕에 엄청난 혜택을 받는 셈이다.

*　　*　　*

“어서 오십시오.”

서류 뭉치 속에 둘러싸여 있던 박근홍 사장이 자리에서 일어서며 환히 웃는다. 그러면서 오랫동안 앉아 있어서 척추가 굳었다는 듯 허리를 펴며 소리를 낸다.

“으드드드!”

“여전히 바쁘시네요.”

“하하! 네, 그래야죠.”

“두바이 여행은 재미있었습니까?”

“그럼요. 덕분에 아주 잘 다녀왔습니다. 아내가 회장님께 고맙다는 말 전해달라더군요.”

“잘 다녀오셨다니 다행입니다.”

“앉으시죠.”

“네.”

전에 있던 소파는 다소 낡아서 바꾼 듯하다. 그런데 엄청 호화롭다. 한눈에 보기에도 엄청 비싸 보인다.

왠지 아라비안나이트에 등장할 법한 디자인이다.
"소파 좋네요."
"그쵸? 이거 라일라 아지즈 사장이 선물한 겁니다."
"라일라 아지즈 양이요?"
현수는 전혀 뜻밖의 이야기라 어찌 된 건지 이야기해 보라는 표정을 지어 보였다.
"두바이 독점 총판권을 달라던 팩스 기억하시죠?"
"그럼요."
"회장님이 여기 왔다 가신 다음 날 이게 배달되었습니다. 선물이라는 쪽지가 붙어 있더군요."
"아! 그랬군요."
"이번에 만났을 때 고맙다는 뜻 전했습니다."
"네, 아주 비싸 보이는데 그러셨어야죠. 그나저나 계약은 하셨어요?"
"아랍에미리트 독점 총판권 계약을 체결했습니다."
"…인심 좀 쓰셨네요."
두바이는 아랍에미리트연합(United Arab Emirates)의 일부분일 뿐이다.
이것은 페르시아만의 해안에 위치한 일곱 개 국가가 뭉친 소합중국이다. 소속 국가는 아부다비, 아즈만, 두바이, 푸자이라, 라스 알 하이마, 샤르자, 움 알 까이와인이다.

라일라는 하나만 원했는데 여섯을 추가로 준 셈이기에 선심이라는 표현을 쓴 것이다.

두바이에 당도한 박 사장은 라일라 아즈지를 만나 여러 부문에 관한 의견을 주고받았다.

라일라는 두바이에서는 완전한 독점을, 그리고 나머지 연합국가엔 지점을 설치할 수 있게 해달라고 했다.

아울러 여타 아랍국가와도 거래할 수 있기를 요청했다.

한참을 대화한 후 박 사장은 흔쾌히 계약서에 도장을 찍어줬다. 아랍에미리트 연합 전체에 대해 완전한 독점 판매권을 준 것이다.

쿠웨이트나 사우디아라비아 등 다른 아랍국가에 대한 판매도 당분간은 허용하지만 그쪽에 총판이 들어서면 철수하기로 했다.

대신 쉐리엔과 듀 닥터, 스피드도 취급할 수 있도록 돕기로 했다. 다 같이 이실리프라는 명칭을 쓰는 계열사이니 도와달라는 말을 거절하지 못한 것이다.

라일라는 아주 즐거워했다. 자신의 미인계에 박근홍 사장이 홀딱 넘어간 듯했기 때문이다.

하지만 이는 사실이 아니다.

박 사장은 아내밖에 모르는 사내이다. 그럼에도 미인계에 넘어가 준 척한 것은 현수의 귀띔이 있었기 때문이다.

라일라 아지즈의 능력을 믿고 그것들의 판매도 맡겨보자고 한 것이다.

일주일간 머물며 많은 구경을 했고, 즐거운 시간을 보냈다. 라일라 아지즈는 만사 제쳐놓고 박 사장 부부를 위한 관광 가이드 역할을 해줬다.

그러던 중 우연히 알게 된 사실이 있다.

라일라의 모친 '나지마 알 막툼' 이 왕족이라는 것이다.

현재 두바이의 왕세자인 '세이크 함단 빈 모하메드 빈 라시드 알 막툼' 의 고모라는 것이다.

왕가의 여인이 어찌 일개 기념품 장사꾼인 아미르 아지즈와 맺어져 평범한 삶을 사는지는 알 수 없지만 틀림없는 사실이라고 한다. 덕분에 일반인은 결코 접근할 수 없는 왕궁까지 구경한 것이 그 증거이다.

또 하나 놀라운 사실은 라일라 아지즈에게 왕세자가 정식으로 만남을 청했다는 것이다.

그러면서 금빛 초청장을 보여주었다.

둘은 사촌지간이다. 따라서 언제든 쉽게 만날 수 있는데 왜 그러느냐는 물음에 그건 결혼을 전제로 사귀자는 뜻이라고 대답했다.

박근홍 사장은 몹시 놀랐다. 둘이 사촌지간이니 근친상간으로 들린 때문이다. 하지만 현수는 놀라지 않았다.

두바이에는 가문과 재산을 보존하기 위해 근친혼을 하는 관습이 있다는 걸 알기 때문이다. 이는 첫째 부인에 한정된다. 그렇기에 장애아 출산율이 높은 편이다.

아무튼 라일라가 왕세자와 결혼을 하게 된다면 차기 왕비가 된다.

"아! 그랬습니까?"

"아니, 놀라지도 않습니까?"

박 사장은 분명히 놀라 자빠질 것이라 생각한 모양이다.

"두바이의 풍습을 제가 좀 알거든요. 라일라 아지즈 양은 훌륭한 왕비가 될 겁니다."

현수는 조만간 마나포션을 선사해야겠다고 생각했다. 근친혼으로 인한 장애아 출산을 막아낼 묘약이기 때문이다.

사람들은 근친혼을 하면 무조건 장애아가 태어나는 것으로 착각하고 있다. 이는 사실과 다르다.

누대에 걸쳐 근친혼을 했다 하더라도 정상아가 태어날 확률이 더 높다.

만일 마나포션을 정자와 난자가 착상하는 임신 초기에 복용하게 되면 이 확률은 대폭 상승하게 될 것이다. 잘못된 유전 정보를 바로잡는 역할을 하게 될 것이기 때문이다.

"그나저나 지르코프 상사에 보낼 상품들은 잘 준비되고 있습니까?"

"네, 하청공장들로 하여금 생산라인을 더 확충하도록 해서 생산량을 늘려 해결하고 있습니다. 하지만 워낙 양이 많아 어려움은 여전히 상존합니다."

"앞으로도 주문량은 계속해서 늘어날 것 같습니다. 그러니 이참에 직영공장을 준비하십시오."

"…그래도 될까요?"

박 사장은 이런 마음을 진즉부터 갖고 있었다.

얼마 전, ㈜까사가 어려움에 처했을 때 밀린 납품대금을 내놓으라며 행패 부리던 하청공장 사장들이 방문했다.

이실리프 어패럴로 변신한 이후 엄청나게 잘나간다는 것을 알고 온 사람들이다.

그들은 한때의 잘못이라면서 자신들의 처사를 용서하고 일감을 달라고 했다. 그러면서 말하길 극심한 경기 침체로 일감이 없어 놀고 있어 망하기 일보 직전이라며 애원했다.

마음 약한 박 사장은 현수와 의논해 보겠다고 대답했다. 그들은 일이 성사될 것으로 여겼는지 웃는 낯으로 돌아갔다.

그날 김주미 여사에게 이야기를 꺼냈다가 된통 당했다.

밀린 납품대금을 달라며 그들이 부린 횡포와 악담을 생생하게 기억하고 있기 때문이다.

김주미 여사는 별다른 고생을 하지 않고 살았기에 나이보다 훨씬 젊어 보인다.

그리고 상당히 아름다운 외모의 소유자이다.

어려움에 처했을 때 하청공장 사장 중 하나는 김 여사에게 몸을 팔아서라도 밀린 납품대금을 갚아야 하는 거 아니냐며 막말을 했다. 당장 술집이라도 나가라는 것이다.

물론 이 이야긴 박 사장은 모르는 것이다. 들어봤자 울화통만 치밀 것이기에 말하지 않은 것이다.

그런데 예전 하청공장들에게 일감을 주는 게 어떻겠느냐고 했을 때 비로소 박 사장은 그 이야기를 들을 수 있게 되었다.

그 즉시 박 사장은 마음을 접었다. 그들에게 일을 주느니 차라리 납품량을 줄이겠다고 생각한 것이다.

부친이 회사를 운영하는 동안 하청공장에게 박하게 하지 않았다. 그렇기에 ㈜까사가 괜찮을 때는 모두들 넓은 아파트에 좋은 차를 타고 다녔다.

그런데 박 사장이 어려움에 처하자 입에 담지 못할 소리를 했다. 그런데 어찌 너그러울 수 있겠는가! 박 사장은 좋은 사람이기는 하지만 성인군자는 결코 아니다.

더 이상은 함께할 수 없는 사람들이라 여긴 박 사장은 그들의 존재 자체를 마음속에서 완전히 배제해 버렸다.

하지만 생산량을 늘려야 하는 고민마저 지운 것은 아니다. 하여 현재의 하청공장 사장들을 불러 의논했다.

그 결과 생산라인이 증설되었다. 하지만 그것만으론 지르코프 상사의 주문도 소화할 수 없다.

결국 직영공장을 갖는 것을 심각하게 고려했다. 하지만 쉽게 결정할 수는 없는 일이다.

설비를 갖추고 기술자들을 뽑는 건 어렵지 않다.

돈만 있으면 미싱 등의 설비는 언제든 살 수 있고, 국내 경기가 엉망인지라 놀고 있는 사람이 많기 때문이다.

문제는 차후의 일이다. 지금은 급하니까 뽑지만 일감이 줄어들면 내보내야 한다.

고용 안정을 장담할 수 없는 상황이다. 하여 날마다 고심 또 고심하던 중이다. 그런데 현수의 입에서 직영공장 이야기가 나오자 반색한 것이다.

"정말 직영공장을 가져도 될까요?"

"지르코프 상사처럼 무식한 주문은 더 이상 없을 겁니다. 하지만 전체 주문량은 줄지 않을 겁니다. 그러니 직영공장을 적극 고려하세요."

"네, 알았습니다."

"공장은 가급적이면 충청도 쪽으로 알아보세요."

"충청도요? 혹시 이유라도 있습니까?"

공장을 관리하기엔 서울이 가장 편하다. 그럼에도 지방을 언급하자 의아하다는 표정이다.

"수출 물량이 많은데 향후엔 태안에 있는 신진도항을 많이 이용할 것 같습니다."

"아, 네."

박근홍 사장이 고개를 끄덕이자 현수의 말이 이어진다.

"자재 수급 등에 특별한 불편함이 없으면 태안, 서산, 당진, 홍성 정도면 괜찮을 듯싶습니다."

"자재는 보내면 되니까 별문제 없는데 그쪽 지방에 기술자들이 얼마나 있을지 그건……."

심히 우려스럽다는 표정이다.

원하는 수준의 기술자들을 필요한 인원만큼 확보할 수 있을지 장담할 수 없기 때문이다.

어찌 무슨 뜻인지 모르겠는가!

"공장 근처에 아파트를 지으면 해결되지 않겠습니까?"

"네?"

박 사장이 놀랍다는 표정을 짓는다.

"우리 회사 상당히 괜찮죠?"

"그, 그럼요."

사실은 괜찮은 정도가 아니라 대박 나는 중이다. 그러니 얼른 고개를 끄덕인다.

"직원들이 거주할 아파트 정도는 충분히 제공할 수 있을 거 같네요."

“정말이십니까?”

경영자이지만 본인 소유의 회사는 아니다. 그렇기에 다시 확인하려는 것이다.

“직영공장 인근에 아파트가 있다면 매입하시고, 아니라면 새로 짓는 것도 고려하세요.”

“규모는 얼마나……?”

“가족 수에 따라 달라야겠지요. 2인 가족이면 실면적 20평형, 3~4인 가족은 30평형, 5~6인은 40평형, 노부모를 모시는 가정은 50평형 정도면 될 듯합니다. 설계는 한창호 건축사사무소에 연락하시면 될 겁니다.”

말을 마치곤 한창호 건축사사무소의 전화번호를 메모하여 넘겨주었다. 박 사장은 소중한 물건이라도 된다는 듯 두 손으로 받는다.

“아파트를 제공할 경우 보증금과 임대료는 얼마나……?”

박 사장의 말은 중간에 잘렸다.

“재직하는 기간엔 받지 마세요.”

“그럼 무상으로……?”

“그래야 그 동네로 이사 가지 않겠습니까?”

현수의 반문에 박 사장은 고개를 끄덕인다.

이 정도 메리트가 아니라면 가급적 거주지를 떠나려 하지 않을 것이기 때문이다.

아파트가 무상으로 제공된다는 소문이 나면 서로 가겠다고 할 수도 있다. 대한민국은 주거비로 깔고 앉아야 하는 돈이 상당하기 때문이다.

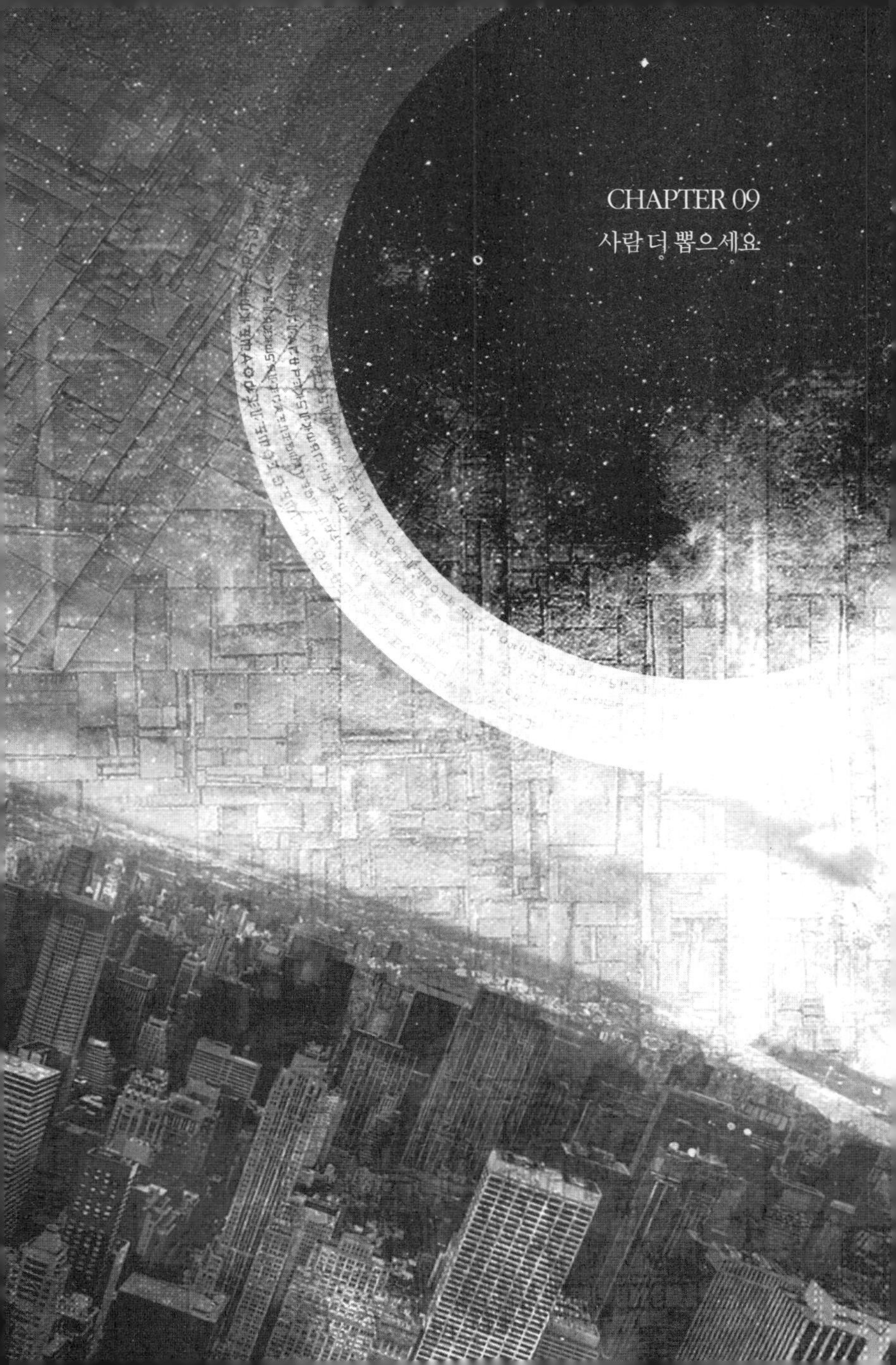

# CHAPTER 09

## 사람 더 뽑으세요.

"내수 판매는 어떻습니까?"

"아! 그건… 잠시만요."

잠시 말을 끊은 박 사장은 책상 위의 서류철을 한참 동안 뒤적인다. 그러다 원하는 것을 찾았는지 들고 온다.

"직영 매장의 수는 400개입니다. 현재 봄 상품을 판매하고 있는데 매출이 많이 늘었습니다. 디자인……."

이실리프 어패럴에선 봄 신상품은 선보인 바 있다. 사람들은 겨울보다 봄에 감기에 더 많이 걸린다.

조금 따뜻한 것 같아 얇은 옷을 입었다가 갑자기 추워지면 감기에 걸려 고생하는 것이다.

항온의류는 그럴 걱정이 없다. 게다가 이실리프 어패럴의 신상품들은 디자인이 상당히 괜찮다.

하여 나날이 판매량이 늘고 있는 중이다.

실제론 거의 매일 문전성시를 이루는 중이다. 입어본 사람이 또 사러 오고, 소문을 듣고 오는 사람이 많기 때문이다.

"디자인을 조금 더 다양하게 신경 써주시고요, 마무리에 소홀함이 없도록 자주 점검해 주세요."

"물론입니다. 디자인도 디자인이지만 상품의 질 또한 각별히 유념하고 있습니다."

"지난번에 미군에서 추가로 주문한 20만 벌은 어떻게 되었습니까? 아직 제작 중인가요?"

"아뇨. 그건 며칠 전에 납품 완료했습니다."

"벌써요? 20만 벌이나 되는데……."

주문 받은 건 지난 2월 4일이다. 그런데 벌써 다 만들어서 납품까지 했다니 놀란 표정이다.

"그것 때문에 공장을 완전 풀가동시켰습니다. 낮에는 지르코프 상사에서 주문한 걸 만들고 밤엔 군복을 만들었지요."

"아! 그랬군요. 대단하네요."

현수는 진심으로 감탄하는 표정을 지었다. 그러다 문득 떠오른 생각이 있다.

"근데 근로자들이 잠도 안 자고 어떻게……?"

"그야 하청공장에서 사람들을 더 확충했지요. 라인을 증설하던 때라 가능했습니다."

"그렇군요. 그 후로 미군이 주문한 여름용 100만 벌과 겨울용 100만 벌, 그리고 군화와 헬멧에 대한 작업은 어떻게 진행되고 있습니까?"

"휴우! 현재 제작 중에 있는데 일손이 많이 달린다고 아우성입니다. 하루도 쉬지 못하니 하청공장 사람들 전부 골병들게 생겼습니다. 그래서 걱정입니다."

박근홍 사장의 이마에 깊은 주름이 잡힌다. 일감은 넘쳐나는데 그걸 제때에 소화시키지 못하는 상황이다.

그런데 진짜 단체로 앓아눕는 일이라도 벌어지면 큰일이다. 하여 이맛살을 잔뜩 좁히고 있다.

지난번 납품 이후 주한미군 제19전구지원사령부 폴 헐리 사령관은 사령부가 있는 대구로 박 사장을 불렀다.

그리곤 감사패를 주었다. 항온의류 덕분에 주한미군의 전투력이 향상되어 감사하다는 내용이 명기된 것이다.

그러면서 말하길, 추가로 주문된 물량도 최대한 빨리 조달해 줄 것을 요청했다. 여름이 오기 전에 하절기용만이라도 납품받기를 원한다는 것이다.

그 물량만 무려 100만 벌이다. 물론 동수의 전투화와 헬멧

포함이다. 이 많은 물량이 어찌 금방 만들어지겠는가!

박 사장은 물량이 워낙 많아 원자재 확보부터 어려움이 있을 것이라며 엄살을 피웠다.

이에 사령관은 계약 총액 12억 달러 중 절반인 6억 달러를 조기 집행해 줄 테니 서둘러 달라고 했다.

납품받은 것들을 착용해 보니 품질은 대만족이다.

소문이 번지면 여기저기에서 주문이 들어올 테니 선점하려는 의도이다. 그래도 박 사장은 쉽지 않은 일이라고 대답하곤 돌아왔다. 실제로도 그렇기 때문이다.

말이 100만 벌이다. 납품받은 원단을 쌓아놓는 것만으로도 큰일이다. 웬만한 창고론 어림도 없기 때문이다.

그런데 이틀 후 통장으로 6억 달러가 송금되었다.

입금증을 들고 나타난 로버트 켈리 중령은 조속한 시일 내에 납품받기를 원한다고 했다.

현재는 러시아 국방부가 주문한 겨울용 전투복 10만 벌과 전투화, 그리고 헬멧도 제작하고 있는 중이다.

겨울이 오기 전에 보건복지부에 납품할 생활보호대상자용 내복과 차상위계층용 내복도 제작해야 한다.

이것 역시 400만 벌이나 된다.

박 사장은 머리가 아팠다. 한꺼번에 너무 많은 일이 마치 해일처럼 몰려든 때문이다.

여기에 결정타까지 날아왔다.

"그저께 러시아 국방부로부터 추가 주문이 들어왔습니다."

"그래요? 지난번에 주문한 10만 벌은 납품한 겁니까?"

"아뇨. 아직 발송도 못하고 있습니다. 미군 것 먼저 제작하느라 조금 뒤로 밀려 있어서요."

"그런데도 러시아에서 추가 주문을 했다고요? 얼마나 더 보내랍니까?"

"겨울용 400만 벌입니다. 전투화 및 헬멧도 동수구요."

"흐으음, 상당히 많군요."

러시아로부터 조차지를 얻는 대가로 매년 황금 50톤씩 10년간 주기로 했다. 푸틴은 이것으로 전투복 등을 구매하려는 계획인 듯싶다.

러시아 정부 입장에선 현역군과 예비군에게 각기 두 벌씩 나눠 줄 수 있게 되었다. 겨울이 다가오면 장병들의 충성도가 대폭 상승될 것으로 여기고 있다.

항온전투복을 입으면 혹독한 러시아의 겨울이 춥다 느껴지지 않을 것이기 때문이다.

"납기는 넉넉하지만 골치 아파 죽겠습니다. 내복과 발싸개 제작도 가능하냐고 묻더군요."

"할 수 없죠. 우리가 직영공장을 하루라도 빨리 만드는 수밖에요. 그렇죠?"

"끄으응! 그렇지 않아도 일이 엄청 많은데……."

두바이를 여행하고 온 박 사장은 밀린 업무를 처리하는 것만으로도 바쁘다.

마음이 온통 일에 쏠려 있어서 화장실에 갔다가 지퍼를 올리지 않고 나오는 경우가 종종 있다. 그런데 공장을 지으라 하니 여간 신경 쓰이는 게 아닌 모양이다.

"그럼 공장 짓는 걸 책임질 사람을 더 뽑으세요. 이실리프 브레인의 이준섭 전무이사에게 요청하면 적당한 사람을 뽑아줄 겁니다."

"…네, 알겠습니다."

단순히 사람을 뽑는다 하여 이루어질 일이 아니다.

하지만 어쩌겠는가. 믿고 맡길 사람이 더 있어야 업무가 조금이라도 줄어들고 원활해질 것이다. 그렇기에 나지막한 침음과 함께 고개를 끄덕인다.

"공사를 총지휘하고 완공된 후엔 전체적인 건축물 관리를 맡길 사람이면 되죠?"

"그래 주면 저야 고맙죠."

박 사장은 비로소 안도가 된다는 듯 이마에 잡힌 주름을 편다. 살면서 이렇게 바쁘게 될 것이라곤 상상도 못해보았다.

요즘도 백화점과 대형 할인마트 바이어들이 수시로 전화를 걸어오거나 방문한다. 항온의류를 자신들도 취급할 수 있게 해달라는 것이다.

바이어들은 박 사장이 술을 좋아한다는 것을 알기에 빈손으로 오지 않는다. 하여 사장실엔 상당히 많은 양주와 전통주가 쇼핑백에 담긴 채 정렬되어 있다.

워낙 바빠서 술 마실 시간조차 없기 때문이다.

현수의 눈에도 즐비하게 정렬된 쇼핑백들이 보인다. 회사 차원에서 선물하려고 준비한 건가 싶었는데 아닌 듯하다.

쇼핑백이 제각기 다른 모습이기 때문이다.

"요즘도 백화점과 대형 할인마트에서 오나 보죠?"

"네, 바빠 죽겠는데 자꾸 찾아와서 너무 성가셔요."

㈜까사의 영업부장일 때 그들의 푸대접과 냉대, 그리고 노골적인 접대 요구에 상당히 분개해했다.

하여 이실리프 어패럴 초기엔 그들을 놀려먹는 재미가 쏠쏠했다. 술 사준다 하면 쫓아가서 얻어먹고 왔다.

예전에 들인 본전을 뽑는다는 생각이었다. 그런데 그것도 하루 이틀이다. 서울은 물론이고 지방의 백화점 바이어들까지 몰려들자 감당하기 힘들어졌다.

건강 때문에라도 날마다 술을 마셔서는 안 되기 때문이다. 그래서 거절하면 서운하다고 한다.

그러다 차츰 그들의 전화를 피하기 시작했다. 어차피 줄 생각이 없으니 시간 낭비를 줄이기 위함이다.

아예 대놓고 직영점만 운영할 것이라 이야기했지만 그래도 몇몇은 미련을 버리지 못하고 수시로 드나든다.

그들은 항온의류가 엄청나게 풀려 나가는 것을 느끼곤 더욱 몸달아했다.

취급만 하면 백화점으로 손님이 몰려들 것이기 때문이다.

혹자는 고가 상품 전략을 들고 왔다. 실력을 인정받은 디자이너의 작품을 소량만 제작하여 고가에 팔자는 것이다.

더 많은 이득이 생길 일이므로 당연히 마음이 쏠렸지만 박근홍 사장은 마음을 접었다.

주문받은 것도 제대로 만들어내지 못하는데 어찌 일을 또 벌이겠나 싶은 것이다.

"흐음! 이건 아이디어가 괜찮네요."

"어떤 겁니까?"

현수가 들고 있는 건 탁자에 올려놓은 제안서이다.

"일부 부유층만을 겨냥한 다품종 소량 생산 및 고가정책 말입니다."

"아, 그거요? L백화점 바이어가 제안한 겁니다."

"한국의 부유층엔 서민들과 차별되기를 원하는 사람이 많습니다. 그들도 항온의류를 원할 테니 한번 생각해 보죠."

"정말… 이십니까?"

"네, 제안서의 내용대로 다품종 소량 생산해서 아주 비싸게 팔죠. 직영공장을 만들면서 이것만 취급할 생산라인을 따로 두면 되지 않겠어요?"

"……!"

박 사장은 진심인가 싶은지 대꾸 대신 바라만 본다.

"티셔츠는 50만 원쯤 받죠. 바지는 70만 원, 재킷은 150만 원 정도가 괜찮을 것 같습니다."

서민들이 듣기엔 모두 말도 안 되는 가격이다.

"농담하는 거 아니죠?"

"물론입니다. 디자이너 드레스 개념이라 선전하면 그 가격이라도 지갑을 열 겁니다."

현수의 표정을 보니 진담인 듯싶다 판단했는지 박 사장은 다이어리를 꺼내 뭔가를 메모한다.

이때 현수의 말이 이어진다.

"브랜드는 이실리프 CP 정도면 어떨까 합니다."

"CP요? 무슨 뜻이죠?"

"자선냄비를 뜻하는 Charity Pot의 이니셜이죠. 발생된 이익금은 불우이웃을 돕는 데 쓰는 게 좋을 것 같습니다."

"아! 그런 뜻이……. 알겠습니다. 그렇게 하죠."

한국의 부유층엔 노블레스 오블리주[10]를 실천하는 이들이 매우 드물다. 아무리 돈이 많아도 가난한 사람들을 위한 자선

---

10) 노블레스 오블리주(Noblesse Oblige) : 사회 지도층 인사에게 요구되는 높은 수준의 도덕적 의무와 사회에 대한 책임을 가리키는 용어.

에는 매우 인색한 편이다.

정말 딱한 사연을 가진 사람이 방송에 등장하여 도움을 청해도 그들을 돕는 손길은 주로 서민들이다.

자신들의 허영을 만족시키기 위해라면 거액을 쓸 수 있지만, 굶주린 이웃의 허기를 해결해 줄 푼돈은 쓰지 않는다.

그래서 이런 생각을 한 것이다.

"백화점마다 약간씩 차이가 있어야 하니 이실리프 NNC라는 브랜드도 괜찮을 것 같네요."

"그건 또 뭐의 이니셜입니까?"

"Needy Neighbor Care죠."

"아! 불우이웃돕기라는 뜻이군요."

"네, 많이 벌어서 나눠 주자고요. 이것들은 너무 비싸서 백화점에서나 팔릴 품목이니 저기 있는 술은 이제 박 사장님이 다 드셔도 됩니다."

현수가 즐비하게 늘어놓은 쇼핑백을 가리키자 박 사장은 겸연쩍은 웃음을 짓는다.

괜스레 뇌물 받아먹다 걸린 기분이 든 모양이다.

"에구, 저건… 이따 가실 때 반쯤 가져가세요. 저 혼자 저거 다 먹으면 죽습니다."

"하하! 그럴까요? 저, 사양 안 합니다."

"네, 제발 좀 가져가 주세요."

박근홍 사장은 사무실의 거의 절반을 차지한 양주가 든 쇼핑백들을 바라본다. 수량으로 따지면 약 200여 개다.

박 사장은 말 나온 김에 현수가 가져갈 것을 고르려는 듯 자리에서 일어난다.

"아이구, 아닙니다. 좀 전의 말은 농담입니다. 저 술 안 즐겨요. 저 주지 마시고 직원들 나눠 주세요."

"직원 대부분이 여성이라 가져가라고 해도 안 가져가더군요. 그러니 회장님이 반이라도 가져가서 나눠 주세요."

이실리프 어패럴의 본사 직원 대부분이 여성인 것은 사실이다. 몇몇 남자 직원이 있지만 그들은 이미 가져갈 만큼 가져갔다고 한다. 그러고도 남은 게 200여 병이니 상당히 많은 사람이 드나든 모양이다.

"그럼 알겠습니다. 보내주세요."

"정말이시죠? 다행입니다. 저걸 어디다 치울 수도 없고 해서 처치 곤란이었거든요."

사다 준 사람들이 들으면 섭섭할 소리이지만 실제로 그러하다. 너무 바빠 술 마실 시간이 없는 박 사장에겐 짐이나 다름없었다.

"참! 여기 이거 한번 보시죠."

가방 속에 있는 사진들을 꺼내서 보여주었다.

"이건 뭡니까?"

"이건 별장들을 찍은 사진입니다. 이 중에 가장 마음에 드는 거 하나를 고르십시오."

"잠시만요. 좀 보구요."

뭔가 알아보려는 것이 있어 그런다 생각한 박 사장은 무심한 시선으로 사진들을 뒤적인다. 그러다 하나를 뽑았다.

"제 눈엔 이게 제일 괜찮아 보입니다. 건물도 멋지고 화단도 아주 잘 가꿔져 있네요."

아파트 생활을 오래하였는지라 한때는 전원주택을 꿈꿨다.

사진에 있는 것처럼 공기 맑고 물 좋은 곳을 찾아 멋진 집을 짓고 화단을 가꾸는 생활을 바란 것이다.

"이게 제일 나아 보인 겁니까?"

"네, 제 눈엔 전원주택을 지으면 그런 모양이 제일 좋을 것 같네요."

"흐음! 알겠습니다."

현수는 사진 뒤에 '어패럴 박 사장님'이라고 메모했다. 이걸 보고 있던 박 사장은 현수가 사진을 정리하자 묻는다.

"근데 그걸 왜 보여주신 겁니까? 어디 경치 좋은데다 별장 지으시려구요?"

"아뇨. 박 사장님께 한 채 선물하려구요."

"네에?"

몹시 놀랐다는 듯 확연히 음성이 커진다.

"이 사진은 제주도 섭지코지에 있는 유니콘 아일랜드의 별장들입니다. 천지그룹 이연서 회장님으로부터 50채를 선사받았지요."

"……!"

"저 혼자 다 쓸 수 없어 계열사 사장님들께 한 채씩 나눠 주는 중입니다."

"지, 진짜 그 집을 준다는 겁니까?"

"물론입니다. 등기 이전 비용까지 제가 지불할 겁니다. 틈날 때 내려가서 사모님과 푹 쉬다 오십시오."

"회, 회장님……!"

다 망해가는 회사를 사서 확실하게 살려놓았다.

㈜까사에서 끝까지 의리를 지킨 직원들은 100% 고용 승계되었고, 밀린 임금 및 퇴직자의 퇴직금까지 모두 해결해 주었다.

게다가 대표이사 사장 자리를 제안했고, 현재 거주하는 32평짜리 아파트를 보너스로 주었다.

그런데 아파트 따위는 비교도 할 수 없을 정도로 비싸고 멋진 별장을 선물하겠다고 한다.

엄청나게 많은 돈을 버는 사람이라는 것은 알고 있지만 통이 너무나 크다.

그렇기에 박 사장은 제대로 말을 잇지 못한다.

"제주도에도 직영매장 있지요?"

“그, 그럼요. 제주도엔 서귀포시와 제주시에 각각 세 개씩 있습니다.”

“흐음, 그럼 이번 주말엔 거기 실사를 다녀오십시오.”

“회장님……!”

어찌 무슨 뜻인지 모르겠는가!

박 사장은 말을 잇지 못하고 격한 감정을 다스린다. 눈물이라도 쏟아지려는 듯 두 눈에는 습기가 가득하다.

“앞으로도 잘 부탁드립니다, 박 사장님.”

자신보다 나이는 어리지만 마음씀씀이는 정말 대인답다는 느낌이다. 하여 박 사장은 힘차게 고개를 끄덕인다.

“네! 성심을 다하겠습니다!”

“사모님께 안부 전해주세요. 참, 저 집 짓고 이사했습니다. 조만간 집들이할 테니 그때 같이 오세요.”

“네, 알겠습니다. 연락만 주시면 꼭 가겠습니다.”

박 사장은 또 한 번 크게 고개를 끄덕인다.

* * *

현수가 방문한다는 전화를 받은 이실리프 엔진의 김형윤 대표이사는 현관 앞에서 기다리고 있다.

텅—!

현수가 내리고 스피드의 문이 닫힌다.

"어서 오십시오, 회장님!"

"에구! 선배, 이러지 마세요."

"아닙니다. 공식적인 방문인데……."

"선배가 이러시면 저 불편해요. 그냥 전처럼 편하게 대해 주셨으면 좋겠어요."

잠시 현수에게 시선을 준 김형윤 사장이 고개를 끄덕인다.

"그래, 알았다. 하지만 공식석상에선 네가 양해해."

"물론이에요."

"아무튼 환영한다. 안으로 들어가자."

김 사장의 안내를 받아 들어간 곳은 공장 구석을 샌드위치 합판으로 막아서 만든 자그마한 사무실이다.

안에는 책상 하나와 소파 한 세트, 그리고 책장 하나와 금고가 있을 뿐이다.

"사무실이 좀 그렇지?"

본인도 황량하다는 걸 아는 모양이다.

"선배, 명색이 사장실인데 조금 그럴듯하게 하시지 왜 이렇게 황량해요? 조금 너무하셨네요. 돈이 부족……."

현수의 말은 중간에 잘려야 했다.

"아직 엔진 하나 못 만드는 회산데, 뭐. 나중에 진짜 회사가 괜찮아지면 그때 제대로 꾸밀게. 그나저나 웬일이야?"

"여기 연구실 있죠?"

"그럼. 우리가 만들 엔진을 설계하는 팀하고 같이 있지."

"정부로부터 형식 승인 받는 거 어려워요?"

김 사장은 고개를 끄덕인다.

"어렵다기보다 까다롭지. 환경을 생각해야 하니까."

"제게 자동차 엔진 설계도가 몇 장 있어요. 혹시 도움이 될까 싶어 가져왔습니다."

"아, 그래? 그런 게 있으면 큰 도움이 되지. 가만있자, 여기서 이럴 게 아니라 연구실로 가자. 거기 있는 사람들이 전문가이니 척 보면 알겠지."

"네."

김 사장의 안내를 받아 공장 뒤쪽으로 돌아가니 샌드위치 합판으로 지은 건물이 보인다.

"이 공장 임대죠?"

"그래. 공장 터를 사서 새로 지으려 했는데 만만치 않아서 일단은 임대했어."

"잘하셨네요. 조만간 충청도 쪽으로 이주해야 하거든요."

"그래? 충청도라고? 그런 이야기 못 들었는데 누가 그래? 박 대표님이?"

"아뇨. 제가 그러는 거예요. 태안 쪽으로 이주할 생각 하고 계세요."

"태안? 웬 태안?"

"본격적으로 외국에 수출하려면 선적하기 용이한 데 있어야 하잖아요."

"그야 그렇지. 여기다. 여기가 임시 연구실이야."

자그마한 건물의 출입구엔 아크릴 판에 이실리프 엔진 연구소라 쓰인 팻말이 붙어 있다.

삐이걱—!

오래동안 비어 있던 거라 경첩에 녹이 슬어 있는 모양이다. 금속 마찰음이 들리자 안에 있던 사람들의 시선이 쏠린다.

명칭만 연구소일 뿐 책상 몇 개와 컴퓨터뿐이다.

구석엔 연구용으로 가져다 놓은 엔진들이 분해된 채 올려 있다.

"사장님!"

직원 수는 20여 명이다.

모두들 누굴 데리고 온 거냐는 시선을 보낸다. 김형윤 사장은 적당한 거리를 남겨두고 멈췄다.

"모두 주목!"

"……!"

"우리 회사의 실질적인 주인인 김현수 회장님이시다. 다들 알지? 세계 최고의 천재이며 축구의 신이다. 인사하도록!"

"아……! 처음 뵙겠습니다."

"반갑습니다."

"아, 맞다. 영상으로 본 그 얼굴이야."

앞다퉈 인사하는 소리와 자기들끼리 소곤거리는 소리까지 함께 들린다.

"반갑습니다. 김현수입니다."

현수가 정중히 허리를 숙여 예를 갖추자 모두들 똑같이 허리를 숙인다.

"이 팀장님!"

"네, 대표님!"

"김현수 회장님께서 연구에 참고가 될 만한 엔진 도면을 가져오셨다고 합니다."

"아, 그렇습니까?"

이 팀장이라 불린 사람은 속으로 무슨 도면일까 가늠하는 표정이다. 그러면서 자동차 회사에서 제공하는 정비도면 정도일 것이라 생각한다.

엔진의 제작도면이나 핵심부품 기술도면 등은 외부로 유출되지 않기 때문이다.

현수는 직원들이 모여들자 입술을 달싹였다.

"매스 앱솔루트 피델러티!"

각자에게 마나가 스며들자 모두의 눈빛이 달라진다.

이들의 반응을 살핀 현수는 모두가 들을 수 있도록 음성을 키웠다.

"제가 보여드릴 도면은 극비입니다. 이것을 보았다는 것 자체를 함구하여 주실 것을 요청합니다."

"물론입니다."

모두의 이구동성으로 말한다. 절대 충성 마법이 빚어낸 결과이다.

현수는 가져온 USB를 컴퓨터에 꽂았다. 그리곤 폴더를 열어 엔진 제작도면을 띄웠다. 곁에 있는 컴퓨터로 다가가 또 다른 엔진의 도면이 나오도록 클릭했다.

잠시 후 20개의 모니터에 각기 다른 엔진의 제작도면이 나타났다. 마우스로 조작해 보니 핵심 부품도면까지 모두 있는 완전한 자료이다.

현수의 뒤를 따라 엔진을 살피던 누군가의 입에서 나직한 탄성이 나온다.

"어! 이건… 혹시 포르쉐 엔진 아닙니까?"

"이건 람보르기니 엔진 같습니다."

"팀장님, 이건 확실한 페라리 엔진입니다."

"아아! 이건 포드 에코부스트 1.0 엔진이에요. 2년 연속 최우수 엔진 상을 받은 그 엔진이요."

"헐! 이건 벤츠 엔진 같은데요?

연구원들의 입에서 계속 감탄사가 터져 나온다.

미국, 일본, 독일, 프랑스, 이탈리아, 영국 브랜드의 유명 자동차 회사 이름이 거의 모두 나왔다.

이 자료를 만들기 위해 현수는 어젯밤을 사랑하는 아내 곁이 아닌 서재에서 보내야 했다.

앱솔루트 배리어와 타임 딜레이 마법을 써서 국안부와 내각조사처에서 복사해 온 하드디스크를 뒤진 것이다.

자료를 수집하면서 유출되면 문제가 될 것들은 다 지웠다. 회사명, 모델명 등등이다. 그래도 전문가답게 외형만 보고도 무엇인지 파악한 듯싶다.

"회장님, 이 도면들……! 대체 어디에서 구하신 겁니까? 이건 극비자료나 마찬가지입니다."

"맞습니다. 산업스파이라도 고용하신 겁니까?"

모두가 궁금하다는 표정이다. 하지만 친절하게 대답해 줄 이유는 없다.

"출처는 묻지 마십시오. 제가 여러분에게 드리고 싶은 말은 이걸 참조하시라는 겁니다. 이 자료들을 바탕으로 새로운 엔진을 만들어주십시오."

"……!"

모두가 꿀 먹은 벙어리처럼 아무도 대꾸하지 않는다.

아무것도 없는 상황에서 새로운 것을 만들어내는 것보다 이미 있는 것을 참고하여 무언가를 만들어내는 것은 훨씬 쉬운 일이다.

화면에 올라 있는 엔진들은 연구원들이 꿈에서도 보고 싶어하던 것들이다. 그렇기에 꿈인가 싶어 아무도 대꾸하지 않은 것이다.

그러던 중 누군가가 손을 번쩍 든다. 현수가 시선을 주자 기다렸다는 듯 입을 연다.

“저희가 듣기론 출력과 연비를 향상시키는 기술 모두 회장님께서 갖고 계신다고 했습니다. 그 기술을 저희에게 전수하지 않으실 겁니까?”

아무리 조사해 봐도 별다를 게 없는 평범한 국산 엔진이 세계 최고의 연비를 보이는 것이 너무도 궁금한 모양이다.

“으음! 그 기술은 말로 설명할 수 없는 겁니다.”

“그렇다면 그 기술은 특정 엔진에만 적용되는 겁니까?”

“아닙니다. 제가 고안하고 특수 제작한 얇은 철판을 엔진에 붙이면 모두 그런 결과가 나옵니다.”

“아……!”

모두들 나직한 탄성을 낸다.

그야말로 획기적인 기술이라 아니할 수 없기 때문이다. 그런데 설명이 불가능하다고 한다.

자신들은 평범한 연구원이고 현수는 세계 최고의 IQ를 가졌다. 아울러 어느 누구도 풀지 못하던 6대 난제를 명쾌하게 풀어냈다.

다시 말해 차원이 다른 두뇌를 가졌기에 자신들은 들어도 이해할 수 없다고 판단한 듯 더 이상 묻지 않는다.

“아무튼 새로운 엔진을 만들어주십시오. 나는 이실리프 엔진이 세계적인 엔진 제조회사로 발돋움했으면 합니다. 그러니 그럴 만한 엔진이 있어야겠습니다.”

“네!”

“여기 있는 이 엔진들을 베끼지는 마십시오. 참고만 하시라는 뜻입니다. 이것보다 훨씬 뛰어난 것을 만들어내라는 것도 아닙니다. 현재의 국내 기술로 제작 가능한 것보다는 조금 더 나았으면 합니다.”

“알겠습니다. 노력하겠습니다.”

모두가 고개를 끄덕인다.

# CHAPTER 10

## 공정하지 못한 죄!

훌륭한 엔진도면이 확보되었으니 이를 잘 참고하면 현재의 것보다는 나은 걸 만들 수 있을 것이다.

"그럼 수고해 주십시오."

"네, 회장님!"

모두가 고개 숙여 예를 표한다.

"대표님, 저와 이야기 좀 하시죠."

"알겠습니다, 회장님."

다시 김형윤 대표의 사무실로 와 소파에 앉았다.

"선배, 이실리프 엔진을 태안으로 옮기면 이직하는 직원이 많을까요?"

"흐음! 그럴 사람도 있겠지. 하지만 대다수가 남을 거야. 많은 직원이 근처에 숙소를 얻어 생활하고 있거든. 숙소는 옮기면 그만이니까."

연구소 소속뿐만 아니라 생산직 사원들도 대부분이 다른 동네 거주자이다. 일부는 출퇴근을 하고 있지만 절반 정도는 인근 아파트를 얻어 살고 있다.

특히 엔진 제조사에서 정년퇴직한 사람들이 그러하다.

다들 나이가 있기에 자식 교육이 거의 끝나 부담이 덜하기 때문이다.

현수는 김 대표와 여러 분야에 대해 의견을 주고받았다.

가장 먼저 공장을 이전할 경우 근처에 아파트를 지어 직원들이 거주할 수 있도록 할 것이라는 말부터 꺼냈다. 제공되는 아파트는 가족 구성원 수에 따라 면적이 다를 것이다.

이실리프 엔진뿐만 아니라 이실리프 모터스, 그리고 이실리프 어패럴 등 계열사 직원들이 한곳에 모여 살도록 단지를 구성할 생각이다.

생활의 편의를 위한 각종 근린시설도 조성될 것이다. 상가를 지어 임대하면 해결될 일이다.

공장은 점점 더 커질 것이다. 그에 따라 직원수도 증가한다. 인원이 늘면 근방에 학교가 생길 것이니 걸림돌이 될 자녀 교육도 해결될 것이다.

공장 부지를 매입할 땐 나중에 확장될 것을 충분히 고려하라고 했다. 그러면서 제조된 엔진은 북한과 아프리카, 그리고 러시아와 몽골 등지로 수출될 것임을 미리 이야기했다.

김형윤 대표는 상당히 놀란 표정이다. 판이 어마어마하게 커졌다 생각한 것이다.

"선배, 경차 엔진부터 시작하여 준중형은 물론이고 중형과 대형차 엔진까지 모두 제작해야 합니다."

"그래, 그래야지."

김형윤 대표가 고개를 끄덕인다. 본격적인 엔진 제조사가 되려면 그래야 하기 때문이다.

"지금은 자동차뿐이지만 나중엔 항공기와 대형 선박엔진까지 만들어내야 해요."

"항공기?"

"어쩌면 전투기 엔진도 만들어야 할지도 몰라요. 그러니 공부 많이 해두세요."

"헐! 전투기라니……."

최첨단 기술이 적용되어야 하는 것을 이야기하니 기가 찬 모양이다.

"참고 자료를 구해다 드릴 테니 연구원들이 충분히 공부할 수 있도록 여건을 만들어주는 것도 선배의 일이에요."

"알았어. 최선을 다할게."

김형윤 대표는 이마에 솟은 진땀을 닦아낸다. 갑자기 스케일이 어마어마하게 커지니 적응이 되지 않는 모양이다.

"혹시 KAI라고 아세요?"

"알지. KAI라면 한국항공우주산업이잖아. 한국형 기동 헬기 수리온을 제작한 회사."

"아시네요. 그것 말고도 FA－50 Fighting Eagle 등 여러 가질 생산하죠. 아무튼 그 회사에 대한 공부도 좀 하세요."

"왜? 거긴 방위산업체 아닌가?"

"그렇죠. 근데 제가 매입했습니다."

"뭐, 뭐라고?"

김 대표는 더욱더 놀라는 표정이다.

"제가 그 회사 지분 거의 전부를 가졌습니다. 뿐만 아니라 퍼스텍과 세트렉아이의 지분 역시 대부분 제 것입니다."

"허어!"

얼마나 놀랐는지 김형윤 대표는 김빠지는 소리를 내며 멍한 표정을 짓는다.

퍼스텍은 항공 우주 분야와 유도무기, 지상 무기, 해상 수중 무기, 무인화 사업, 얼굴 인식시스템과 관련된 첨단기술을 가진 업체이다.

세트렉아이는 한국과학기술원(KAIST)의 인공위성 연구센터에서 우리나라 최초의 위성인 우리별 1호를 비롯하여 지구 관측, 우주 과학, 기술 시험 목적의 소형 과학위성을 개발한 핵심 인력을 중심으로 만들어진 회사이다.

하여 인공위성 본체, 전자광학 카메라, 그리고 위성 영상 수신 처리 지상국 개발을 위한 핵심 기술을 확보하고 있다.

이 밖에 국방기술 분야, 원자력 방재기술, 그리고 상업용 소프트웨어 등의 새로운 제품을 개발하고 있다.

일반인은 두 회사가 생소하지만 김형윤 대표는 낯설지 않다. 동생은 세트렉아이에 근무하고, 조카는 퍼스텍 연구원이기 때문이다.

KAI와 퍼스텍, 그리고 세트렉아이 모두 방위사업체이다.

건설회사에 다니던 현수가 왜 인수했는지는 알 수 없지만 지분을 모두 갖고 있다니 뭔가 목적이 있는 것 같다.

"그 회사들에 대해 알아보라는 이유는 뭔가?"

"향후 KAI는 이실리프 우주항공, 퍼스텍은 이실리프 스페이스, 세트렉아이는 이실리프 코스모스라 명칭을 변경할 계획입니다."

"……?"

김 대표는 뭔 소린가 하는 표정이다.

"연구소들끼리 협력할 수 있다는 뜻입니다."

"아……!"

KAI나 퍼스텍, 세트렉아이와 협력할 수만 있다면 이실리프 엔진은 무한한 발전을 거듭할 수도 있다.

그쪽의 기술력이 월등하기 때문이다.

"알겠네. 열심히 공부하도록 하지."

"네, 그러세요. 참, 여기 이 사진 중에서 가장 괜찮은 거 하나 골라보세요."

유니콘 아일랜드 별장 사진들을 펼쳐놓자 한참을 들여다보고 있다. 현수가 그중 하나를 매입하려는 것으로 생각하고 나름 고심해서 고른다.

선택한 것의 뒷면에 '엔진 김형윤'이라 메모할 때까지도 눈치채지 못했다.

그러다 등기 이야기를 꺼내자 화들짝 놀라는 표정이다. 몇십 억짜리 별장을 준다는데 어찌 놀라지 않겠는가!

그러거나 말거나 등기 이전에 필요한 서류를 불러준다. 그리곤 곧바로 엔진 생산라인 기술자들을 불러 모았다.

이들에겐 엔진에 마법진을 부착시킬 위치와 방법 등을 자세하게 설명해 주었다. 너무나 일을 많이 벌려놔서 자주 방문할 수 없기에 업무 분담 차원에서 일을 맡긴 것이다.

이실리프 엔진의 전 직원은 현수가 제작한 특수사원증을 패용하도록 되어 있다. 이것엔 절대 충성 마법이 계속해서 발현되도록 하는 마법진이 그려져 있다.

그렇기에 보안에 관한 건 걱정하지 않는다.

누군가 납치하여 제아무리 심한 고문을 가한다 하더라도 결코 발설하지 않을 것이기 때문이다.

이실리프 엔진을 나선 현수는 인근에 있는 이실리프 모터스를 방문했다. 박동현 대표가 반색하며 맞이하였고, 많은 이야기를 나눴다.

공장 이전 문제 및 사원들에 대한 처우에 관한 대화였다.

박 대표도 다른 계열사 사장들처럼 유니콘 아일랜드의 별장 하나를 골랐다. 그걸 주겠다고 하자 좋아하면서도 몹시 미안해하는 표정이다. 현수로부터 받기만 하고 제대로 준 게 없다는 느낌 때문이다.

박 대표는 그간의 경험을 바탕으로 한 공장을 지어 보이겠다면서 의욕을 보였다.

*　　*　　*

"보고드립니다."

"네, 말씀하십시오."

이곳은 천지건설 사옥 인근의 카페이다.

이 카페엔 커피를 마시면서 소규모 세미나를 하거나 그룹 스터디를 할 수 있는 별실이 몇 개 있다.

현수가 앉아 있는 별실은 외관은 평범하지만 실제론 결코 평범하지 않다.

두 시간에 한 번씩 몰래카메라나 도청 장치 등이 있는지 확인되는 방이다. 유리창은 삼중창으로 되어 있는데, 안쪽에서 아무리 크게 소리를 질러도 가장 바깥쪽 것은 진동하지 않도록 특수 제작된 것이다.

현수의 앞에 레이저 포인터를 들고 보고하는 이는 이실리프 정보 3국장 최찬성과 4국장 배진환이다.

현재 지난 3월 9일에 부여받은 임무에 대한 최종보고가 진행되는 중이다.

"미리암 로리울 오버윌러가 현재 취리히에 있다는 말씀입니까?"

"네, 주소는 취리히……. 현재 별다른 경기가 없어 당분간 이곳에 있을 것이라고 합니다."

화면에는 스위스인 심판의 사진과 주소가 띄워져 있다.

김연아 선수의 엣지를 롱 엣지로 판정한 당시 스페셜리스트이다. 차이나 그랑프리에서도 3F—3T에 롱 엣지 판정을 내렸고, 수많은 네티즌에 의해 오심임이 밝혀졌다.

"좋아요. 다음은요?"

"다음 인물은 ISU의 오타비아 친콴타 회장입니다. 현재 베네치아에 머물고 있습니다. 주소는……. 이자 역시 소재지가 변경될 경우 즉각 보고되도록 조치를 취했습니다."

국제빙상연맹 회장인 친콴타는 현재 전 세계 빙상인들의 지탄을 받고 있다. 하여 퇴진운동이 진행되고 있지만 물러서지 않고 있다.

"좋아요. 히라마츠 준코는 어디에 있나요?"

"현재 도쿄 자택에 있습니다. 회장님의 말씀대로 미리암 로리울 오버윌러와 친분이 있으며 소치 동계올림픽 때 모종의 거래가 있었던 것으로 확인되었습니다."

"그렇겠지요. 빙상 위의 마녀 타티아나 타라소바는 어디에 있죠?"

"상트페테르부르크에 있습니다. 주소는… 입니다."

"다음은요?"

"제임스 휴이시입니다. 시드니에 머물고 있으며, 주소는… 입니다. 뉴질랜드에 별장이 있는데 이틀 후 그곳으로 갈 예정입니다. 그곳 주소는… 입니다."

제임스 휴이시는 2002년 솔트레이크시티 동계올림픽에서 김동성의 금메달을 빼앗은 인물이다.

8년 후 밴쿠버 동계올림픽에선 여자 3,000m 쇼트트랙 세계신기록을 세우고 우승한 한국 팀을 실격시킨 놈이다.

보고는 한참 동안 이어졌다. 상당히 많은 인원에 대해 개별적으로 보고해야 하기 때문이다.

보고하기에 앞서 둘은 서로의 정보에 대해 확인했다. 각기 다른 보고 내용이 될 수도 있기 때문이다.

하지만 그런 일은 빚어지지 않았다.

절대 충성 마법에 걸려 있기에 무성의한 조사, 또는 허위 보고 같은 걸 상상도 못하기 때문이다.

이실리프 정보의 직원들은 현수에 대해 절대적인 감정을 갖고 있다. 예를 들자면 이병헌 주연의 영화 '광해' 의 도부장 같은 충성심이다. 현수가 위험에 처한다면 자신의 목숨을 내던져서라도 구하겠다는 마음이다.

"이상으로 보고를 마칩니다."

"조사하느라 애 많이 쓰셨습니다. 일을 하는 데 어려움은 없습니까?"

"그건……."

최찬성 3국장이 머뭇거리자 4국장 배진한이 나선다.

"외람된 말씀이지만 요원들 훈련할 공간이 필요합니다."

"…반드시 국내여야 하는 건 아니지요?"

일반적인 훈련이라면 이런 말을 하지 않을 것이다. 그렇기에 이렇게 물은 것이다.

"국내라면 더 문제가 될 것 같습니다."

군사훈련에 준해야 한다는 뜻이다.

"러시아에 마련하면 어떨까요? 레드마피아를 통해 각종 무기를 제공받을 수 있거든요."

"아, 그렇습니까? 알겠습니다. 감사합니다."

국정원에 몸담고 있을 땐 국가 권력이 모든 걸 제공하고 보호했다. 이실리프 정보로 옮기면서부터 민간인이 되었다.

그렇기에 제대로 된 훈련을 실시할 수 없었다. 사격장 같은 것을 쓸 수 없기 때문이다.

레드마피아는 무기밀매가 주요 소득원이다. 그렇기에 못 구할 게 없다는 것을 안다.

이실리프 정보는 국내뿐만 아니라 각국에 조성될 자치령에서도 활동해야 한다. 그렇기에 전폭적인 지원을 하고자 러시아를 훈련지로 선택한 것이다.

"필요한 것이 있으면 목록을 작성해서 이메일로 보고하세요. 아울러 훈련장 설계도면도 있어야 할 겁니다."

"그렇게 하도록 하겠습니다."

귀가한 현수는 곧장 서재로 들어갔다. 그리곤 한참 동안 밖으로 나오지 않았다. 조만간 세계 곳곳을 돌아다녀야 하는데 가장 효율적인 코스를 찾기 위함이다.

모두가 잠든 새벽 1시, 현수의 입술이 나직이 달싹인다.

"아리아니!"

"네, 주인님."

언제나 그렇듯 아리아니는 즉각적으로 대답한다. 늘 현수의 곁에 머물고 있기 때문이다.

"실라디아 좀 불러줄래? 시킬 일이 있어."

"네, 알겠어요. 실라디아! 실라디아! 어서 와!"

바람의 최상급 정령 실라디아는 불과 20초 만에 대답한다. 그리 멀지 않은 곳에 있었던 모양이다.

"네, 아리아니님! 부르셨어요?"

"그래. 주인님 좀 도와드려."

"네!"

실라디아가 바라보자 현수가 먼저 입을 연다.

"실라디아는 이게 뭔지 혹시 알아?"

현수의 서재엔 제법 큰 지구의가 있다.

장식용으로 가져다 놓은 것이 아니다. 시간이 날 때마다 텔레포트 좌표를 기록하기 위함이다.

"그럼요. 지구의 축소판인 거 압니다."

"그래? 아는군. 그럼 이제부터 내가 표시하는 곳의 안전좌표 좀 알아다 줘."

"네, 말씀만 하세요. 그런데 이건 너무 작아서 정확하지 못할 수 있어요."

"그건 걱정 마."

현수는 인터넷으로 지도를 불러놓고 지구의 곳곳에 침을 박았다. 누구보다도 공정해야 할 사람임에도 불구하고 편파 판정을 하여 많은 사람을 분노케 한 자들이 머무는 곳이다.

이탈리아, 스위스, 러시아, 미국, 호주, 일본 등등이다.

각각의 도시에 침을 박고는 인터넷으로 확대된 지도를 찾아 일일이 확인시켜 주었다.

실라디아는 지난 수억 년 동안 지구를 수천만 번도 더 돌고 돌았기에 금세 알아차린다.

안전좌표란 글자 그대로 텔레포트를 해도 안전한 좌표를 뜻한다. 그런데 지구는 아르센 대륙과 달리 급속도로 발전하는 중이다.

며칠 전엔 아무것도 없었지만 불과 몇 달 만에 건물이 들어설 수도 있다. 텔레포트할 좌표에 콘크리트 기둥이 있다면 목숨을 잃을 수도 있다. 그렇기에 신신당부를 했다.

실라디아는 번개와 같은 속도로 밤새도록 지구를 누볐다.

그리곤 텔레포트하려는 지점에서 가장 가까운 곳의 안전좌표를 확인해 왔다.

번개에 버금갈 속도로 움직였지만 가려는 장소가 여러 곳인지라 시간이 많이 걸렸다.

"마스터, 이동하기 전에 제게 먼저 말씀하시면 즉각 확인할 수 있어요. 그러니 너무 마음 쓰지 않으셔도 됩니다."

"아, 그래? 그거 다행이군. 참, 이실리프 군도의 지도는 어떻게 되었어?"

"종이만 주시면 그려 드릴게요. 근데 좌표도 함께 표시해 드려요?"

"그래 주면 나야 좋지. 잠깐만."

아공간에서 켄트지[11] 전지를 꺼내 네 장을 이어 붙였다.

실라디아는 인간들이 지도를 그리듯 해줄 테니 물감을 꺼내라고 한다. 오랫동안 존재했기에 정령치고는 인간 세상에 대해 아는 것이 많다.

요구대로 파레트 위에 색색별로 물감을 풀어놓자 바람이 그 위를 휘감는다.

얼마 지나지 않아 희디흰 백지 위에 59개의 섬과 아르센 대륙 일부가 그림으로 그려진다. 수채화에 가까운 그림인데 물감이 묻으면 금방 마른다.

바람의 정령다운 솜씨다. 그 위로 덧칠이 되는가 싶더니 금방 지도가 완성된다. 실로 마법과 같은 일이다.

"다 되었어요."

"…대단해. 그리고 고마워."

"헤헤! 칭찬 고맙사옵니다, 마스터."

"고맙긴, 오히려 내가 더 고맙지. 수고했어."

실라디아가 돌아간 후 이실리프 군도와 그 주변을 그린 지도는 아공간 속에 담겼다.

---

11) 켄트지(Kent紙) : 그림이나 제도 따위에 쓰는 빳빳한 흰 종이. 영국의 켄트 주에서 처음으로 생산된 데서 그 이름이 유래하였다.

현수가 서재를 나선 것은 새벽 무렵이다.

곤히 잠든 지현의 곁에 몸을 뉘였다. 그리곤 부드럽게 감싸 안고 잠을 청했다.

수면을 취하지 않아도 되지만 이런 감촉을 느끼는 것이 행복한 순간이라 여긴 때문이다.

현수가 보듬자 지현은 기다렸다는 듯 품을 파고든다. 잠든 모습도 참 예쁘다. 하여 이마에 짧게 입맞춤을 해줬다.

짹, 짹, 짹!

"하아암~!"

하품을 하며 기지개를 켜던 지현은 남편의 잠든 모습을 잠시 바라본다. 행복하다는 듯 미소를 짓더니 현수의 뺨에 뽀뽀하고는 살그머니 일어난다. 사랑하는 낭군을 위해 아침밥을 지어주고 싶은 것이다.

살금살금 까치발로 걸어 밖으로 나간 지현은 아래층으로 내려가 주방 식구들과 함께 아침 준비를 한다.

잠시 후 연희도 내려와 거든다.

지현이 나간 뒤 눈을 뜬 현수는 양치만 하곤 트레이닝복을 걸쳤다.

"리노! 셀다!"

컹컹! 컹컹―!

저택 뒤쪽에서 놀고 있던 둘이 후다닥 달려온다.

현수는 녀석들의 머리를 쓰다듬었다. 그러다 셀다를 보고는 눈을 크게 뜬다.

"어라! 너 새끼 가졌어?"

컹컹! 컹컹!

리노는 자랑스럽다는 듯 짖어대고 셀다는 부끄럽다는 듯 고개를 꼰다.

"하하! 녀석들, 안 되겠다. 셀다, 너는 오늘부터 운동 금지야. 리노와 다녀올 테니 우리에서 쉬고 있어."

컹컹!

현수와 리노는 저택 인근에 조성된 조깅 코스를 달리기 시작했다. 비가 와도 사용할 수 있도록 약간 북돋아진 조깅 코스는 전체가 잔디로 포장되어 있다.

처음엔 발목 보호를 위해 푹신한 느낌이 드는 우레탄 트랙을 고려했으나 납 성분이 많다 하여 잔디로 바꾼 것이다.

어쨌거나 잔디 깔린 길도 달려보니 푹신하다.

'가만, 늑대의 임신 기간은 60일에서 62일 정도 되지? 보통 4~6월 사이에 새끼를 낳는데 많게는 열 마리까지도 낳는다고 했어.'

오늘은 4월 3일이다. 새끼를 낳을 시기인 것이다. 하여 달리면서 리노에게 말을 걸었다.

"리노, 어떤 녀석들이 나올까? 아빠로서 기대되지?"

컹컹! 컹컹!

그렇다는 듯 짖으며 따라온다.

'크리스마스에 결혼했고 이제 4월인데 지현과 연희, 그리고 이리냐는 아직인가?'

현수는 고개를 갸웃거렸다. 부부관계가 뜸한 건 아니다. 오히려 다른 사람들에 비해 더 왕성한 편이다.

그렇다면 지금쯤 임신 소식이 있어야 하는데 아무도 그런 기색이 없어 고개를 갸웃거린 것이다.

"내 몸에 이상이 있을 리 없고, 아내들도 그런데 왜 그러지? 뭐 다른 문제가 있는 건가?"

킨샤사에 계신 부모님은 하루라도 빨리 손주를 봤으면 하실 것이다. 그런데 결혼 후 석 달이나 지났다.

"융프라우에서 열흘 동안 그걸 해서 그런가? 그렇다면 아직 석 달이 지난 건 아니네."

달리면서 나직이 중얼거리자 어깨 위에 있는 아리아니가 쫑알거린다.

"주인님, 뭘 그렇게 혼자서 중얼거려요?"

"아내들이 임신할 때가 되었는데 아무 소식이 없어서."

"주인마님들이요?"

"그래. 아직 소식이 없잖아."

짧게 대꾸하고는 빠른 속도로 달리기 시작했다. 천천히 달려서는 운동이 안 되기 때문이다. 리노가 금방 뒤처진다.

다리가 넷이나 있으면서 현수의 속도를 따라오지 못한다.

22만평이나 되는 부지 외곽 길을 빠른 속도로 두 바퀴를 달리자 비로소 땀이 나기 시작한다.

달리기를 마친 현수는 체력단련실로 들어가 웨이트 트레이닝을 했다. 원래는 무산소 운동을 먼저 하고 유산소 운동을 나중에 해야 한다.

무산소 운동은 탄수화물과 단백질을 주 에너지원으로 사용하여 근육을 발달시킨다.

유산소 운동은 주로 지방을 에너지 연료로 쓰고 운동 후 피로 물질이 축적된다.

유산소 운동을 먼저 하게 되면 체력이 축나서 최단 시간에 최고의 에너지를 사용하는 무산소 운동을 제대로 할 수 없기 때문에 비효율적이다.

하여 워밍업→무산소→유산소→스트레칭 순서가 좋다.

하지만 현수는 예외이다. 체력 자체가 어마어마하기에 쉽게 지치지 않는다. 따라서 아무 것이나 먼저 해도 된다.

운동을 마치곤 샤워를 했다.

"자기, 아침 운동 했어요?"

"응!"

수건으로 젖은 머리카락을 닦으며 나오자 연희가 당근과 사과, 그리고 요거트를 넣고 갈아 만든 주스를 건넨다.

사과는 밤사이에 축적된 노폐물을 배출하는 데 도움이 되는 섬유질이 풍부하고, 당근은 혈압을 낮춰주며 변비 해소에 도움이 된다. 끝으로 유산균이 풍부한 요거트는 배변 활동을 도울 뿐만 아니라 뇌의 활동까지 돕는 식품이다.

남편을 사랑하는 지극한 마음으로 아침마다 한 잔씩 마시도록 준비하고 있다.

쭈우우욱─!

단숨에 잔을 비우자 연희는 기분이 좋은 듯 배시시 미소 짓는다. 이때 아래층에서 지현이 소리친다.

"내려와서 아침 식사 하세요!"

"알았어!"

큰 소리로 대답한 현수는 연희를 살짝 끌어안고는 이마에 입맞춤을 해줬다. 그것만으론 부족하다는 듯 살짝 고개를 든다. 모닝키스를 해달라는 뜻이다.

어찌 마다하겠는가!

쪼오오옥!

"흐으음! 맛있겠다."

식탁을 바라본 현수는 입맛을 다셨다.

보글보글 끓고 있는 순두부찌개와 계란말이, 그리고 잘 익은 김치와 두부부침이 메뉴의 전부이다.

"오늘 아침은 지현 씨 솜씨야?"

"네, 주방 아주머니들은 쉬라고 했어요."

"그래? 암튼 맛있어 보인다. 어서 먹자."

사랑하는 아내가 애정을 담아 준비한 음식이다. 당연히 즐거운 마음으로 먹어줘야 한다.

지현은 모친을 대신하여 오랫동안 음식을 만들었다. 그렇기에 분명히 맛있을 것이다.

현수가 숟가락을 들어 밥을 뜨자 지현과 연희는 그제야 수저에 손을 댄다.

이를 보고 어찌 한마디 하지 않을 수 있겠는가!

"나 어른 아니거든. 그러니 노인네 대접하지 마."

제대로 된 가정이라면 어른과 함께하는 식사자리에서 아이들이 먼저 숟가락을 들 때 '어른이 먼저 수저를 든 다음에 먹어야지' 라고 가르친다.

이는 식사자리에서 지켜야 할 행동을 배우는 것일 뿐만 아니라 어른에 대한 예의가 중요함을 사회화하는 과정이다.

이 식탁엔 아이가 없다. 그런데도 자신이 숟가락을 들 때까지 기다린다는 건 잘못된 일이다.

"우리는 부부야. 서로 동등하잖아. 그러니까 앞으론 그러지 마. 알았지?"

"네, 그럴게요."

지현이 먼저 고개를 끄덕인다. 연희는 눈빛으로 대답하고 있다. 너무도 사랑스러워 밥 먹다 말고 침대로 가고 싶다는 생각이 들었지만 꾹 참았다.

오늘 아침은 셋만의 시간이다. 정 집사까지 쉬라고 한 것이다. 하여 이런저런 이야길 했다.

"참, 어제 전화 왔었어요."

"전화? 누구?"

"사사키 노조미 씨요."

일본에서 방영된 신의 물방울이란 드라마에서 토미네 잇세이의 여동생 역을 맡았던 탤런트 겸 모델이다.

한국말이 서툰 재일교포 3세이며, 역시 재일교포 3세인 노인수와 결혼을 전제로 사귀는 사이이다.

"뭐라고 해?"

"자기랑 통화 좀 했으면 좋겠대요. 근데 왜 전화 안 받았어요? 모르는 번호라 그런 거예요?"

생각해 보니 어제 이실리프 정보로부터 보고를 받을 때 여러 번 전화가 걸려왔는데 받지 않은 게 있다.

"아냐. 내가 바빠서 전화를 받을 수 없었어. 알았어. 식사 후에 통화해 볼게."

"왜 그런지는 모르지만 뭔 일 있는 거 같았어요."

"알았어."

이후의 식사 시간도 몹시 즐거웠다. 지현과 연희는 저택과 정원 모두가 마음에 든다며 흡족해한다.

# CHAPTER 11
## 신성력을 깜박했네

무엇 하나 부족할 것 없는 삶이다.

모두가 건강하고 아름다우며, 싱싱하고 부유하다. 이런 행복이 오래오래 이어졌으면 좋겠다며 환히 웃는다.

표정은 이랬지만 행복이 깨질까 두렵다는 마음이 저변에 깔려 있는 듯하다.

하여 다시 한 번 슈퍼포션에 대해 설명해 주었다.

융프라우 별장에서 있었던 그 일로 수명이 대폭 늘어났음을 주지시킨 것이다.

그리고 여기저기에 조성될 이실리프 자치령에 관한 이야

기도 해줬다. 그곳에선 일개 국민이 아니라 왕과 왕비라는 걸 상기시켜 준 것이다.

또 하나, 여러 사업에 관한 이야길 했다. 그래도 가시적인 걸 보여주는 것이 좋을 듯싶다.

하여 이 층 침실로 데려가 아공간에 담겨 있던 금괴와 달러 등을 보여주었다.

"근데 자기야, 자기 재산은 대체 얼마나 되는 거예요?"

지현이 물었지만 눈빛은 연희가 빛냈다. 그녀 역시 궁금한 모양이다.

"정확히는 나도 몰라."

"그래도 대충 얼마, 뭐 그런 거 있잖아요."

"흐음! 액수로 계산하기는 힘들어. 뭐가 얼마나 있는지 확실히 모르니까. 다만 한 가지 확실한 것은 대한민국의 모든 상장사를 다 사들이고도 한참 남는다는 거야."

"네? 정말요?"

"헐! 세상에 맙소사!"

둘의 입이 딱 벌어진다. 부자라는 건 알고 있지만 이 정도라는 건 짐작도 못한 때문이다.

"내가 알기론 삼성전자가 우리나라에서 시가총액이 가장 큰 회사야. 약 200조 원 정도 되지."

시가총액으로만 따지면 삼성전자는 부동의 1위이다.

참고로 2위는 현대차, 3위 SK하이닉스, 4위 현대모비스, 5위 Naver, 6위 POSCO, 7위 한국전력, 8위 기아차, 9위 신한지주, 10위 삼성생명이다.

삼성전자의 시가총액은 2위부터 10위까지를 모두 합친 것보다도 크다. 2위와 비교하면 네 배 이상이다.

이처럼 주식시장의 절대강자인지라 삼성전자의 주식을 흔히들 대장주라 부르는 것이다.

"그런데요?"

"삼성전자를 300번쯤 살 수 있다면 믿겠어?"

"끄응!"

"와아, 우리 엄청 부자네요?"

지현은 침음을 냈지만 연희는 밝은 웃음을 짓는다.

"아마도… 세계 최고 부자가 나일 거야."

"호호! 이제 돈 걱정은 안 해도 되네요."

"그럼!"

연희는 성장하는 동안 어려움을 많이 겪었다. 그렇기에 부자라는 소리에 마음이 놓인다는 표정이다.

"그럼 저 용돈 좀 줘요."

"자기가 받는 월급은 어쩌고?"

"그건 우리 아기를 위해 적금 들었어요. 헤헤."

혀를 쏙 내미는데 미치도록 귀엽다.

"그럼 뭐로 사는데?"

"제 한 달 용돈은 30만 원이면 충분해요."

"정말?"

"네, 출퇴근은 윤 기사 아저씨가 태워다 주고 태워오니까 교통비가 하나도 안 들잖아요. 가끔 책이나 음반을 사고, 출출할 때 김치찌개 같은 거 사 먹는 비용이 다예요."

"지현인?"

"저도 그 정도예요. 자판기 커피 뽑아 먹고, 가끔 가다 나가서 점심 사 먹는 비용만 드니까요."

별일 아니라는 듯한 표정이다.

"그럼 5급 공무원 월급 받은 건 어쩌는데?"

"다 저금하죠. 나중에 태어날 우리 아기를 위해서."

"끄으응!"

세계 최고의 부자를 남편으로 가진 여인들이다. 그런데 씀씀이는 짠순이 소리 들을 지경이다.

"옷은 안 사 입어? 장신구나 뭐 이런 것도 사지 않나? 여자들은 취미가 쇼핑이라면서."

현수의 말을 끊고 대답한 이는 지현이다.

"옷은 이미 충분히 있어요. 이실리프 어패럴에서 보내준 것만으로도 충분해요. 그리고 장신구는 자기가 준 게 최고로 좋은데 뭘 또 사요? 그런 거 필요 없어요."

"맞아요. 그런 거 사면 가계부만 지저분해져요."

"뭐? 가계부를 써?"

둘이 동시에 고개를 끄덕인다.

현수는 천지건설로부터 받는 급여를 전액 지현의 계좌로 자동이체 해놓았다. 콩고민주공화국 천지약품에서 보내오는 수입은 전부 연희의 계좌로 들어간다.

이리냐에겐 한국돈으로 환산하면 16조 2,000억 원 정도가 입금된 통장을 건넨 바 있다.

저택 유지에 필요한 모든 비용은 이실리프 무역상사에서 보내온 급여로 충당하고 있다.

어쨌거나 연봉이 300억 원으로 늘어났으니 월 25억 원이 급여이다. 이것에서 근로소득세, 국민연금, 건강보험료 등을 떼고 난 나머지 금액 전부가 이체 대상이다.

따라서 지현에겐 매월 어마어마한 금액이 송금된다. 미친 듯이 사치와 낭비를 해도 쓰기 힘든 액수이다.

그런데 돈 아끼자고 가계부를 쓴다니 어이가 없다.

"당연한 거 아니에요? 가계부를 쓰면 절약하는 마음이 더 생기잖아요."

"맞아요. 엄마가 말씀하실 땐 잘 몰랐는데 써보니까 진짜 뭐든지 아껴야겠다는 마음이 들어요."

말이야 바른말이다.

그런데 세상에 널린 게 제 분수도 모르고 과소비를 하거나 사치하는 된장녀들이다. 쥐꼬리만 한 남편 월급 이외엔 아무런 수입도 없음에도 하나에 몇 백만 원씩 하는 명품 백을 아무런 고민 없이 척척 사들이는 김치녀들도 널려 있다.

이런 아내들의 과소비 때문에 풍비박산난 가정이 한둘이 아니다.

주부들만 이런 게 아니다. 졸업 후 취업이 어려우면 시집가면 그만이라는 생각을 가진 여자들도 널려 있다.

남편을 평생을 같이할 동반자로 여기는 게 아니라 자신들의 허영이나 채워줄 호구나 봉쯤으로 취급하는 것이다.

그런데 지현과 연희는 그런 여자들과는 태생부터 다른 듯하다. 매월 통장에 찍히는 액수를 볼 텐데도 가계부를 쓴다.

한 달 용돈이 웬만한 대학생보다도 적다.

"나 부자인 거 알잖아. 그러니까……."

현수의 말은 중간에서 잘렸다. 지현 때문이다.

"그래도 가계부는 쓸 거예요. 생활비도 아껴서 쓸 거구요. 자기가 부자인 거 알았으니까 그렇게 해서 돈이 모이면 불우이웃을 돕는 데 쓸게요."

"언니, 나도."

마음 쓰는 것도 다르다. 어찌 안아주지 않을 수 있겠는가!

현수는 둘을 꼭 안아주며 나직이 속삭였다.

"사랑해. 근데 출근 좀 늦게 하면 안 되나? 원하기만 하면 바이롯 두 개라도 마실 수 있어."

"에엣? 설마… 이잇! 짐승!"

"칫! 밤엔 뭐하구요? 어젠 기다렸는데……."

지현과 연희는 앙증맞은 주먹으로 현수의 가슴을 두드린다. 현수는 두들겨 맞으면서도 환히 웃는다.

물론 전혀 아프지 않은 두들겨 맞음이다.

그리고 본인이 원하는 바의 절반은 이룬다. 바이롯을 꺼냈지만 그것만은 마실 수 없었다.

* * *

"안녕하십니까? 김현수입니다."

"아, 김현수 씨. 통화가 돼서 다행이에요."

사사키 노조미의 음성엔 안도의 빛이 담겨 있다.

"무슨 일 있으세요?"

"저희라도 빨리 여길 떠났으면 해서요."

"……!"

"어제 노인수 씨, 아니, 이제는 예비 신랑이라고 해야겠지요. 저희 결혼하기로 했어요."

"아! 그래요? 축하드립니다."

"고마워요. 우리 둘, 결혼 전이라도 일본을 떠나기로 했어요. 어디든 좋아요. 일본만 아니면요."

현수가 이들에게 당부한 것은 가급적 많은 재일교포의 일본 탈출이다. 그런데 그런 것과 상관없이 자신들부터 빠져나갈 테니 도와달라는 뜻으로 들린다.

"…무슨 일 있어요?"

"일본은 이제 사람이 살 만한 나라가 아니에요. 하루라도 빨리 여길 떠나고 싶어요. 그러니 우릴 도와줘요."

"흐으음! 사사키 노조미 씨!"

"네, 김현수님!"

"제가 그리로 갈까요, 아님 한국으로 오실래요?"

"와, 와주셨으면 좋겠어요. 정말이에요. 하루라도 빨리!"

뭔가 다급함이 느껴지는 대답이다.

"좋아요. 그럼 오후에 뵙죠. 도쿄에 계신가요?"

"네, 기다릴게요. 아니에요. 인수 씨와 저, 하네다 공항 라운지에 있을게요. 어서 오세요."

통화를 마친 현수는 고개를 갸웃거렸다.

뭔지 모르지만 몹시 서두르는 느낌인데 구체적으로 그게 무엇인지 알 수 없었다.

어찌 되었든 1분 1초라도 빨리 와주길 바란다는 것은 분명하다. 하여 윌리엄 스테판에게 전화를 걸었다.

"즉시 출국 가능토록 준비하겠습니다, 보스!"

안 된다고 하면 KAI에 들를 생각이었지만 여건이 된다 하니 즉시 가기로 마음먹었다.

"김포공항까지 부탁드려요."

"네, 회장님!"

현수의 스피드를 운전하는 이는 공군 SART팀 1팀장 이동춘 중위이다. 일전에 걸어둔 절대 충성 마법의 결과 지금은 거의 사적인 경호원의 마인드가 되어 있다.

안정적으로 질주하고 있는 스피드의 전후좌우에는 경호차량이 같은 속도로 달리고 있다.

공군에서 파견한 아홉 개 팀 가운데 두 팀이 함께 움직이는 중이다. 팀당 여섯 명씩이니 열두 명이다.

이는 공군의 명령과 현수의 바람이 일치하기에 빚어진 결과이다. 이토록 정중하고 깍듯한 이유는 또 하나 있다.

저택으로 이사하던 날 모든 경호원에게 각기 한 장씩 체크카드가 주어졌다. 이것의 한도는 매월 1일마다 발생된다.

그 한도액은 월 300만 원이다. 본인과 아내들, 그리고 장인과 장모 등의 안전을 위해 애써주는 것에 대한 보답이다.

각자 본인이 소속된 군, 또는 기관으로부터 급여를 지불 받고 있기에 이 정도 금액이다.

얼마 전, 육군 경호팀의 회식이 있었고, 카드가 사용되었다. 안 되면 육군에서 결재한다는 마음에서 시험 삼아 쓴 것이다. 아직 결제일은 되지 않았지만 비용은 육군에 청구되지 않을 것이다.

"회장님, 어디 지방 가세요?"

운전하며 이동춘 중위가 묻는다.

"오늘은 일본에 잠시 다녀오려 합니다."

"아……!"

이동춘 중위는 나지막한 탄성을 낸다.

자신들은 현수의 움직임에 따라 이동할 수밖에 없다. 그런데 현수의 스케줄은 고정적이지 않다.

지금처럼 느닷없이 출국한다고 하면 경호에 구멍이 뚫린다. 직업이 군인인지라 비자가 없는 곳으로 갈 경우 따라 나갈 수 없기 때문이다. 비용도 문제가 된다.

먼저 사용한 후 추후에 결제를 요청하면 100% 지급될 것이다. 그런데 그럴 만한 여분의 자금이 없다.

참모총장의 명령을 받아 경호를 하는 중이지만 SART팀의 원래 임무는 조난당한 조종사 구조이다.

그에 적합한 훈련은 지겹도록 받았지만 경호 훈련은 배워 가는 중이다. 하여 시행착오를 많이 겪고 있다.

노련한 경호원들은 VIP의 사흘 후 스케줄까지 환히 꿰고 있다. 오늘처럼 느닷없는 일정 변경에 대한 대비도 어느 정도

되어 있다. 소위 매뉴얼이라는 것을 준비하기 때문이다.

어쨌거나 이동춘 중위는 상당히 당황한 표정을 짓는다.

"회장님! 죄송합니다만 저희 신분이 군인이라 따라 나갈 수가……. 어떻게 하죠?"

"그 문제는 크게 염려하지 않아도 됩니다. 이실리프 정보 소속 경호원들이 따라갈 것이니 괜찮습니다."

"아, 그렇습니까?"

"네, 공항까지만 경호해 주시고 좀 쉬세요. 일본에 갔다고 되돌아올 때까진 시간이 걸릴 듯하니까요."

"알겠습니다. 그렇게 하겠습니다."

이동춘 중위는 더 이상의 질문은 하지 않는다.

대화가 끊기자 현수는 사사키 노조미가 대체 왜 그런 반응을 보였는지를 생각해 보았다.

제법 유명한 연예인이고 사생활도 깨끗하기에 야쿠자 등으로부터 위협 받을 일이 없다. 지은 빚이 많아 사채업자의 협박을 받지도 않을 것이다.

이런저런 생각을 하는 동안 스피드는 올림픽대로를 지나 공항 쪽으로 이동하고 있다.

♩♪♬~ ♬♪♪~♩♪~ ♪♩♬~

현수의 휴대폰 착신음 지현에게가 울린다. 액정을 보니 윌리엄 스테판이라고 떠 있다.

"네."

"준비 완료되었습니다, 회장님. 언제 도착하시는지요?"

"곧 갑니다. 전에 그곳으로 가면 되죠?"

"네, 하네다 공항으로 가는 것 변동 없으시죠?"

"그렇습니다."

"그럼 잠시 후에 뵙겠습니다."

30여 분 후, 현수의 Aerion사의 SBJ 자가용 제트기가 이륙했다.

"회장님, 음료수 드릴까요?"

"사과주스 있어요?"

"물론입니다."

스테파니가 환히 웃으며 돌아선다. 그리곤 둔부를 살랑거리며 주방으로 향한다.

웬만한 남자 같으면 육감적인 움직임에 시선을 고정시키겠지만 현수는 창밖을 물끄러미 바라볼 뿐이다.

사사키 노조미가 왜 갑작스런 구원 요청을 했는지 의아한 때문이다.

"흐음! 가보면 알겠지."

생각대로 가보면 알 일이고, 미리 걱정할 일도 아니다. 본인 문제가 아니기 때문은 아니다. 후회는 아무리 빨라도 늦다는 말이 있다.

이미 어떤 일이 벌어졌다면 그걸로 끝이다. 그 일이 일어나지 않도록 할 수 없으므로 제대로 된 대응만 하면 된다.

스테파니는 넓고 쾌적한 아파트에 살게 해준 것에 대해 현수에게 깊은 감사의 뜻을 표했다.

덕분에 한류에 푹 빠져 있던 동생이 소원하던 한국 생활을 할 수 있게 되었기 때문이다.

원래는 포항공대에서 석사 과정을 시작하려 했는데 집이 서울이니 서울대학교로 방향을 바꿨다고 한다.

하여 어느 대학을 나왔냐고 물어보니 스위스 로잔 공과대학교 컴퓨터공학과라고 한다. 그러면서 매우 우수한 성적으로 졸업했다고 하여 피식 웃어주었다. 그저 그런 대학에서의 높은 성적은 별 쓸모가 없기 때문이다.

그러다 문득 방금 말한 대학이 '유럽의 MIT' 라 불린다는 걸 상기해 냈다. 실제로 로잔대학은 세계 최고 수준이다.

스테파니의 동생 샌디가 이 학교를 졸업한 것이다. 놀라운 것은 고등학교 과정을 단 1년 만에 마쳤다는 것이다.

흥미를 갖고 몇 마디 물어보니 샌디는 걸그룹 다이안을 매우 좋아한다고 한다. 얼마 전에 발표된 '지현에게' 와 '첫 만남' 이라는 곡에 푹 빠져 산다는 것이다.

한 번만이라도 다이안 멤버들을 만나 사인 받는 것이 소원이라는 대목에서 웃지 않을 수 없었다. 마음만 먹으면 언제든지 가능한 일이기 때문이다.

“일본에 다녀오면 적당한 시간을 봐서 다이안과 만나게 해 줄 수 있어. 샌디에게 내 선물이라고 전해.”

“어머! 정말이요? 우와, 샌디가 엄청 행복해하겠어요. 근데 저도 그 그룹 팬인데 같이 가서 만나도 될까요?”

“물론이야. 같이 와도 돼.”

“와아! 고맙습니다, 회장님.”

너무도 기쁜 나머지 스테파니는 현수를 와락 안았다. 그 순간 육감적인 무엇인가가 물컹했지만 내색하진 않았다.

* * *

“아! 김현수 씨, 반가워요.”

사사키 노조미의 한국어 발음은 아주 많이 좋아졌다. 현수가 이에 대해 말하려 할 때 노인수가 고개를 숙인다.

“반갑습니다. 와주셔서 고맙습니다.”

“네, 두 분 모두 그간 안녕하셨지요?”

“……!”

둘 다 대답을 하지 않는다. 분명 뭔가가 있다.

“일단 자리를 옮기죠.”

“네.”

공항 밖으로 나온 현수는 노인수가 운전하는 차를 타고 이동했다.

"어디로 가는 거죠?"

"세타가야 퍼블릭 시어터를 빌렸습니다."

이것은 도쿄 세타가야 구의회의 재정 지원을 받는 비영리 극장이다. 언젠가 들어본 것이기에 현수가 반문한다.

"600석짜리 주극장입니까, 220석짜리 소극장입니까?"

"소극장입니다. 아직은 인원이 그렇게 많지 않습니다. 게다가 갑자기 오셔서 못 온다는 사람들도 조금 있구요. 아무튼 오늘은 다 모여 봤자 200명 정도 될 것 같아서요."

"아, 그래요?"

이주를 권유한 이후 소정의 성과가 있었던 모양이다.

"돈 많이 쓰셨겠네요."

"아닙니다. 소극장은 현재 수리 중이라 공연이 없습니다. 마침 아는 사람이 있어서 빌릴 수 있었습니다."

둘의 대화를 듣고 있던 사사키 노조미가 도저히 참을 수 없다는 듯 끼어든다.

"혹시 내부 피폭이라는 말 들어보셨어요?"

말을 듣는 순간 왜 도와달라고 했는지 납득이 된다.

"…두 분 중 어느 분인 겁니까?"

현재의 일본에서 내부 피폭되는 방사능은 주로 세슘이며,

간혹 플루토늄도 있다.

동일한 양의 방사능일지라도 세슘은 우라늄보다 약 6,000만 배, 플루토늄은 약 500만 배 더 위험하다.

내부 피폭을 겪게 되면 여러 증상이 나타난다.

먼저 피로함이 증가하고 무기력증이 온다.

동시에 눈이 침침해지고 어질어질함을 느낄 수 있다. 무엇인가를 생각하려 해도 잘 기억나지 않으며 힘이 없다.

뿐만 아니라 면역력 저하와 빈혈, 그리고 출혈을 겪는다.

뼈에 있는 골수가 피폭을 당하면 백혈구와 적혈구를 제대로 생성할 수 없기 때문에 이 같은 증상이 나타나는 것이다.

면역력 저하는 감염증에 쉽게 노출됨을 의미하며, 백혈병이나 갑상선암 증세가 나타나기도 한다.

이런 현상은 피폭 후 2~3주 안에 나타날 수도 있다.

임산부가 내부 피폭이 될 경우 태아가 기형아로 태어날 확률도 증가한다.

외부 피폭에 비해 내부 피폭은 그 정도가 매우 심각하며 뚜렷한 치료법조차 없다. 그렇기에 방사능에 오염된 음식물을 섭취하지 않도록 극도의 주의를 기울여야 한다.

"저와 인수 씨 모두예요."

대답하는 사사키 노조미의 음성은 확연히 떨리고 있었다. 분하고 억울한 때문이다.

"주의한다고 주의했는데… 무엇 때문인지 모르겠어요."

노조미의 말이 끝나자 노인수가 말을 잇는다.

"후쿠시마 산 농산물 중 일부가 시판되고 있다는 기사를 본 적이 있어요. 아무래도 그것 중 하나를… 휴우!"

차마 끝말을 내뱉지 못하고 한숨을 쉰다.

방사능 피해를 입지 않으려 주의를 기울였건만 누군가가 이득을 취하기 위해 부린 농간에 당했다 생각한 것이다.

후쿠시마 산, 또는 방사능에 오염된 것으로 측정된 농·축·수산물은 가격이 없다.

아무도 거들떠보지 않는 쓰레기이기 때문이다.

누군가 이것을 몰래 반입하고 조작된 방사능 측정기로 무해하다 홍보하며 팔아치웠다.

당연히 상당한 이득을 취했을 것이다. 그런데 재수없게도 그중 일부를 노인수 커플이 섭취한 것이다.

"으으음!"

현수는 방사능으로 인한 내부 피폭은 치료제가 없음을 알기에 나직한 침음을 냈다.

이때 노인수가 말을 잇는다.

"소극장엔 저희가 설득한 사람들이 모일 겁니다. 정말 그들에게 주거와 직장을 제공해 주실 수 있는 겁니까?"

"그건 제가 개발하고 있는 이실리프 자치령으로 이주하신

다면 가능한 일입니다."

"고맙습니다."

한두 사람도 아니고 작게는 수십 명, 많게는 수십만 명이 될 수도 있다. 한 나라의 정부가 아니라면 해주기 어려운 일이다. 하여 다시 한 번 확인하고 싶었던 모양이다.

"가시겠다는 분은 많습니까?"

"회장님께서 말씀하신 그 조건만 충족되면 떠나겠다는 분들이 상당수 있을 겁니다."

점점 심해지는 차별, 장기 침체에 빠진 경제, 실패한 아베노믹스[12], 그리고 늘 불안한 방사능 때문일 것이다.

"그래요? 다행이군요."

"그런데 그쪽에 가면 병원은 있습니까?"

노인수는 초조해하는 표정이다. 본인과 사사키가 피폭된 상태라는 걸 알기 때문이다.

이를 눈치챈 현수는 크게 고개를 끄덕인다.

"방사능 피폭 때문에 그러시는 거라면 제가 조치를 취해보도록 하지요."

"고맙습니다. 정말 고맙습니다."

이주를 하게 되면 사사키는 직업을 잃게 된다.

노인수는 부친이 일군 리브21의 지점을 낼 수 있겠지만 당

---

12) 아베노믹스(Abenomics) : 일본 총리 아베 신조가 2012년부터 시행한 경제정책. 과감한 금융 완화와 재정 지출 확대, 경제 성장 전략을 주 내용으로 하고 있다. 디플레이션 탈출과 참의원 선거에서의 승리, 장기 집권 기반 구축을 목표로 한다.

분간은 벌이가 시원치 않을 것이다.

새로운 터전에 자리 잡는 사람들이 머리카락 때문에 돈을 쓰거나 시간을 할애하진 않을 것이기 때문이다.

그럼에도 이주를 결심한 이유는 며칠을 살더라도 마음 편히 지냈으면 하는 마음 때문이다. 아울러 곧 생길지 모르는 2세가 기형아가 아니기를 바라는 마음도 크다.

자동차가 목적지에 당도하였지만 주변엔 사람들이 별로 없다. 사실을 알게 되면 재특회 같은 혐한들의 공격을 받을 수도 있기에 보안 유지를 당부한 때문이라 한다.

소극장 안에 들어가 보니 입추의 여지가 없을 정도로 꽉 들어차 있다. 220석 규모인데 상당수가 서 있는 걸 보면 적게 잡아도 300명은 넘는 듯하다.

현수의 얼굴은 이미 국제적으로 알려진 상태이다. 아울러 어떤 일을 하고 있는지도 모두가 알고 있다.

간단한 인사말을 하고 이실리프 자치령에 대해 브리핑을 했다. 원하는 곳으로 이주가 가능하며 주거와 직장을 제공하겠다는 말에 모두들 안도의 한숨을 쉰다.

노인수와 사사키가 상당히 저명하지만 누가 그런 혜택을 주겠는가 하는 비관론이 우세했기 때문이다.

인원수를 파악해 보니 이주 희망자는 312가구 1,431명이다. 가구당 4.59명인 것이다.

어디를 희망하는지 물었더니 대다수가 콩고민주공화국을 택한다. 러시아와 몽골이 인기를 끌지 못한 이유는 한겨울의 혹독한 추위 때문일 것이다.

이들은 가급적 빠른 시일 내에 재산을 처분하기로 했고, 현수는 각자에게 이실리프 자치령에 대한 출입증을 발급하기로 했다. 이것만 있으면 콩고민주공화국 킨샤사 공항, 또는 마타디 항으로부터 자치령까지 이동이 허가된다.

참고로 콩고민주공화국 외무부와 협의된 내용이다.

모두가 돌아가고 난 뒤 노인수 커플만 남았다.

"다행이에요. 모두가 원하는 대로 돼서."

사사키가 환히 웃는다. 본인은 내부 피폭으로 인한 피해가 우려되는 상황이지만 다른 사람들이라도 위험을 피할 수 있게 도움을 준 것이 기쁜 모양이다.

마음씀씀이가 얼굴만큼 고운 여인인 듯싶다.

"슬립!"

현수의 입술이 달싹이자 둘 다 고개가 떨어진다. 마법으로 재운 것인지라 웬만해선 깨어나지 않을 것이다.

"그나저나 될지 모르겠네."

이주 희망자들과 대화를 하는 동안 방사능 피폭으로 인한 질병에 대한 이야기가 나왔다.

노인수 커플처럼 본인이 아는 경우도 있지만 자각하지 못한 상태에게 갑작스럽게 발병할 경우 어떻게 대처할 것이냐는 질문이었다.

이들에게 있어 가장 무서운 것은 차별 대우나 혐한이 아니었다. 태어나면서부터 겪어온 일이기에 나름대로 대처법이 있기 때문이다. 하지만 방사능은 아니다.

일본은 세계적으로도 손꼽히는 의료 선진국이다.

반면 콩고민주공화국은 제대로 된 의료시설조차 갖추지 못한 낙후지역이다. 병에 걸렸을 경우 제때에 치료 받지 못할 확률이 매우 높다. 하여 우려 섞인 시선을 보낸 것이다.

거주지도 제공해 주고 직장까지 주는데 무슨 염치로 이런 이야기를 꺼내느냐고 물을 수도 있지만 현수는 그러지 않았다. 생존과 직결된 일이라는 걸 알기 때문이다.

하여 이실리프 의료원 설립에 관한 이야기를 해주었다.

아울러 반둔두 지역, 또는 비날리아 지역에도 여러 의료기관이 설립될 예정임을 알려주었다. 실제로 각각의 지역에 첨단 의료장비를 갖춘 의료시설을 지을 예정이다.

그러면서 미라힐 I, II에 관한 이야기도 해주었다. 재일한국인들은 그제야 안도의 한숨을 쉬며 고개를 끄덕였다.

일련의 이야기를 하던 중 현수는 신성력을 깜박하고 있었다는 걸 떠올렸다. 가이아 여신은 분명히 말했다.

# CHAPTER 12
## 아제르바이잔에서

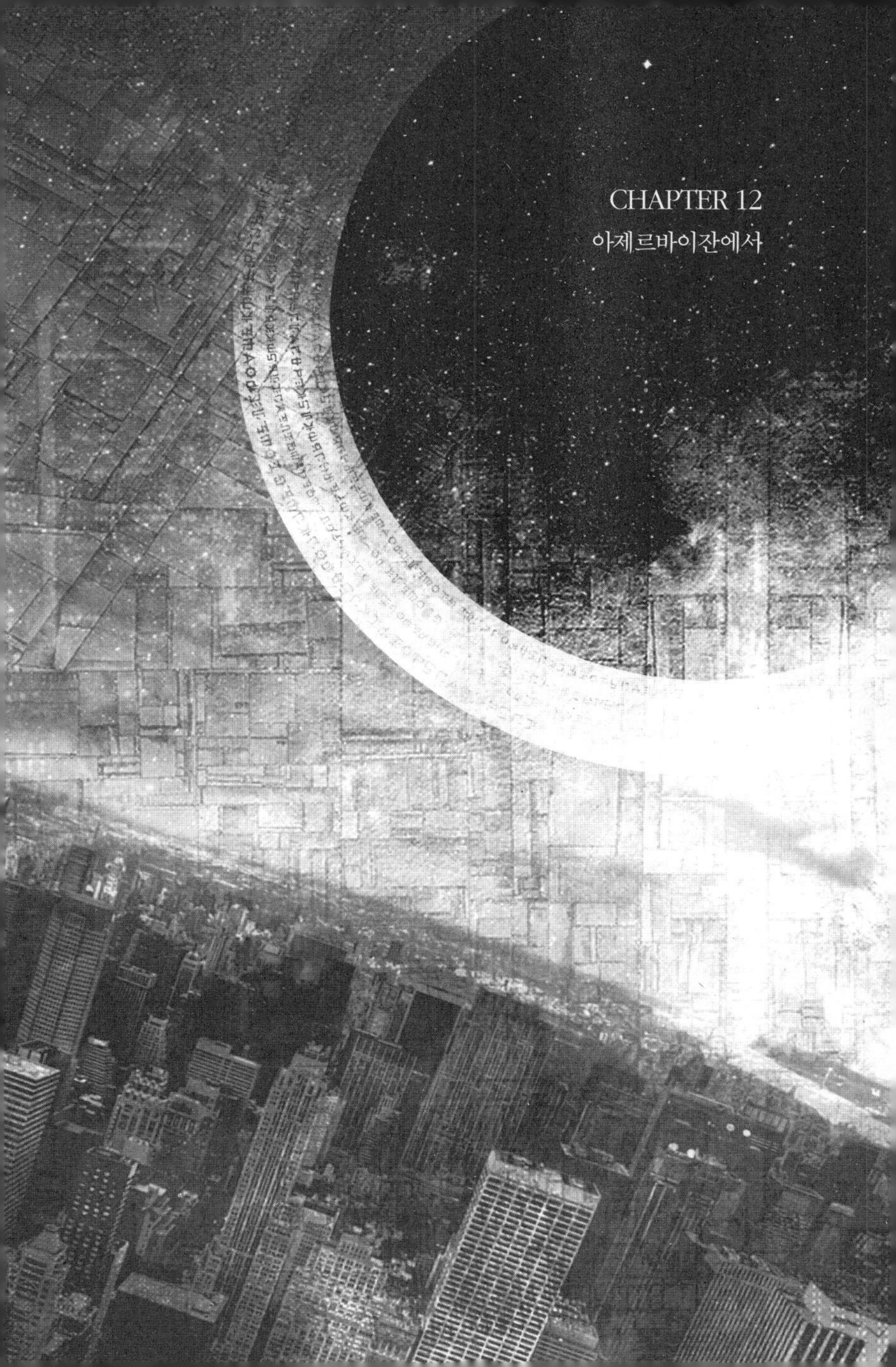

*너는 내가 간택한 내 딸의 배우자!*

*선택 받은 인간이여!*

*누릴 수 있는 모든 복락을 누리며 살지어니 내 딸을 잘 보살펴 내 뜻이 세상에 널리 퍼지도록 하라.*

*나의 뜻에 따를 때 네 세상에도 나의 힘이 미치리라.*

아직 합방을 한 것은 아니지만 스테이시는 본인의 배우자가 될 예정이다. 성녀 본인도 아는 이야기이다.

따라서 여신이 '네 세상' 이라 일컫은 지구에서도 신성력 사용이 가능해야 한다.

문제는 신성력이 방사능 오염까지 어쩔 수 있는지의 여부이다. 한 번도 시험해 본 바 없기 때문이다.

밑져야 본전이고 해보면 알 일이다. 하여 잠들어 있는 둘에게 손을 내밀며 나직이 속삭였다.

"가이아 여신의 이름으로 신성력을 베푸노라! 나쁜 것들은 모두 사라져라!"

슈라라라라라—!

현수의 손끝에서 뿜어진 신성력이 노인수와 사사키 노조미의 몸속으로 스며든다. 여전히 축 늘어진 모습이다.

이 순간 현수가 모르는 사실 하나가 있다.

신성력은 세상의 모든 불결함을 정화시킨다는 것이다. 그리고 그것엔 방사능도 포함되어 있다.

다 썩은 물이라 할지라도 현수가 손가락 하나를 담고 신성력을 뿜어내면 약수보다도 깨끗한 물로 정화된다.

후쿠시마 원전 제1원자력발전소의 관측용 우물 지하수는 베타선을 방출하는 방사성 물질이 1L당 71만 베크렐이 넘는다. 리터당 10베크렐이 기준치이니 71,000배 이상 초과이다.

현수가 이 물에 손을 담고 신성력을 뿜어내면 기준치 이하로 완벽하게 정화된다.

혼자 하면 고작 10톤이 정화되지만 스테이시 아르웬 성녀와 함께라면 단숨에 500톤으로 양이 늘어난다.

성녀와 최초 합방 시 가이아 여신은 둘을 축복하는 의미로 또 한 번의 신성력 세례를 베풀 예정이다.

그 이후라면 현수 혼자 100톤, 둘은 5,000톤 정도를 정화시킬 수 있게 된다. 신성력이 고갈되면 기도를 통해 재충진시킬 수 있다. 그러면 추가 정화 작업이 가능해진다.

참고로 신성력 충진은 아르센 대륙에서만 가능하다.

"쯧쯧! 그러게 전에 준 명함을 잘 들고 다녔으면 이런 일이 없었을 텐데."

잠들어 있는 둘을 보며 나직이 혀를 찼다.

이곳으로 이동하는 동안 전에 준 명함을 어쨌느냐고 물은 바 있다.

노인수 커플이 이실리프 상사 회장의 명함으로 알고 있는 그것은 다른 것에 비해 무겁다. 뒤쪽에 고성능 정화 마법진이 부착되어 있기 때문이다. 퍼펙트 트랜스페어런시 마법진까지 그려져 있어 눈에 보이지는 않는다.

그것을 줄 때 이렇게 말하였다.

"이건 제 명함입니다. 늘 소지하고 있다 제게 연락할 일이 있으면 전화 주십시오."

분명히 그러겠다고 했는데 물어보니 명함첩에 넣어 고이

보관했다고 한다. 어이없게도 고성능 정화 마법진이 한낱 명함첩을 방사능의 오염으로부터 보호하고 있었던 것이다.

그러고 보니 둘 다 몹시 피곤한 듯 보인다. 너무 많은 심려 때문일 것이다.

"바디 리프레쉬! 어웨이크!"

샤라라라랑!

마나가 스며들자 잔뜩 찌푸리고 있던 인상이 스르르 펴진다. 그와 동시에 눈 아래 형성되어 있던 다크서클이 엷어지는가 싶더니 사라진다.

"끄응! 앗, 깜박 졸았군요. 정말 죄송해요."

"어라? 어머, 죄송해요. 제가 요즘 신경 쓰는 일이 너무 많아서……. 아무튼 죄송합니다."

사사키 노조미와 노인수는 대화하다 졸았다 생각하는지 연신 머리를 숙인다.

"괜찮아요. 피곤하면 그럴 수도 있죠. 그나저나 이쪽의 일은 두 분에게 일임하고 싶은데 가능하겠습니까?"

"그럼요. 언제든 통보만 해주시면 곧장 떠나겠습니다."

사사키 노조미가 소속된 연예기획사는 내부 피폭 판정을 받았다는 것을 알고 있다.

하여 당분간 쉬겠다는 통보에 흔쾌히 허락했다. 방사능 문제가 예민한 이때에 이름난 배우 겸 탤런트가 나서면 사회적으로 좋지 않은 영향을 미칠 것이라 판단한 때문이다.

사장이 우익성향을 가진 인물이었던 것이다.

"두 분이 주무시는 동안 잠깐 생각해 보았는데 아예 내놓고 광고하는 건 어떨까 생각했습니다."

"네? 광고요?"

"네, 해외에서 근무할 인력을 뽑는다고 하면 조금 더 빨리 일이 진행될 것 같아서요. 제 의견은……."

잠시 현수의 설명이 이어진다.

일본도 비정규직이 많다. 시급은 낮고 근무 시간은 길어 정규직이 아닌 사람들은 먹고살기에도 바쁘다.

따라서 광고를 하면 많은 사람이 몰려들 것이다.

이들을 인터뷰할 때 올웨이즈 텔 더 트루스 마법진이 그려진 의자에 앉게 한다. 진실을 듣기 위함이다.

일단 재일교포 위주로 뽑는 것을 원칙으로 한다.

그렇다고 하여 일본인 전원을 탈락시키는 것은 아니다.

일본인 가운데에도 지극히 양심적이며 선량한 사람들도 있을 것이다.

현재의 이실리프 자치령은 텅 비어 있다. 그곳을 일궈줄 많은 사람이 필요하다. 그리고 다다익선이다.

그러니 혐한과 우익성향이 있는 자들을 배제한 나머지를 데려가는 것은 어떨까 싶다.

대강의 설명을 마치자 노인수가 의아한 표정을 짓는다.

"그런데 과연 인터뷰할 때 진실을 말할까요? 요즘 한국에서 문제되고 있는 모 웹사이트 회원들도 거기 회원이냐고 물어보면 아니라고 하잖습니까?"

노인수가 말한 곳은 개만도 못한 종자들이 몰려서 찧고 까불며 계속해서 사회적 물의를 일으키는 웹사이트일 것이다. 현수가 이실리프 계열사는 물론이고 영향력을 끼칠 수 있는 모든 회사로 하여금 채용을 금지시킨 바로 그곳이다.

"그냥 지나치는 말처럼 물으면 본심을 이야기할 거라고 생각합니다. 아무튼 그렇게 하면 어때요?"

현수가 말을 얼버무린 것은 마법진에 관한 이야기를 할 수 없어서이다.

"좋기는 한데 비용도 많이 들고……."

"광고비는 내가 내죠. 사무실 얻는 비용과 유지비용 역시 제가 부담합니다. 제가 고용할 사람들이니까요."

"그래도 괜찮으시겠어요?"

노인수는 걱정된다는 표정이다. 일본은 물가가 비싸다. 하여 의외로 많은 비용이 들 수 있기 때문이다.

"노인수 씨를 인력담당 일본팀장으로 임명하죠. 사사키 노조미 씨는 부팀장 하세요. 급여도 지불하겠습니다."

노인수는 잠시 현수와 시선을 교환했다. 돈이 문제가 아니니 금액은 물어보지도 않는다.

"…알겠습니다. 제가 맡죠."

"좋아요. 그럼……."

잠시 상세한 내용에 대해 대화를 주고받았다.

며칠 후, 도쿄, 오사카, 교토 등 재일한국인들이 많이 거주하는 곳의 유력 신문마다 광고가 뜬다.

이실리프 자치령에서 일할 사람을 뽑는다는 내용이다.

직종은 거의 모두 망라되어 있다. 다만 AV 관련 업종 및 도박과 관련된 것들은 모두 빠져 있다.

일본에서 취득한 모든 자격증이 인정되며 그와 관련된 직업을 가질 수 있다. 가급적 가족 모두 이주하는 조건이며, 면담을 통해 합격 여부가 결정된다.

급여는 일본 평균의 절반 정도 된다.

2014년 현재 일본 근로자의 월평균 급여는 한화로 환산했을 때 316만 8,300원 정도 된다.

자치령으로 이주하면 아주 저렴한 임대료로 거주지를 제공받을 수 있다. 이실리프 자치령 근로자가 될 경우엔 월 150만원 정도의 급여를 받는다.

그래놓고 아래에 다음과 같은 표를 명기했다.

| 항 목 | 일본(¥) | 이실리프(¥) |
|---|---|---|
| 쌀 5kg | 2,350 | 293 |
| 계란 10개 | 258 | 32 |
| 쇠고기 등심 1kg | 2,990 | 373 |
| 돼지고기 등심 1kg | 2,440 | 305 |
| 우유 1,000ml | 298 | 36 |
| 생수 2L | 111 | 13 |
| 식용유 1kg | 378 | 47 |
| 무연휘발유 1L | 170 | 20 |
| 2,000cc 승용차 | 2,190,000 | 273,000 |
| 자동차 등록비 | 39,500 | 0 |
| 125㎡ 아파트 임차료 | 월 760,000 | 월 10,000 |

거의 모든 것이 일본의 8분의 1 수준이다. 일본에서 지불하는 돈의 12.5%만 내면 가질 수 있다는 뜻이다.

매월 가장 큰 지출 항목인 아파트 임차료의 경우는 무려 76분의 1밖에 되지 않는다. 이 정도면 거의 거저다.

게다가 자동차 등록비는 아예 없다.

당연히 난리가 벌어진다. 멀고 먼 타국으로 이주해야 하지만 가기만 하면 인상 찌푸리고 살 일은 없을 것 같다.

날씨가 덥기는 하겠지만 살다 보면 적응될 것이다.

게다가 방사능 오염을 걱정할 필요가 없는 그야말로 청정 지역이다.

언제 뽑느냐는 문의가 빗발치자 노인수와 사사키 커플은 현수에게 얼른 의자를 보내달라고 청을 했다.

이에 특급 항공 운송으로 300여 개의 의자가 운송된다.

그리곤 곧바로 면담이 시작되었다.

신청 서류를 접수시키면 면담 일정이 통보된다. 면담할 때엔 이주를 원하는 가족 구성원에 대한 질문부터 한다.

재일한국인이 있는 경우는 가산점을 주되 혐한이나 우익 성향이 강한 자들은 모조리 배제된다.

아울러 야쿠자 역시 불합격이다.

한 번 주먹을 휘두른 자는 환경이 바뀌더라도 또 그럴 것이므로 아예 싹을 자른 것이다.

점점 노인수와 사사키를 돕는 인원이 늘어나고 일본 내에서는 재산을 처분하는 사람들이 늘어간다.

그렇지 않아도 떨어져 있던 부동산 가격은 더 떨어지지만 일본 정부로선 막을 방도가 없다.

합법적인 절차에 따라 해외로 직장을 구해 나가는 것이기 때문이다. 그리고 국적을 포기하지도 않기 때문이다.

그러는 사이에 재일한국인들 사이엔 은밀한 소문이 번진다. 조총련계도 마찬가지이다.

그간 당한 차별에 이를 갈던 이들은 때는 이때다 싶었는지 일제히 접수창구로 몰려든다.

이들 중 극히 일부를 제외하곤 모두 이실리프 자치령으로 들어갈 수 있는 출입증이 주어진다.

얼마 후, 일본의 거의 모든 공항에서 콩고민주공화국으로 향하는 비행기가 뜬다. 직항로 전세기이며 항상 만석이다.

차츰 재일한국인의 숫자가 줄어들자 재특회는 개점휴업 상태가 된다. 몰아내고픈 사람들이 알아서 나가주니 더 할 말이 없기 때문이다.

*　*　*

"하하하! 어서 오십시오."

"네, 반갑습니다. 장관님께서 이렇게 마중까지 나오시다니요. 많이 바쁘실 텐데……."

"맞습니다. 많이 바쁩니다. 하지만 김 부사장님을 만나는 것이 더 중요합니다. 자, 이쪽으로."

아제르바이잔의 수도 바쿠에 위치한 헤이다르 알리예프 국제공항까지 마중 나온 사람은 후세인굴루 바기로프 환경부 장관이다.

둘의 대화는 아제르바이잔어로 이루어지고 있다.

천지건설 박진영 과장과 천지기획 구본홍 대리는 꿔다 놓은 보릿자루처럼 멍한 표정으로 바라만 보고 있는 중이다.

단 한 마디도 알아듣지는 못하지만 화기애애하다는 것만은 분명하여 마음이 놓이는지 미소 띤 얼굴이다.

"김현수 부사장님은 저와 함께 가시지요."

"네, 그러지요."

현수가 먼저 차에 오르자 바기로프 장관이 곁에 앉는다. 이러는 사이에 박진영과 구본홍은 따로 준비된 차에 오른다.

"계약식에 참석치 못하여 죄송합니다."

"아이구, 무슨 말씀을. 김현수 부사장님이야말로 엄청 바쁘다는 거 잘 알고 있습니다. 이렇게 또 만났으니 괜찮습니다. 하하하!"

바기로프 장관이 너털웃음을 터뜨리며 기분 좋은 표정을 짓는다. 천지건설과 계약한 이후 모든 일이 순조롭게 진행되기 때문이다.

이번 계약을 하기 전 아제르바이잔은 세계 유수의 기업들로부터 견적을 받았다.

지나의 건축공정총공사와 동북연화공정 유한공사 컨소시엄, 그리고 미국의 벡텔과 일본의 미쓰이화학 컨소시엄에서 보내온 것이 가장 마음에 갔다.

지나의 것은 가격이 저렴하다는 장점이 있었고, 미국과 일본의 컨소시엄은 기술력을 믿을 수 있다는 것이 좋았다.

둘 중 어느 것에 낙점할 것인가를 고심할 때 현수를 만났다. 공사비는 지나보다 비싸지만 미국과 일본보다는 싸고 기술력은 믿을 만하다.

한국이 IT 강국이라서가 아니다.

현대그룹의 창시자 고 정주영 회장이 울산에 조선소를 만들려 할 때의 일화가 있다.

당시의 현대그룹엔 조선소를 세울 자본도, 기술도 없었다. 외국에서 차관을 들여와야 건설할 수 있었다.

정 회장은 건립 자금을 구하기 위해 일본과 미국 등 여러 나라 은행을 다녀봤지만 모두 거절당했다.

'후진국에서 무슨 조선소냐?' 는 눈빛들이었다.

정 회장은 마지막으로 영국은행의 문을 두드렸다.

그곳에서도 거절당했지만 물러서지 않았다.

"모든 일은 가능하다고 생각하는 사람만이 해낼 수 있습니다. 나는 이 일이 가능하다 여깁니다. 꼭 해낼 것입니다."

정 회장은 A&P 애플도어[13]의 찰스 롱바톰 회장을 찾아가 주머니에 있는 500원짜리 지폐를 꺼내 보여주었다.

"이걸 보십시오. 우리의 거북선입니다. 당신네 영국의 조선 역사는 1800년대부터 입니다. 그러나 우리는 1500년대에 이미 이런 철갑선을 만들어 일본을 물리친 민족입니다. 우리가 당신네보다 300년이나 조선 역사가 앞서 있습니다. 산업화가 늦어져 국민의 능력과 아이디어가 녹슬어 있을 뿐 우리의 잠재력은 고스란히 남아 있습니다."

---

13) A&P 애플도어(Appledore) 사 : 영국의 조선회사.

이 말을 들은 롱바툼 회장은 웃으면서 추천서를 써주었고, 결국 조선소 건립 자금을 마련할 수 있었다.

이 이야긴 지난번 대화 때 현수가 한 말 중 일부이다.

엔지니어링 경험이 없는 천지건설에서 이 일을 무사히 완수할 수 있겠느냐는 우려 섞인 물음에 대한 대답이었다.

처음 만난 이후 바기로프 장관은 한국에 대해 공부하기 위해 비서관들에게 자료 수집을 명했다.

현수가 한 말이 사실인지를 알고 싶었던 것이다.

그 결과 몇 가지 통계자료를 보고 받을 수 있었다.

동양의 조그만 나라 대한민국은 영토 면적으로 따지면 세계 109위에 불과하다. 인구수는 27위, 인구밀도는 20위이다.

좁은 땅덩이에서 복닥거리며 살고 있다.

1950년에 발발한 6.25전쟁 이후 완전한 폐허가 되었던 국가이다. 그런데 한강의 기적이라 일컬어지는 고도성장이 이어졌고, 현재는 세계 무역 순위 6위에 랭크되어 있다.

IT 강국이며 한류가 전 세계를 휩쓸고 있는 중이다.

특히 전 세계 조선 그룹별 수주 잔량 순위에서 한국 조선사들이 세계 1위부터 5위까지를 싹쓸이하고 있다.

전 세계 가전시장을 휩쓸고 있는 삼성전자와 LG전자도 한국 기업이다.

이 밖에 컴퓨터 보급률과 초고속 인터넷 사용률 세계 1위인 국가이다. 제철 조강 생산량 및 단일 원자력발전소 이용률, 휴대폰 보급 성장률도 세계 1위이다.

의약 캡슐과 전자레인지용 고압콘덴서, 자기테이프, 오토바이 헬멧, 손톱깎이, 텐트, 낚싯대, 냉동 컨테이너 제조 부문에서도 세계 1위에 랭크되어 있다.

기술력이 없다면 결코 이루어질 수 없는 것들이다.

바기로프 장관은 국무회의 때 이러한 내용을 브리핑했다.

아제르바이잔의 미래 또한 이래야 함을 강변하고 싶었던 것이다.

"근데 통신기술부 장관님과 건설부 장관님, 그리고 국방장관님께서 왜 저를 보자고 하신 겁니까?"

"하하! 제 공이 크다는 걸 잊지 마십시오."

바기로프 장관은 뜬금없는 말을 하면서도 몹시 유쾌하다는 듯 큰 소리로 웃는다.

"이런 줄 알았으면 미리 언질이라도 주시지요. 그분들이 관심 가진 것에 대한 자료조사라도 해갖고 왔으면 그분들과의 대화가 더 쉬었을 텐데 말입니다."

"김 부사장님의 평상시 순발력을 알고 싶었습니다. 세계 최고의 IQ 보유자이시니 대단하겠지요? 하하하!"

"에구!"

뭐라 할 말이 없기에 낮은 침음만 냈다. 그러는 동안 벤츠는 아제르바이잔 대통령궁으로 들어서고 있다.

"자, 안으로 드시지요."

대통령이 만남을 고대하고 있다니 의복을 정제하고 장관의 뒤를 따랐다. 대통령 집무실 앞에선 라미즈 메디에프 대통령 수석보좌관과 간단한 수인사를 나눴다.

딸깍—!

집무실 문이 열리자 서류에 시선을 주고 있던 일함 알리예프 아제르바이잔 대통령이 고개를 든다.

시선을 받은 현수는 정중히 허리를 숙였다.

"안녕하십니까, 대통령님?"

"하하! 이게 누굽니까? 반갑습니다. 어서 오십시오."

대통령 또한 몹시 기분이 좋은 듯 환히 웃으며 맞이한다. 오펜시브 참 마법에 걸려 있으니 보기만 해도 좋은 것이다.

"환대해 주셔서 감사합니다."

"그럼요. 당연히 환대해야죠. 이렇게 먼 길을 와줘서 고맙습니다. 자, 앉으시죠."

현수가 자리에 앉는 동안 대통령이 메디에프 수석보좌관에게 뭔가 지시를 내리자 총총걸음으로 물러난다.

"비행시간이 꽤 길었을 텐데 피곤해 보이지 않습니다."

"그건 제가 젊어서가 아닌가 싶습니다."

"아, 그래요? 젊음 좋지요. 나도 아직은 혈기 왕성합니다."

대통령은 1961년생이다. 한국식으로 따지면 올해 54세이다. 건강관리를 잘했다면 아직은 팔팔할 수도 있다.

"네, 그래서 자그마한 선물을 준비했습니다."

말을 마친 현수는 들고 있던 가방에서 마나포션과 바이롯 두 병씩을 꺼냈다.

둘 다 이건 대체 뭔가 하는 표정으로 바라본다. 상표도 없는 삼각플라스크는 코르크 마개가 끼워져 있다.

"혹시 아실지 모르겠습니다만 제가 관련된 회사 중 제약사가 있습니다."

"압니다. 이실리프 메디슨! 쉐리엔을 수출하는 회사지요. 우리 집사람도 그 제품을 애용합니다."

대통령이 고개를 끄덕이자 바기로프 장관도 거든다.

"우리 집엔 그걸 셋이나 복용합니다. 마누라와 두 딸이죠. 그거 덕분에 식비가 늘었습니다. 하하하!"

"그렇군요. 이건 그 회사 연구실에서 최근에 완성시킨 신약 비슷한 것입니다."

"아! 그래요?"

둘의 눈빛이 반짝인다. 신약이라 함은 세상에 없는 것이라는 뜻이다. 대체 뭔가 싶은 모양이다.

"이건 몸에 활력을 불어넣는 일종의 보신제입니다. 몸이 좋은 건데 한번 들어보시겠습니까?"

신약은 임상실험까지 완벽하게 마치고 식약청 같은 곳으로부터 승인까지 받아야 한다.

안정성이 확인되어야 하기 때문이다.

따라서 현수의 이런 행동은 무례한 것이다. 대통령이 마셨다가 이상 반응을 일으키면 문제가 되기 때문이다.

그럼에도 별일 아닌 듯 미소 띤 표정이다. 둘이 의아한 눈빛을 보내자 현수가 말을 잇는다.

"으음! 이걸 굳이 뭐라 표현하자면 자양강장제라 할 수 있습니다. 인체에 유해한 성분은 전혀 없습니다."

현수의 말에 먼저 반응한 것은 바기로프 장관이다.

"이거 혹시 비싼 거 아닙니까?"

"네, 맞습니다. 엄청나게 비싼 거지요. 장관님부터 복용해 보시겠습니까?"

"주십시오."

현수에 대한 지극한 호감을 가지고 있기에 서슴지 않고 손을 내민다.

뽕—!

마개를 빼자 경쾌한 소리에 이어 그윽한 향기가 풍긴다.

"흠흠! 흐으음!"

둘은 본능적으로 심호흡을 한다. 냄새만으로도 심신이 상쾌해지는 기분이기 때문이다.

"자, 천천히 드십시오."

"그럼 감사히……."

꿀꺽, 꿀꺽, 꿀꺽!

목울대가 위아래로 움직이며 플라스크 안의 마나포션이 줄어든다.

"크흐으음!"

플라스크를 완전히 비운 장관은 나직한 침음을 내곤 지그시 눈을 감는다. 체내로 퍼지고 있는 상쾌한 기분을 만끽하기 위함이다. 이때 현수의 입술이 달싹인다.

"리커버리!"

샤르르르르르릉—!

눈에 보이지 않는 마나가 장관의 체내로 스며든다. 물론 곁에 앉아 있는 대통령의 눈에는 보이지 않는 현상이다.

바기로프 장관은 제2당뇨병 환자이다.

고열량, 고지방, 고단백의 식단을 즐기지만 운동은 부족하고, 스트레스는 잔뜩 받아 인슐린이 상대적으로 부족한 상태인 것이다.

아울러 고지혈증까지 있다.

그런데 마나포션에 이어 리커버리 마법까지 구현되자 이 모든 것이 치유되는 중이다. 천지건설을 택해준 것에 대한 보답치고는 과하다 할 수 있다.

"대통령님도 드셔보시겠습니까?"

"그, 그래도 되겠습니까?"

향기부터 남다른 데다 장관의 반응을 보니 상당히 좋은 듯싶다. 하여 기다리던 차이다.

뽕—!

또 하나의 마나포션이 개봉되었다.

"천천히 음미하듯 드십시오."

"알겠소."

마음이 급한 듯 얼른 입에 댄다. 그리곤 천천히 마신다.

"흐음!"

플라스크를 비운 뒤 내쉬는 숨이 비강을 빠져나가자 아깝다는 기분이 들 정도로 상쾌한 향기가 느껴진다.

하여 대통령 또한 지그시 눈을 감았다. 왠지 그래야 할 것 같아서이다. 이번에도 현수의 입술이 달싹여진다.

"리커버리!"

샤르르르르르릉—!

마나가 스며들자 장관과 다르게 살짝 몸을 떤다. 지구인치고는 보기 드물게 마나 감응이 좋다는 뜻이다.

대통령의 가계는 대대로 고혈압 환자가 많았다.

그래서 매일 아침마다 혈압을 재는데 오늘은 수축기 혈압 168mmHg, 확장기 혈압 110mmHg이었다.

이 정도면 2기 고혈압, 또는 중등도 고혈압이라 불리는 상태이다. 평상시엔 별다른 증상이 없다.

간혹 뒷머리가 당기거나 어지러울 때가 있는데 1년에 한두 번 정도이다. 다만 두통은 자주 겪는다.

문제는 그 두통이 매우 심하다는 것이다. 본인의 표현을 빌리자면 도끼로 머리를 쪼개는 듯한 지독한 통증이다.

어떤 때에는 진통제를 먹어도 통증이 줄지 않아 프로포폴 같은 수면 마취제의 힘을 빌려야 할 때도 있다.

어쨌거나 대통령의 체내에서는 마나포션과 리커버리의 효능이 만나 이상 있는 것들을 개선하는 중이다.

떨어진 장기의 효율을 높일 뿐만 아니라 노화된 세포에게 활력을 불어넣는다.

"크으음! 냄새."

장관과 대통령의 몸에서 심한 악취가 풍겨 나온다. 체내 노폐물이 빠른 속도로 배출되기 시작한 때문이다. 이는 현수가 겪은 바디 체인지와는 성질이 다른 것이다. 몸에서 더 이상 수용할 수 없는 것들을 밀어내는 것이기 때문이다.

[아리아니! 엘리디아와 실라디아 좀 불러줘.]

[네, 주인님!]

잠시 후 반투명한 용의 형상을 한 엘리디아와 발가벗은 절세미녀 실라디아가 나타난다.

"부르셨어요, 마스터?"

"저를 또 불러주셔서 고맙사옵니다, 마스터!"

엘리디아는 여전한 사극 투이다.

"엘리디아는 이 사람들 몸에서 냄새가 나지 않도록 깨끗하게 해주고 실라디아는 이 방의 공기 좀 정화해 줘."

"네, 마스터!"

이구동성으로 대답한 둘은 대통령과 장관의 몸을 훑는다. 그와 동시에 악취가 스르르 사라진다.

"흐으음!"

먼저 눈을 뜬 건 대통령이다. 마나 감응이 좋아 더 빨리 효력이 발휘된 것이다.

"으으음! 이건 대체 뭐죠?"

장관은 꼭 알고 싶다는 표정이다.

"신체의 원기를 회복시키고 불합리한 부분을 교정하는 효력을 지닌 특수 약물입니다."

"그래요? 원료는 뭡니까? 대체 무엇으로 만들었기에 이런 느낌인 거죠?"

"그게… 천종산삼이라는 것입니다."

"천종산삼이요? 그게 뭡니까?"

"방금 드신 것은 최소 100년 이상 된 천종산삼 두 뿌리를 원료로 제조된 겁니다. 천종산삼은……."

잠시 현수의 설명이 이어졌다. 천종산삼은 죽을 사람도 살린다는 신비의 명약이라는 것부터 시작하여 한국에서 캔 것의 효과가 가장 좋다는 것 등을 이야기했다.

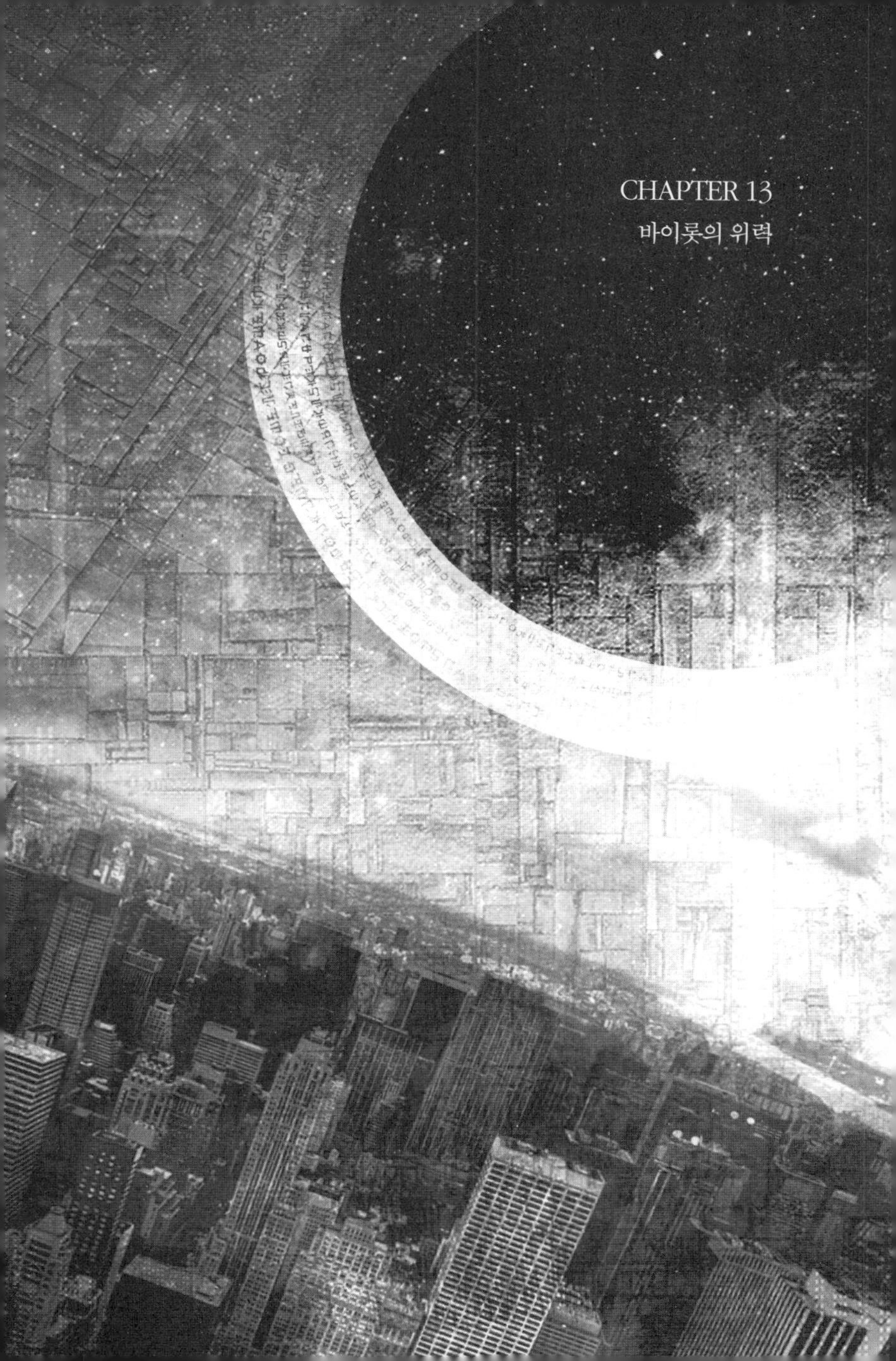

# CHAPTER 13
## 바이롯의 위력

"그거 한 뿌리의 가격은 얼마나 합니까?"

"워낙 귀한 것이라 상당히 고가라는 것만 아시면 됩니다."

"에이, 그러지 말고 알려주세요."

"맞습니다! 얼마나 하는 겁니까?"

둘 다 알려달라는 눈빛이 강렬하다.

"에구, 모처럼 선물한 건데 가격을 공개하라니 좀 그러네요. 하지만 두 분 모두 원하시니 말씀드리죠. 이것에 사용된 주원료는 조금 전에 말씀드린 건데 한 뿌리당 10만 달러를 상회합니다. 이외의 원료는 사향, 녹용, 웅담 등이 들어가는데 이것들의 가격을 합치면 대략 2만 달러 정도 됩니다."

"……!"

세상에 뭔 놈의 약이 재료값만 22만 달러가 넘는다고 한다. 하여 멍한 표정들이다.

"구한 재료를 특수 약물로 법제[14)]한 후 달여서 제조하는 데 약 6개월 정도 걸립니다. 만들기는 했지만 원료를 구하는 것도 힘든 데다 너무 고가인지라 몇 개만 만들었을 뿐입니다."

"그, 그래서 값은 얼마나 합니까?"

"담당자의 말에 의하면 하나당 최하 30만 달러는 받아야 한다고 하더군요."

"헉! 30만 달러요?"

"네, 이걸 제조한 담당자는 현대판 엘릭서가 될 거라고 했습니다. 그러면서 그 가격이면 싼 거라고 하더군요. 그런데 혹시 엘릭서가 뭔지 아십니까?"

"그건 잘……."

둘 다 고개를 흔든다. 처음 듣는 명칭이기 때문이다.

엘릭서는 비밀결사 장미십자회[15)]의 시조 크리스천 로젠크로이츠(Christian Rosencreuz)만이 제조에 성공했던 것으로 알려진 것이다. 이것은 모든 연금술사가 꿈꾸던 불사의 명약,

---

14) 법제(法製) : 자연에서 채취한 원생약을 약으로 처리하는 과정. 한방에서 자연 상태의 식물이나 동물, 광물 등을 약으로 사용하기 위해 처리하는 과정이다.
15) 장미십자회(Rosicrucians) : 17~18세기에 유럽에서 활동한 비밀 단체. 기존의 가톨릭을 반대하는 반(反)가톨릭적인 기독교 비밀 단체.

즉 현자의 돌이다.

1484년, 자리에 누운 로젠크로이츠는 120년 후에 부활한 것으로 전해진다. 이때 사용된 것이 엘릭서이다.

모든 설명을 들은 둘은 멍한 표정이다.

"혹시 지병이 있었다면 검사 받아볼 것을 권해 드립니다."

"그, 그러지요."

대통령은 대대로 이어지는 고혈압을 떠올렸다.

현수의 말대로라면 정상혈압이 되었다는 뜻이다. 이건 금방 확인할 수 있다. 하여 수시로 사용하던 혈압계를 꺼낸다.

전자혈압계이고 본인만 사용하는 것이다.

위이이잉―!

버튼을 누르자 나지막한 소음이 난다.

바기로프 장관은 말없이 바라만 보고 있다. 집무실에 놓고 온 혈당측정기를 생각하는 것이다.

"허어! 이럴 수가……!"

"대통령님! 대체 얼마나 나왔기에 그러십니까?"

"잠깐만!"

장관의 물음에 대통령은 서랍에서 그간 측정한 혈압기록표를 꺼내왔다. 달려 있는 볼펜으로 무언가 기록한다.

"대통령님……!"

"이걸 보게."

일함 알리예프 대통령이 건넨 기록표를 본 바기로프 장관은 눈을 크게 뜬다.

수축기 때 118mmHg, 이완기 때 77mmHg이라 기록되어 있기 때문이다. 그 위에 적힌 것들을 보면 수축기는 최하가 160mmHg, 확장기는 최하 108mmHg이다.

가장 높았을 때의 기록을 보니 수축기 220mmHg, 확장기는 160mmHg였다.

상식적으로 수축기/확장기가 120/80 미만이면 정상이라 한다. 대통령은 고질이던 고혈압으로부터 해방된 것이다.

"대, 대통령님, 잠시 자리를 비우겠습니다."

"그러… 게."

바기로프 장관은 대답도 기다리지 않고 벌떡 일어나더니 후다닥 뛰어간다. 본인의 혈당을 재러 간 것이다.

"고맙습니다. 큰 은혜를 입었군요."

"아닙니다. 도움이 되어 오히려 제가 더 좋습니다. 한국과 아제르바이잔의 우정을 위한 선물이라 여겨 주십시오."

"아……!"

웬만한 사람이면 이렇게 해놓고 이권을 요구할 수도 있고, 본인에게 유리한 처리를 당부할 수도 있다. 그러데 현수는 그러지 않는다. 순수한 뜻으로 도왔다는 눈빛이다.

이때 노크 소리에 이어 문이 열린다.

똑, 똑—!

딸깍—!

"…아! 어서들 오시게, 김 부사장님! 이쪽은 본국의 통신정보기술부장관, 건설부장관, 그리고 국방부와 방위산업부장관입니다."

"너무나 유명하신 분이네. 만나 뵙게 되어 반갑습니다. 자키르 하사노프(Zakir Hasanov)입니다. 국방장관입니다."

"네, 천지건설 부사장 김현수입니다."

"유튜브에서 축구 잘 봤습니다."

"아, 네."

현수는 계면쩍은 웃음을 지어 보였다. 괜스레 부끄러운 기분이 든 때문이다.

하사노프 장관은 2013년 12월에 3일간 한국을 방문한 바 있다. 이 기간 동안 합참의장 및 방사청장과 면담하였지만 별다른 실속 없이 이한했다.

"반갑습니다. 알리 아바소프(Ali Abbasov) 통신정보기술부장관입니다. 세계적인 수학자 김현수님을 만나 정말 영광입니다."

"네, 반갑습니다. 김현수입니다."

50대 백인인 아바소프 장관은 일본을 중심으로 한 아시아 시장 진출 및 확대에 관심을 갖고 있는 인사이다.

다음으로 손을 내민 사내는 한눈에 보기에도 인텔리임을 알 수 있는 샤프한 인상이다.

"야바르 자말로프(Yavar Jamalov) 방위산업부장관입니다. 반갑습니다."

"네, 김현수입니다."

방위산업부는 지난 5년간 아제르바이잔이 생산한 방위 제품 품목을 700개로 증가시켰다.

방위산업부는 항공, 항행, 정밀 공업 분야를 주도하는 선진국의 60여 기업과 협력관계를 구축하고 있다.

"건설부장관 샤빈 무스타파예프(Shabin Mustafayev)입니다. 만나서 반갑습니다."

"네, 저도 반갑습니다. 김현수입니다."

얼마 전까지 경제개발장관을 맡았던 인물이다.

일일이 악수를 하고 명함을 주고받았을 때다.

"자, 이제 자리에 앉읍시다."

모두가 자신이 앉을 소파를 볼 때 문이 열린다.

벌컥—!

"대, 대통령님!"

당연히 모두의 시선이 쏠린다. 그리고 들어선 인물은 후세인글루 바기로프 환경천연자원부장관이다.

"……!"

조금 전에 인사를 나눈 장관들은 무슨 급박한 일이라도 터졌나 싶은지 어서 말하라는 표정이다.

"제, 제 혈당이 101mg/dl로 내려갔습니다. 아까까지만 해도 300이 넘었는데 완전히 정상 혈당이 된 겁니다."

"세상에……!"

고혈압과 당뇨병은 완치시키는 약이 없다.

설사 치료제가 있다 하더라고 이처럼 짧은 시간에 효력을 보이는 약이 있을 거라곤 상상도 못했다.

그렇기에 대통령은 멍한 표정으로 현수를 바라본다. 도저히 믿을 수 없는 일이 본인과 장관에게 일어난 때문이다.

"대체 무슨 일인데 그러는 겁니까, 장관?"

야바르 자말로프 방위산업부장관의 물음에 바기로프는 환한 웃음을 짓는다.

"제 당뇨병이 나은 것 같습니다. 그것도 완전히요."

"……?"

당뇨병이 완치되었다는 소리는 들어본 적이 없다. 그렇기에 이게 대체 무슨 소리인가 하는 표정이다.

같은 병을 조금 더 심하게 앓고 있는 샤빈 무스타파예프 건설부장관은 어떻게 된 영문이냐는 얼굴로 바라본다.

"맞습니다. 김현수 부사장님이 준 약을 먹었더니……. 대통령님, 대통령님의 고혈압도 정상인 거죠?"

"그렇다네. 완전히 정상혈압으로 내려왔어. 나 역시 고혈압이 완치된 겁니까?"

처음엔 바기로프에게 한 말이지만 중간에 현수에게 시선을 돌리더니 솔직히 대답해 달라는 표정을 짓는다.

"…아마도 그럴 거라고 생각합니다. 워낙 뛰어난 약효를 지닌 것들을 배합하여 만든 거니까요."

현수가 고개를 끄덕이자 샤빈 무스타파예프 건설부장관이 얼른 나선다.

"무슨 약인지 모르지만 내게도 줄 수 있겠습니까? 나도 당뇨 때문에 고생하고 있소이다."

현수보다 먼저 대꾸한 이는 일함 알리예프 대통령이다.

"장관, 그 약의 가격이 30만 달러라 하오."

"네? 삼, 삼십만 달러요? 설마 U.S 달러인 겁니까?"

달러화는 미국뿐만 아니라 캐나다, 홍콩, 싱가포르, 말레이시아, 라이베리아 등에서 사용하는 화폐이다.

이 중 미국에서 쓰는 속칭 U.S 달러가 가장 큰 가치를 지닌다. U.S 30만 달러면 한화로 3억 6천만 원이다.

홍콩 달러라면 약 4천만 원이다. 같은 달러화지만 아홉 배 가까이 차이가 난다.

아무리 뛰어난 약효를 지녔다고는 해도 너무 비싸기에 물은 것이다. 미국이 아닌 홍콩 달러 정도냐는 뜻이다.

질문을 받은 대통령이 현수에게 시선을 준다.

대신 대답해 달라는 뜻이다. 이쯤해서 못을 박아야 한다. 안 그러면 무한정 요구할 수 있기 때문이다.

"U.S 달러가 맞습니다, 장관님. 워낙 귀한 약재를 쓴 것이라 그렇습니다. 제조기간도 오래 걸리고요."

"그래도 그렇지 어떻게 한 번 먹는 약값이……."

말도 안 된다는 표정이다.

"대통령님은 고혈압이 치료되었고, 바기로프 장관님은 당뇨로부터 해방되셨습니다. 단 한 번의 복용으로요."

현수는 세상에 이런 약이 있다는 걸 들어본 적이 있느냐는 표정이다. 당연히 들어본 적이 없을 것이다.

"끄으응!"

샤빈 무스타파예프 건설부장관은 할 말이 없기에 나지막한 침음을 낸다.

당뇨에 걸린 이후 상당히 많은 노력을 기울였고, 돈도 많이 썼다. 그럼에도 호전되는 기미가 없어 답답했다.

그런데 한 번 복용으로 완치된다면 하는 생각을 하니 돈이 아깝지 않다. 언제 발생할지 모를 합병증 걱정을 하는 것보다는 돈을 쓰는 편이 낫기 때문이다.

"그런데 죄송합니다. 약을 제공하고 싶어도 지금은 약이 없습니다."

"있기는 있는 겁니까?"

"한국에 몇 병 더 제조되어 있을 겁니다."

"알겠습니다."

장관들 사이로 엘릭서에 관한 이야기가 전해지는 것을 본 현수는 50대 초반으로 보이는 알리 아바소프 통신정보기술부 장관과 자키르 하사노프 국방장관에게 시선을 주었다.

둘 다 건강해 보인 때문이다.

"두 분에겐 이걸 선물하지요."

말을 하며 하나씩 나눠 주었다. 삼각 플라스크 안에 담긴 건 마나포션과는 확연히 색깔이 다르다.

그렇기에 대통령과 바기로프 장관도 궁금하다는 표정이다.

"이건 새로 개발한 바이롯이라는 겁니다."

"바이… 롯이요?"

주기에 받았지만 어디에 쓰는 무엇이냐는 표정이다.

"그건 인체에 무해하며 어떠한 부작용도 없는 천연 비아그라라고 생각하시면 됩니다."

"……!"

둘 다 눈이 커진다. 듣던 중 반가운 소리라는 뜻이다. 사내 나이가 50을 넘으면 왕성하던 모든 것이 수그러든다.

물론 일부 안 그런 사람도 있겠지만 두 장관은 그런 사람 쪽에 속한다. 그것도 심각하게.

나이 든 남자들 사이에선 '밤이 무섭다' 는 말이 오간다.

남자들의 성욕은 10대 후반부터 20대 후반까지가 가장 왕성하고 이후론 나이를 먹으면서 점차 수그러든다.

여자의 경우는 30대 중반부터 40대 때 가장 왕성하다. 이후로도 한동안은 욕구가 줄어들지 않는 경우도 있다.

불행하게도 두 장관의 부인들이 여기에 해당된다.

하루 종일 격무에 시달리다 집에 들어가면 얼른 쉬고 싶은데 요사스런 란제리 패션을 보여준다. 하여 종종 업무를 핑계로 집무실 소파를 이용하는 중이다.

비아그라를 쓰면 좋겠지만 두통, 혹은 안면홍조 같은 부작용이 있어 사용할 수 없다. 그런데 인체에 무해할 뿐만 아니라 아무런 부작용도 없다니 눈이 번쩍 뜨인 것이다.

"바이롯은 약해진 정력을 급속도로 개선시켜 주는 효과가 있습니다. 뿐만 아니라 혈행 속도를 개선시켜 혈전이 쌓이는 것을 막아주죠."

"이걸 다 마시면 되는 겁니까?"

자키르 하사노프 국방장관의 물음이다.

"그거 하나를 다 드시면 밤새 한잠도 못 주무십니다. 그러니 3분의 1만 드십시오. 만일 그걸로 부족하다면 절반까지 드세요. 가급적 적게 드시는 게 좋을 겁니다. 아니면……."

"아니면 무슨 부작용이라도 생긴다는 말씀이십니까?"

"네, 체력이 완전히 고갈되어 다음 날 업무를 못 보실 수도 있습니다."

현수의 말을 받은 이는 알리 아바소프 통신정보기술부 장관이다.

"거의 짐승이 된다는 뜻으로 받아들이면 되는 겁니까?"

"그렇습니다."

"우와! 대단하군요!"

둘은 바이롯을 달라고 할까봐 두렵다는 듯 얼른 품에 안는다. 사내들끼리 있으니 이 마음을 이해하는지 모두가 희미하게 웃음 짓고 있다.

"대통령님과 나, 그리고 당뇨가 있는 샤빈 무스타파예프 장관은 그렇지만 야바르 자말로프 방위산업부 장관은 왜 빼신 겁니까? 특별한 질병도 없는데."

바기로프 장관의 물음에 모두가 고개를 끄덕인다. 특히 자말로프 장관은 더욱 그러하다.

본인 역시 바이롯이 절실한데 쏙 빼놓았기 때문이다.

"자말로프 방위산업부 장관님은 이걸 드실 수 없습니다."

"왜… 요?"

"장관님은 호흡 소리가 많이 거치십니다. 기침이 잦고 가래가 있지요?"

"그걸… 어떻게 아십니까?"

"제가 보기에 장관님은 현재 폐결핵을 앓고 계십니다."

"폐결핵이요?"

"네, 소화불량과 식욕부진도 있으시지요?"

"…그렇습니다!"

장관은 심각한 표정이 된다. 폐결핵에 걸렸다니 어찌 안 그렇겠는가!

"제가 귀국하면 곧바로 장관님께 특효가 있을 약을 따로 보내드리겠습니다. 복용법에 적힌 대로 하시면 다른 치료 없이 효험을 볼 것입니다."

"…고맙소이다."

방위산업부 장관은 심각한 표정으로 고개를 숙여 예를 표한다. 본인조차 모르는 질병을 눈으로 보는 것만으로, 그것도 몇 발짝 떨어진 곳에서 진단했다.

이따가 병원에 가서 검사를 해보면 금방 결과가 나올 것이다. 현수는 분명 의사가 아니다. 하지만 세계 최고의 두뇌를 가진 사람인 것만은 틀림없다.

그럼 사람이 이런 공적인 자리에서 허언을 할 리 없다. 그렇기에 현수의 말이 맞다고 여기는 것이다.

"그나저나 세 분 장관님께서 저를 보자고 하셨다고 들었습니다. 어떤 용무인지 말씀해 주십시오."

현수의 말에 대꾸한 것은 일함 알리예프 대통령이다.

"에구, 이렇게 한자리에서 볼 일은 아닌데. 각부 장관님과 따로 자리를 만드는 건 어떻겠습니까?"

"그러시죠. 그럼 어느 분 먼저……."

"대통령님, 건설부부터 논의했으면 합니다."

"좋습니다. 그럼 나머지 장관님들께서는 잠시 쉬시지요."

잠시 후, 집무실에는 현수와 알리예프 대통령, 그리고 수석보좌관 메디에프와 무스타파예프 건설부 장관만 남았다.

"장관, 이야기하세요."

대통령의 말이 떨어지자 무스타파예프 장관은 가지고 온 서류를 현수에게 넘긴다.

"그걸 보면 아시겠지만 우리 아제르바이잔과 한국토지공사는 신도시 건설사업 총괄관리를 계약한 바 있습니다."

"알고 있습니다. 그 사업 중 1단계에 해당되지요."

현수가 아는 척을 하자 그러면 이야기하기 쉽다는 듯 다음 장을 넘긴다. 따라서 넘기자 장관의 말이 이어진다.

"2단계는 사업관리 및 설계용역이고, 3단계는 건설관리입니다. 마지막은 시공 패키지지요."

장관이 잠시 말을 끊자 현수가 이어받았다.

"2~3단계는 약 8억 5천만 달러가 소요되고, 시공 패키지는 583억 달러 정도가 필요한 것으로 알고 있습니다."

"…정확히 알고 계시는군요. 그럼 단도직입적으로 말씀드리겠습니다. 우리 건설부는 신도시 건설 노하우가 많은 한국과 일을 했으면 하는 바람을 갖고 있습니다."

무스타파예프 장관의 말은 가식 없는 진실이다.

장관은 얼마 전까지 경제개발부의 수장이었다.

상당히 많은 나라를 둘러본 장관은 비용 대비 최고의 효율을 갖는 신도시를 건설하기 위한 나라로 한국을 꼽았다.

수도권에만 일산, 분당, 평촌, 김포, 동탄, 별내, 양주, 화성, 운정, 송도, 위례 신도시 등이 있다.

다른 나라들과 비교해 보니 비용은 적게 들고 개발기간은 짧다. 풍부한 경험을 가진데다 경제적이기까지 하다.

하여 한국의 기업들과 접촉하려는 차에 천지건설과 유화단지 계약이 체결되었다.

그 즉시 천지건설에 대한 조사를 명했고, 보고서를 받았다. 김현수라는 걸출한 인재가 있어 쑥쑥 크는 회사라 한다.

재정 건전성을 파악하기 위해 재무제표까지 분석한 결과 천지건설은 어떤 공사를 맡기든 수행 가능하다 판단을 내렸다. 아주 탄탄한 회사인 것이다.

"그렇습니까? 그리 좋게 생각해 주시니 감사합니다. 그런데 저희는 신도시 건설사업에 관한 자료가 없습니다."

"그건 가시기 전에 저희가 제공하지요."

"…제가 어떻게 해드리길 원하십니까?"

"공사를 맡기면 어떻게 해줄 것인지 제안해 주기 바랍니다. 아시다시피 우리나라는 재정이 넉넉하지 못합니다. 아! 죄송합니다, 대통령님."

자국 비하의 의미가 되었을 수도 있기에 얼른 사과한다.

"아닙니다. 계속하세요."

대통령이 개의치 말고 의견을 피력하라는 뜻을 표하자 기다렸다는 듯 말을 잇는다.

"유화단지 건설처럼 차관을 제공해 주셨으면 합니다."

"……!"

아무런 준비도 없는 자리이기에 현수는 금방 대답해 줄 수 없었다. 차관 제공을 요구했으니 적절한 금액을 제시하면 공사를 수주할 수 있는 상황이다.

돈은 얼마든지 있지만 너무 헤프면 안 된다. 상식선에서 결정되어야 할 일인 것이다.

"하한선이 어느 정도인지 알려주시겠습니까?"

"그건……."

단둘만 있는 자리라면 알려주었을지도 모르지만 대통령도 있고 수석보좌관도 있는 자리이다. 그렇기에 무스타파예프 장관은 슬쩍 둘의 눈치를 본다.

이 순간 현수의 입술이 달싹인다.

"어펜시브 참!"

샤르르르르릉—!

마나가 소리 없이 스며들 때 현수는 대통령에게 시선을 주고 있다.

"그 정도는 알아야 조건을 제시할 수 있을 것 같습니다."

"흐음! 그야 그렇겠지요. 워낙 큰 공사이니……. 장관, 혹시 마음속으로 생각하는 바가 있으면 그냥 이야기하세요."

대통령 역시 어펜시브 참 마법의 영향으로 현수에게 지극한 호감을 갖고 있기에 한 말이다.

"우리가 예상한 금액은 2단계부터 최종 단계까지 591억 5천만 달러입니다. 이 중 20% 정도를 차관해 주시면……."

591억 5천만 달러의 20%는 118억 3천만 달러이다. 한화로 환산하면 약 14조 2천억 원 정도 된다.

"흐음! 액수가 많군요. 그런데 제가 알기론 아제르바이잔 국영 석유기금(SOFAZ) 중 18억 달러는 위안화에 투자하고, 서울 을지로 2가 파인애비뉴 A동 오피스 빌딩은 4억 4,700만 달러에 매입하려 하고 있습니다."

"헉! 그걸 어찌……."

현수가 이런 것까지 알 것이라곤 예상치 못했는지 장관은 잠시 말을 끊는다.

"또한 도쿄 긴자의 노른자위 땅에 위치한 티파니 빌딩도 매입하려 한다고 들었습니다."

"끄응……!"

장관이 침음을 낼 때 현수의 말이 이어진다.

"제가 알기론 현재의 아제르바이잔은 수출액이 수입액의 두 배 이상이라 달러 유입이 과한 상황입니다."

"……!"

대통령 등은 할 말이 없는지 입을 다물고 있다. 그러는 사이에 현수는 얼마 전 읽은 자료의 내용을 상기해 냈다.

"아제르바이잔 중앙은행이 보유한 외환은 117억 달러이고, 석유기급 보유 외환은 433억 달러입니다. 게다가 지속적인 무역 수지와 경상 수지 흑자로 외환이 꾸준히 늘어나는 중이지요."

돈도 많으면서 왜 그런 과한 요구를 하느냐는 뜻을 우회적으로 표현한 것이다.

"김 부사장님! 우리 아제르바이잔은 개발할 것이 많습니다. 그래서……."

장관은 구차한 변명을 늘어놓는 기분이 든다. 현수에게 허를 찔린 때문이다.

"압니다. 돈이 없는 건 아니지만 쓸 데가 너무 많지요. 그래서 차관을 요청하셨을 것이라 생각합니다."

"그렇게 생각해 주시니 고맙습니다."

"아까 118억 달러 정도를 차관해 달라고 하셨는데 그 금액은 너무 과합니다. 그러니 10% 정도 되는 60억 달러 정도면 어떻겠습니까?"

갑자기 절반 정도로 확 깎였지만 장관은 불만이 없는 표정이다. 애초부터 그 정도를 예상했기 때문일 수도 있다.

"가스와 원유로 드리면 되겠습니까?"

"좋지요. 세부사항은 추후에 따로 논의하도록 하죠."

"좋습니다. 일단 신도시 개발 자료부터 드리겠습니다. 공사기간과 소요비용부터 확정 짓는 게 우선이니까요."

장관은 한시름 덜었다는 표정이다. 어느 나라의 누구에게 일을 맡길 것인가를 결정하는 건 쉬운 일이 아니다.

무사히 잘 끝나도 정적들은 트집 잡을 것이다.

무슨 일이라도 벌어지면 굶주린 하이에나처럼 달려들어 온 정신이 갈가리 찢길 때까지 씹고 또 씹을 것이다.

이런 대형 공사는 의례히 뒷돈이 오간다. 국제적인 거래라 하더라도 마찬가지이다.

흔적만 남지 않는다면 챙기고 싶다.

하지만 요즘은 그럴 수가 없다. 모든 게 전산처리 되므로 감추고 싶어도 그럴 수 없기 때문이다.

"자료는 저와 동행한 두 직원에게 주십시오."

"알겠습니다."

장관은 굳은 악수를 하곤 자리에서 일어선다. 다른 장관에게 자리를 양보해야 하기 때문이다.

"출국하기 전에 다시 한 번 만나기를 바랍니다. 그때는 건설부로 와주십시오."

"알겠습니다, 장관님."

무스타파예프 장관이 나가고 얼마 지나지 않아 알리 아바소프 통신정보기술부 장관이 들어선다. 그런데 혼자가 아니다. 차관 및 휘하 국장들까지 달고 왔다.

모두와 인사하느라 잠시 시간이 지났다.

"장관님께서 저를 보자고 하신 이유는 무엇입니까?"

"한국의 발전된 IT 기술을 우리 아제르바이잔에 접목하기 위함입니다. 특히 LTE기술이 탐납니다."

"정확히는 롱 텀 에볼루션(Long Term Evolution)을 넘어선 LTE A X3기술이 있었으면 합니다."

장관의 말을 받은 사람은 차관이라는 사람이다. 한눈에 보기에도 공무원이 아닌 과학자 내지는 기술자이다.

"흐음! 이건 한국의 이동통신 업체에 직접 연락하시면 될 일 같습니다만."

"연락을 했지만 별다른 흥미를 보이지 않더군요."

"그럴 리가요? 돈 되는 일이잖습니까."

"그렇죠. 그런데도 별 흥미를 못 느끼는 듯한 눈치입니다. 기술제휴 의향서를 보냈지만 아무런 답변도 없습니다."

한국의 이동통신사들은 돈 되는 일을 외면할 기업들이 아니다. 그렇기에 의아하다는 표정을 지었다.

"조만간 저희가 한국으로 갈 것이니 그쪽과 연결을 지어주셨으면 합니다."

보아하니 기술까지 완전히 전수받고 싶은 모양이다. 이는 현수가 어찌할 문제가 아니다. 그렇지만 발을 뺄 수도 없다.

"알겠습니다. 귀국하는 대로 그쪽과 접촉하여 의향을 물어보도록 하겠습니다."

"감사합니다."

아무래도 이 사람들은 현수의 영향력이 막강하다 여기는 듯싶다. 세계적으로 이름난 사람이고 눈부신 성과를 일으키는 직장인의 신화이기 때문일 것이다.

어쩌겠는가!

착각은 자유이고, 망상은 해수욕장이다.

통신정보기술부 사람들이 나간 후엔 자키르 하사노프 국방장관과 야바르 자말로프 방위산업부 장관이 동시에 들어왔다. 이들 역시 실무자들과 동행이다.

눈치를 보니 아무래도 로템과 같은 방위사업체와의 연계를 부탁하려는 듯싶다.

"저는 건설회사 직원인데 국방을 담당하시는 분들께서 보자고 하신 이유는 뭐지요?"

"이실리프 상사에서 KAI와 세트렉아이, 그리고 퍼스텍의 주식들을 매집하여 지배주주가 되었다고 들었습니다."

상당히 놀라운 정보력이다. 하여 놀라는 표정으로 고개를 끄덕였다.

"…맞습니다."

『전능의 팔찌』 39권에 계속…

Return of the Mercenary
FANTASY FRONTIER SPIRIT
용병귀환
유왕 판타지 장편 소설
용병귀환 2
용병귀환 1